澁澤龍彦論コレクション I

澁澤龍彦考
略伝と回想

巖谷國士

勉誠出版

澁澤龍彦論コレクションⅠ

澁澤龍彦考／略伝と回想

目次

澁澤龍彦考

略伝と回想　増補エッセー集

写真撮影　巖谷國士

澁澤龍彥論コレクションⅠ

澁澤龍彥考／略伝と回想

装幀　櫻井久（櫻井事務所）

澁澤龍彦考

I

ドゥブロヴニク（クロアチア）の要塞、1987年8月→P.32、163

澁澤さん——回想記

澁澤さんという人物と、澁澤さんの書いたものと、くらべてみたら、どっちが上だろうか、というようなことを、先日、松山俊太郎さんに訊かれた。そんなこと、考えてみたこともなかったから、うーん、と、唸っておくしかなかった。すると松山さんは、松山さん自身は、いまは人物のほうにより強い関心があるんだが、というようなことをいった。こちらは酔っぱらっていたので、記憶はあまり定かではないけれど、どうも、そういうことだったような気がする。

ふつうなら、めったに持ちだされることのない問いだろう。突拍子もない。けれども、松山俊太郎という人は、最近の好著『インドを語る』を一読してもわかるように、比較論をその方法のひとつとする哲学者なのだ。この人がたまたまAとBとを比較しはじめたとすれば、それはまずまちがいなく、たまたまの域を超え出てしまう。インドと中国、男と女、思想と恋愛、といったまともなAとBの場合だって、当然そうである。どちらがと比較をこころみること自体、なにかこの賢者に特有の、剛直で柔軟な、人生の解析幾何みたいなものを前提としているように見える。突拍子もないAとBの場合であれば、なおさらそんなふうに思われてくるのである。

そのうえ、松山俊太郎という人は、稀代のモラリスト（人間観察家）だ。澁澤さんについても、余人にはうかがいえない何かを察知していたのではないか、と推測されるところがある。第一、澁澤さんのことを、人物と作品のどっちが、という突拍子もない問いの成り立ちうる作家だと見ぬいてしまっているだけでも、たいしたものではなかろうか。そもそもこの人と澁澤さんとの、つきあいの長さ深さは、尋常ならざるものだったのかもしれない。かつて二人が向いあって酒をのみ、放歌高吟する場に居あわせることが多かったので、そう想像するばかりではない。はじめから「インドを語る」くらいではとうていすみそうにない談話家・人間観察家の言葉のはしばしに、すでにそのことを思わせ、共感を誘うところがあったということである。

とすれば、くだんの比較論もまた、私にとって、べつだん突拍子のないものでもなんでもなかった、ということになるかもしれない。松山さん自身による解析は別として、澁澤龍彦の人物と、澁澤龍彦の書いたものとを、どっちが、とはいわないまでも、とにかくくらべてみることについては、こちらにも興味が生じている。もともと澁澤龍彦という作家には、作品とは作家の人物の表現であるといったよくあるお話の、そう簡単には通用しにくいところがあったのではないか。作品と人物。私自身の記憶のなかでも、この二つの項は、多少ずれていたように感じられる。

もちろん、作品にあらわれている彼の作家人格、彼の「私」なるものについては、そういうずれは問題にならないだろう。すこしずつ変貌しつづけていたにせよ、作品は彼の作家人格を、時々刻々、文章の運動のうちにとどめていた。けれどもそれが、澁澤さんという、げんに浮世で生活をいとなんでいた人物とのあいだに、なにか別の問題を生じるようであるなら、当然、見のがすわけにはいかないということになる。そもそも、澁澤龍彥とは、どんな人物だったのだろうか。

澁澤龍彥は、すばらしく魅力的な人物だった。もちろん、はじめからどんな相手にとっても、ということではないし、作品とくらべてというふくみもなく、もっぱら私の見ていたかぎりにおいて、そんなふうにいうことができる。もっとも、どこがどう魅力的だったかについては、印象をただちに固定できない。私にとって、この人物の輪郭は、ふしぎにぼんやりしている。おおまかで、流動的で、さまざまな色あいをもつ。しかも、だからこそ、さまざまな可能性がひそむことを直観させるような、そういうおもしろさ、すばらしさがあった。もしかすると、澁澤龍彥という人物の人格は、澁澤龍彥自身の目にもそんなふうに映っていたのではないか、と思われる。どこかしら未完で、透明で、多面的で、しかもこの人にしかできない何かがある、と感じさせるような人物——とりあえず、そういっておいてよいだろう。

たしかに彼には、文章のなかで、自分のことを決めてかかる、多少とも性急に限定してみせる、という傾向があった。私はもともと偏奇な人間なので、とか、アクチュアルなことどもには関心がないので、とか、異端、狷介《けんかい》、ダンディー、ブッキッシュ、等々といった形容を、自分のほうから用意してしまう、例の性癖である。ただしこれらは、サーヴィス精神からか、戦術的な意図からか、とにかく、読者にも共有できそうな舞台を設けるために、いくぶんか自己演出をほどこしてある作家人格なのであって、彼の人物そのものとはずいぶんちがう。彼の本性はむしろ、偏倚《へんい》どころではないまっすぐな健康人だったように思われもするし、世のなかのいろんなこと、アクチュアルなことどもにも興味を示し、そのうえ、いわゆる世事にかまけたり、葛藤したり、心理的ドラマにまきこまれたりすることもあった。ときには格好わるいシーンだって演じもしたのだ。そして、そういったことをすべてふくめて、すばらしく魅力的な人物だったのだと、いまにして思う。

こういう言い方をしてしまうと、あるいは、生前の彼と識りあう機会をもたなかった読者とのあいだに、なんとなく差をつけようとしているように見えるかもしれないが、いや、けっしてそんなことはない。なるほど彼の作品には、右にほのめかしたような人物像はめったにあらわれない。けれども、それを察知させるようなところが、かならずどこかにひそんでいるはずだ。澁澤さんは、そのときどきに、読者了解のうえで「あの澁澤龍彥」のイメージをつくりあげてはきたけれども、作品の魅力がそれとはどこかちがう、人物そのもの、彼の未完の「私」そのものにかかわっていたということくらいは、よき読者ならば、とっくに察しがついていることだろう。それに、私自身にしたところで、澁澤さんという人物のことが、さほどはっきりとつかめているわけではない、という事情がある。その点では、書物からだけアプローチした場合とそう変ることはない、ともいえるはずである。

それからもうひとつ、つけ加えておきたいことがある。一九八〇年代になって書いた『玩物草紙』

や『狐のだんぶくろ』のようないわゆる自伝的作品のなかで、澁澤さんは、はじめて「自分をさらけだした」というようなことをいっている。しかしこれらの書物にしても、なにかそれまでは隠しおおせていたものを明るみに出した、というよりは、むしろ、作家自身にとっても未知であった「私」をあらたに探求しはじめた本、「私とは誰か」を問う旅を再開しようとした本、として読んだほうがよさそうに思われる。それらを通じて一挙に、なにか固定された人物像が得られるというわけではないのだ。たしかにデータは無数に出ている。なにやら懐しげで豊かで、それでいて淋しいところも欠けたところもあった、ひとりの人間の幼年時代が浮びあがり、また消えてゆく。さまざまな玩物に反応し、心をかけ、それらのうちにみずからの「私」の像をうつし見ようとしている作家人格のありかたに、一個人の思い出を超えた、普遍的な何かをすら感じる。それでもなお、これもまた、あくまでも鏡のなかの澁澤さんなのであって、澁澤龍彥自身ではない。

要するに、私もまだあまりよくはわかっていないわけで、以上、多少まどろっこしいことを書いてしまった。それに、澁澤さん自身にもとらえきれていない未完の澁澤龍彥がいた、というようなことさえいっているわけだから、いよいよ雲をつかむようだ。文章はいきおいぎくしゃくしている。こんなことはめったにない。反省をうながされるところかもしれない。

それにしても、私が澁澤さんと出会い、つきあいつづけてきた二十五年間の印象を、二、三書きとめることによって、何かの資料に役立てることくらいはできるだろう。だいたいこの私は、澁澤さんが亡くなったとき、日本にはいなかったので、いわゆる追悼文を書いていない。のちに帰国してから、たまたま作品論・作家論のたぐいはたくさん書かされることになったけれども、回想ふうのものはひとつも発表していない。だからこれは、遅れてきた追悼文、のようなものとして書こう。といっても、心理や生活の細部にはあまり立ち入らない。もともとそういうことが好きではないので、他人については、できるだけ外面から判断するようにしている。そういえば、澁澤龍彦にもそんなところがあったかな、と、ふと思いうかんできたことでもあるので、以下の回想は、ある程度、生前の彼と向いあうようにして、漫然と記してゆくことにする。

★

澁澤さんという人物とはじめて出会ったのは、一九六三年のことだったと思う。とすると、私は二十歳で、彼のほうは三十四、五歳であったろう。その時期がはっきりしないのは、そういう種類の記憶力がこちらに欠けているせいだ。しかし、新宿西口の「ぼるが」という有名な酒場の、二階窓ぎわの椅子席がその場所であったということは、はっきり憶えている。池田満寿夫さんか富岡多恵子さんが、当時ただの学生にすぎなかった私を、ひとりの愛読者として、彼に紹介してくれたのだと思う。澁澤さんは、「やあ!」といって、右手をさしだした。それでまず握手をした。

この握手がすこぶる印象的だった。のちにも幾度か彼と握手をかわしたことがあり、そのたびに印象があらたになったからかもしれない。澁澤さんは、日本人としてはわりとよく握手をするほうではなかったろうか、と思う。それもいわゆる挨拶としての握手とはちがう、独特のものだった。にこにこ、ゆらゆらしながら、ごく無造作に、右手をつきだす。すぐに応じなければならない。ずいぶん小柄な人だから、手も小さい。細くて柔かくて、すこしひんやりしていて、女性的な感じの手だ。それでも、しっかりと、直線的に、男っぽく握る。それっきりで、あとはひとこともいわず、離れる。だがすでに、何かのコミュニケーションはおこなわれている。

私はテーブルをはさんで、ななめむかいの席にすわった。とにかく大学に入るころからの一愛読者で、彰考書院版『マルキ・ド・サド選集』の訳者――『サド復活』や『黒魔術の手帖』や『神聖受胎』の著者を大いに尊敬していたから、ふつうなら緊張気味になりそうなところを、なぜか冷静なままで、人物観察にこれつとめることになった。写真ではすでに知っていたけれど、予想以上に鋭角的で、色が白く、皮膚が薄く、すっきりした顔だちの人である。太い黒ぶちの眼鏡がよく似あい、ふしぎな精悍さをかもしている。だがなにかの拍子にその眼鏡をはずすと、目は意外に小さくて、とろんとした感じで、童顔にもどってしまう。まんなかから分けた直線的なパサパサの髪を、ときおり両手で掻きあげる。その手は、よく動く。ぱっとふりあげて、万歳みたいな格好をしたりする。そんなときは、声もよく出る。甲高いハスキーな声で、喋るというよりは、叫ぶ。対話するというよりは、ひとりで勝手なことをいっている。すばらしく魅力的な人物だ、と思った。

彼が着ていたものもよく憶えている。緑色のポロシャツの上に、一見ベージュ色だが赤味と黄味をおびた、玉虫ふうの、ふしぎな光沢のある、よれよれの混紡の背広をはおっていた。なにか特別の人にのみ許されるといったふうな色と生地のとりあわせで、目立つことは目立つのだけれど、いわゆるお洒落とか、格好いいとかいうのとはちがう。おそらくこの人には、戦後の米軍占領下の一時期からの、やや軽い、エピクロスふうのモダニズムがしみついているのだろう。だがそれと同時に、戦前のよき時代の東京から受けついでいる何かもあるな、と感じた。まんなかからまっぷたつに分けたパサパサの髪といい、関節をのばしきることのない腕のふりまわしかたといい、ポロシャツの襟のはだけぐあいといい、そしてなによりも、およそ裏のなさそうな、無防備で唐突なものの言い方といい、私自身もたまたまそのなかで生まれ育ってきたような、ちょっと前の、東京・山の手の男を思わせるところがあった。

しかもそれは、いわゆるダンディーの決意とか、努力とかいうものとは別次元の何かだった。この人物は、この人物の生きてきた自然を、そのまんま、あたりまえのようにくりかえしているのではないか、というふうに感じられた。

そのうちに酒席は混沌としてきた。なにもかもごちゃまぜになった。澁澤さんは、あいかわらず断続的に両腕をふりまわしたり、叫び声をあげたりしていた。私もいろんなことを喋ったり、質問をあびせたりした。なんでもいいから話を聞いてもらいたい、というような、未熟な若造らしい態度であったろうと思う。ところが澁澤さんの対応ぶりは、それまでに私の体験したことのない種類のものだった。私がなにかいうたびに、彼は「そうだ!」とか、「そうかな!」とか叫んで、腕をふりまわすのである。話が早い。突発的に反応があり、一閃にして結論が出てしまう。

私はそういうのが大好きだったから、調子にのった。むこうはもうとっくのむかしに、調子にのっていた。年長者と出会ったときに、こんなスムーズな関係を味わえたのは、私にとってはじめてのことだった。

年齢差をまったく問題にしていない、ということがひとつある。日本のつきあいの場では、ふつう、年長者は年長者を演じてしまうものだ。どんな人間でも、ある程度おなじ道筋をたどらないわけにはいかない、というような暗黙の了解があるからだろう。ところが澁澤さんは、そんなことはどうでもいいというふうに、もっぱら突発的に、直線的に反応するばかりである。めんどくさいから、というだけではなく、そこに独特の優しさも感じとれる。当時の私などは、ひどく傲慢なくせにひどく謙虚ぶった、度しがたい学生であったろうと思う。そんな困ったやつを前にして、俺はこんな人間だ、要するにこんなものだ、見たければ見ていればいい、勝手に判断し評価してほしい、といったふうに、大いに騒ぎまくり、両腕をふりまわしつづけている澁澤さんのやりかたは、なぜか二十五年ほど前の私に、かつて味わったことのない解放感、というか、安心感を与えた。

自分のことはあまりいいたくないのだが、この場合にはやむをえない、いおう。私がその後なぜ、フランスの文学や芸術や思想のある系統とまともにつきあうことになってしまったのか、きっかけはいろいろあるように思われるけれども、そのひとつは、明らかに、澁澤さんとの出会いだった。私はあのころ、自分が度しがたい若造だと気がついていて、不安でもあった。妙な言い方かもしれないが、二十歳かそこらで出会ったこの年長者には、そんな私を解放し、安心させてくれるところがあったのだ。ここに、こんな人物がいる。ちょっと変っていて、自分だけで成り立っていて、勝手気ままのようでもあるが、けっして他人に干渉しない。単純明快で、裏がなく、すっきりしていて、しかも、これが肝腎のことだが、魅力的である。話が早く、まどろっこしくない、など、など。それがなぜ私に安心をもたらしたのか、こちらもめんどくさい説明はしないけれども、とにかく、優しい人物だったということではあるだろう。

その後、一九六〇年代を通じて、彼と出会う機会は多かった。たいていは舞踏や芝居のはねたあとの、酒宴の席であったように思う。松山俊太郎さん、加藤郁乎さん、土方巽さん、吉岡実さん、種村季弘さん、唐十郎さん、その他もろもろの怪人、天才、モラリストの種族と、すこしずつ知りあうようになった。そんななかで、澁澤さんはなんとなく中心に居すわっているという感じがあって、それがのちにいわゆる、一九六〇年代の一光景でもあったのだろう。私はあいかわらず傲慢かつ謙虚な若造であったから、とくに接近につとめていたわけではなかった。たまたま会えば、「やあ!」という例の感じで、そのまま別れてすわるか、あるいはサドや、フーリエや、ジャリや、ブルトンや、ドーマルについて、必要な情報をかわしていた程度である。それでもいちど、家に遊びに来ないか、と誘われたことがあって、一九六五、六年のことだったと思うが、いろいろ考えた末に、ひとりで鎌倉の小町に出かけていった。

★

あの古い小さな家は、いまもあるのだろうか。川べりに立つ、傾きかけた、なつかしい、典型的な二階だての日本家屋で、玄関の格子戸をがたがたと開けて入ると、灰色の夏物の和服をだらりと着た澁澤さんが、「やあ!」と迎える。左側の急な階段をのぼれば、かなり広い、畳敷きの書斎兼居室がある。その東側と南側の窓は、暗幕のような黒いカーテンで覆われている。西側の奥のほうは、いろんなかたちの本棚がならび、書庫のようになっている。どこを見ても、きちんと整理されていて、明快な雰囲気がただよう。南側の壁の前にデスクが置かれ、これはちょっと中学生の勉強机といった感じのもので、その正面の壁には、二段の白木の書棚がつくりつけられている。そこにならべられていた本は、いまでもいくつか思いだせる。ポーヴェール版のサド全集、ブルトンの黒いユーモア選集、バシュラールやバルトルシャイティスの詩学・美術書、ロベール・アマドゥーやロベール・カンテルのオカルティズム本、レーモン・リュイエやルネ・ド・プラノールのユートピア論、それに各種の辞典、などである。それからこの部屋の入口に近い小さな座卓の前にすわった。矢川澄子さんが、つめたいビールと、鳥とカシューナッツの炒め物を出してくれた。飲みはじめた。

このとき、私自身の事情として、大学で講義をうけた井上究一郎教授から、アンドレ・ブルトンをめぐる卒業論文を本にしてみないかという話があり、出版社も乗り気になりかけていたので、どうしたらよいものか、大いに迷っていた。たしかに分量は一冊分あるのだが、私としては、著書と論文とでは次元がちがう、と思わざるをえなかったからである。それで澁澤さんに、目を通してもらうことを考えて、図々しくも、その論文を当家に持ちこんだのだった。澁澤さんはまともに速読してくれた。いくつかの章の題名に反応を示した。結晶化とか、ガラス化とか、爆発的凝結とか、こちらのでっちあげたブルトンのイメージの型などに興味を示して、「そうだ！」と叫んだりした。私は嬉しくもあったが、だんだん恥しくなってきて、くだんの論文をひっこめてしまった。そして、それを出版するという早すぎる計画を、そのとき断わることに決めた。

その日の澁澤さんは、めずらしく饒舌だった。意外なことだったが、おなじ仏文科の先輩らしくふるまおうともした。かつてサドをめぐる卒業論文を、おなじ井上教授の支持を得て書いたのちに、大学の事務室からひそかに持ちかえって、それをもとに、『サド復活』にいたるいくつかのサド論をまとめることになった次第など。私は、なるほど、と思い、あとで似たようなことをしはじめた。じつはまだ、肝腎の『評伝アンドレ・ブルトン――シュルレアリスムの冒険』（旧「海」誌に連載）は本のかたちにしていないのだが、これは怠け癖のせいばかりではなく、時をおいた出版ということに興味をおぼえているからでもある。フーリエはまた別だ。私がひそかにフーリエの翻訳をこころみていることを洩らすと、澁澤さんは、石井恭二さんに電話して、現代思潮社で彼らの企画しつつあった「古典文庫」のなかに、私の訳で『四運動の理論』を入れることを、その場で決めてしまった。これは三年後の一九六九年に本になった。

しかし、まあ、そんなことはどうでもいい。澁澤さんはそのとき、じつにたくさんの書物のことを語った。バシュラール、エリアーデ、バルトルシャイティス、ユング、ゲノン、ドーマル、グラック、ホルベルク（ホルベア）、ルネ・アロー、ジャン・フェリー、マシュー・グレゴリー・ルイス、アルトー、などなど、いろんな著者の本を出してきて見せた。色鉛筆で下線をひいたり、細かな字で書きこみをしてあるものが多かった。「メタモルフォーズ（変身）叢書」や「ファール（燈台）叢書」の淡くて渋いピンクの表紙が好きだといった。フランスから送られてきた新刊書のカタログまで出してきたが、それらにも赤青の鉛筆で、ていねいに下線や丸印がつけてあった。洋書店の注文請書は、まとめて紙バサミにとめてあった。

澁澤さんは、意外にマメで、几帳面な人だったと思う。のちに北鎌倉の新居に移ってからも、その客間兼居間と書斎とはつながっているので、よく書棚や仕事机を見ることがあったが、いつもきちんと整頓されていて、ふしぎなほどだった。もっとも、掃除ということはきらいだったらしい。龍子夫人の話では、とくに電気掃除機なるものを敵視していて、それの作業がぶんぶんはじまると、怒りくるってとんできて、コードを引きちぎったりすることもあったという。整理され、しかも埃のつもっているような状態が、つまり彼の理想だったのだろう。小町の古い小さな借家の二階にも、すでにそんな感じが行きわたっていた。これからの何かを変えることのできそうな、いわゆる学者とはちがう学者の住居として、この整理され埃のつもった空間の印象はあざやかにのこった。

それから酒がすすんで、歌になった。私が軍歌のレパートリーをあまり共有していないと悟ると、すぐ革命歌やロシア民謡に移った。澁澤さんのうたう「ワルシャワ労働歌」や、「エルベ河」や、「ぐみの木」や、「パルチザンの歌」は、じつにおもしろい。だいたい軍歌と似た感じになる。彼は単純なリズムが好きだ。というよりも、もともとリズムには弱いみたいで、どんな歌をうたっても、単純になってしまう。だがメロディーのほうは、短調が長調に変ってしまう傾向はあるにしても、かなり正確だ。それ以上に正確なのは歌詞で、じつにどんな歌でも、埃をかぶったような歌でも、はじめからおわりまで、きちんと憶えている。こちらがまちがえたりすると、うるさい。全部はじめから、やりなおしになる。たとえば「鉄道唱歌」のような長大なものだと、たいへんだ。それでも彼は、ほとんど歌詞をまちがえない。歌は時間としてではなく、空間として、まるごとすっぽりと、頭のなかに入っているのであるらしい。

そのうちすこし寝た。ふとんが三つならんだ。夜なか、ふと物音で目がさめてみると、澁澤さんは腹筋運動などやっている。それからまた飲んでまた寝た。つぎの日、下でベルが鳴ったので降りて出てみると、雑誌取材のジャーナリストが玄関に立っていた。立花隆という人物で、私は大学ですこし下にいたから、名前だけは知っていた。むこうははじめ、澁澤さんの弟かなにかとまちがえたらしい。主人公はまだ二階で寝ているので、玄関にしゃがみこんでしばらく話をした。それから澁澤さんも起きてきて、また二階の卓袱台《ちゃぶだい》のまわりに招きよせられ、ビールをのみながらのインタヴューがはじまった。奔放な行動をうわさされていた女流詩人のことだったと思うが、澁澤さんの発言は単純そのものだったので、たちまち終ってしまい、あとは酔うだけになった。

酒は長いが話は早い。「そうだ!」「そうかな!」とか、「あいつはいい!」「あいつはばかだ!」とか、すぐに結論が出て、またそのつぎがはじまる。そうやって、どんどんつづいてゆく。澁澤さんと私との会話は、その後もたいていはそんな調子だった。午後にだれかもうひとりのお客が、たぶん野中ユリさんが訪ねてきたような気もするけれど、記憶は定かでない。日の暮れるころ、澁澤さんと握手をして別れた。とてもいい気持だった。

私は、個人的なことをめったに書かない人間だとされているし、自分でもある程度そうありたいと思っているのだが、こんどばかりは、どうも勝手がちがうようだ。饒舌の気味がある。いまはいない澁澤さんと向いあっているようなつもりで、ビールなどのみながら、この原稿を書きはじめてしまったからだろう。じつは生前の彼と、もっとまともに向いあって、じっくり話をすることができていたら、と悔まれないでもないのだ。私は彼と親しくはあったが、なぜかやや距離を意識してもいた。あるいは客観的に見すぎていたのかもしれない。たまたま向いあい、酒を酌みかわしていても、ひとつひとつの話が早いこと終ってしまったというのは、澁澤さんの淡白さばかりではない、私自身の単純さのせいでもあるのだろう。いちどくらい、ねちねちと論争でもしてみればよかったか、とも思うけれど、両者の性格上、無理だったか。やむをえない。それで、できるだけ自分に引きよせるようにして、以下は、もうすこしあとの時期のことを書く。

★

それから数年して、澁澤さんは、北鎌倉のいまの家に引っこした。新居披露のパーティーに招かれて、早めにつくと、部屋をひとつひとつ、あけて見せてくれたことを憶えている。黒っぽい木の建具と白壁と鎧戸の南欧調に、日本のむかしの洋館の思い出がすこし加わっているような、いかにも瀟洒なつくりの家だ。澁澤さんは、外にも内にもひらかれているいろんな窓から、顔を出してみせた。蒐集品をいちいち説明した。兜蟹《かぶとがに》、凸面鏡、人形、貝殻、頭蓋骨、結晶。家具はどれも新しく、凝った骨董ふうのものである。当時よく話題にされるようになっていた、サド裁判以後の、『夢の宇宙誌』以後の、それとも『快楽主義の哲学』や『エロスの解剖』以後の、いわゆる「あの澁澤龍彦」なるもののイメージと、ある程度かさなる室内だとも見えた。といっても、ロココ調とやらの大仰さはどこにもなく、むしろ大正・昭和初期の気分の延長を思わせるような、木材と壁紙とステインの匂いがまじっていて居心地のよい、アンティームな空間だ。吹きぬけになった中央のサロンで、ベルギー製の渋いグリーン系の絨毯《じゅうたん》にあぐらをかいたお客たちが、わいわい騒いでいた。壁は真っ白だけれど、いまに煙草のヤニでだんだん色づいてくるはずだ。そうなるといいぞ！　と澁澤さんは叫んだ。当時の彼はときおり黒めがねをかけ、さかんにパイプをふかしていた。

　出口裕弘さんや加納光於さんご夫妻とは、そのときはじめて言葉をかわしたのではないかと思う。酒席は昼間から混沌としていた。私は幾度か庭に出て、呼吸をととのえたりした。はじめからこの家の外部へのひろがりに興味があった。サロンつまり居間兼客間は、グリーンの（のちにワインレッドに変る）別珍のカーテンをあければ書斎とつながるようになっていて、書架にかこまれたその東南側の開口部から、そのまま庭に出られる。岩山の中腹にできた踊り場のような敷地なので、北鎌倉の町と自然がひろびろと見わたされる。庭のあちこちに先住の草や樹木が茂っている。紫陽花《あじさい》、あやめ、胡蝶花《しゃが》、ぎぼし、水仙、タンポポ、連翹《れんぎょう》、合歓《ねむ》の木、牡丹桜。雑草も多い。澁澤さんの城と庭とは連続していると感じた。そしてその庭は、野生の自然に向ってひらかれている。書斎ははるかな自然への出口である。

この新しい家へ、私は何度も出かけていった。だが、かよったというほどではない。ならしてしまえば、せいぜい年に二度、多くて三度だったろう。もともと（旅は別として）出不精なほうだし、他人の家に出入りするようなタイプではまったくないので、招ばれるか、誰かに誘われるかしてはじめて腰をあげ、横須賀線にのった。それでもひとたびあがりこむと、泊ってしまうこともよくあった。澁澤さんのホスピタリティーというのは、すごい。べろべろに酔っていても、サロンの階段の下の押入れから自分でふとんを出して、絨毯の上に敷いてくれたりする。それで寝て、目ざめる。朝の食事がすばらしい。古典的な和式だ。澁澤さんは、生卵をかきまぜることの名人である。猛烈なスピードでかきまぜているあいだは、空中で器をさかさにしても、中身は落ちてこない。この軽業を、くりかえしやってみせる。こまかく泡だった生卵は旨い。彼がもともとは左ギッチョであったことを、そんな折に知った。

たいていはもう午後になっていた。それからまた酒がはじまり、澁澤さんは、鰻の白焼が食いたいとかいいだして、夫人を困らせたりした。散歩にもよく出かけた。ゲタばきで近所のお寺をまわる。紫陽花や牡丹や海棠《かいどう》をめでる。木の実をひろう。和服姿の彼は老成した感じもあるが、子どもっぽくもあった。ひたすら、のんびりとすごした。いつ仕事をするのだろうか、と訝《いぶか》られもした。家にもどると、またひとしきり飲んだり歌ったりしてから、主人公は寝る。私はいつも三日目におよんでは申し訳ないと思った。夜の坂と小路と、横須賀線の北鎌倉駅の白っぽいひんやりしたプラットフォームと、ほとんど客のいない車輛のなかの気分は、幻想的だった。

★

カッコつきの「あの澁澤龍彥」の時代はそろそろ終ろうとしていた。私がつぎに思いだすのは、一九七〇年の八月末、彼が夫人とともに、はじめてヨーロッパへ旅立ったときのことだ。谷川晃一さんや野中ユリさんに誘われて、羽田空港まで送りに行った。土方巽さん、出口裕弘さん、種村季弘さん、松山俊太郎さん、堀内誠一さんなどが来ていた。しばらくすると三島由紀夫さんがあらわれた。私は子どものころ、高輪の生家で、なぜだか祖母の葬式に真っ白なスーツで参列していた姿に異様を感じて以来、この人に会ったのは二度目のことである。こんどは楯の会の灰色の制服を着ていた。例の自決事件の直前で、お別れに来たのだろうと、あとで了解された。だが澁澤さんにとっては、このときのヨーロッパ旅行はむしろ、何かのはじまりだった。

その最初の大旅行の手配は、おもに龍子夫人によるものだったらしい。澁澤さん自身はそれまで、めったに旅をしない人だった。あるいはこのまま一生、外国になど出ることはあるまい、と思いさだめているようなふしもあった。それがまずアムステルダムへ飛び、中欧をめぐってからパリを拠点にして、南欧のあちこちを周遊した。バイエルンのルートヴィヒ二世の城にせよ、ブリュッセルのアントワーヌ・ヴィールツの旧宅にせよ、コルマールのグリューネヴァルトの祭壇画にせよ、マッジョーレ湖の島々にせよ、それまで書物を通じて知っていたものを、ただ「確認」しに行ったにすぎないのだと、澁澤さんはその後、照れくさそうに述懐していた。けれども、しばらくすると、そうはいわなくなった。

旅というものが、澁澤さんの文章のありかたを、すこしずつ別の方向へ導きはじめていたのではないか、と思われる。もちろん、実際に旅に出ることが多くなったからというだけではなく、そういう旅また旅の日々は、むしろ結果であったと見るべきかもしれない。だがいずれにしても、それまでは明らかに一種のユートピストとして、城壁にかこまれた小宇宙のような空間の維持・強化をこととしていた澁澤龍彥の文学が、時間へと、水へと、流動的な自己へと溶けひろがっていったのは、旅という契機にかかわることではなかったろうか。

旅が彼を変えた、あるいは、彼は旅にみずからの変化を託した、あるいは、彼は変ったから旅をしはじめた、どれでもいい。なかでもとくに、イタリアの半島南下の旅は、ある重要な意味をおびていたように思われる。

澁澤さんには、『旅のモザイク』という、どちらかといえば目立たない一書がある。この本の題名は、彼にはめずらしく人まかせで、龍子夫人がつけたものらしい。冒頭には「ペトラとフローラ」と題するイタリア紀行の文章が入っていて、興味をそそられる。私はいま酔っているので、話をなるべく単純にしてしまうが、この南へ、南へとくだってゆく旅の記録に、多少とも、彼の最後の書物『高丘親王航海記』の、原形に近いものを感じる。あの連作小説には、イゾラ・ベッラの壇状庭園や、マントヴァのパラッツォや、フィレンツェのウッチェッロの絵や、シエナのシモーネ・マルティーニのフレスコや、ボマルツォの怪物庭園や、アルベロベッロのトゥルーリ住居群や、シラクーサのパピルスの池や、パレルモの植物園の怪樹フィクス・マグノリオイデスや、さまざまに繁茂しつづける町や自然の感覚と光景が、どことなく関与しているように思える。ゲーテの『イタリア紀行』の記憶もかすかに重なってくる。もちろん、ヨーロッパがなぜ東アジアに、というような問いはまた別だろう。ただ、彼にとってのイタリアは、もはや地図上に固定されている国や地域の名ではなくなっていたというかぎりにおいて、おそらく、すぐれて本質的な、エグゾティックな場所だったのである。

澁澤龍彥はその想像世界のなかで、しばしば南下の傾向を示した。南紀の浮き島や補陀落《ふだらく》寺や、長崎や鹿児島の南蛮文化の名ごりや、西表《いりおもて》島の密林や、実際の旅を通じてとらえることのできたさまざまな町や建物や自然、海や岩や魚や貝や藻や湖や島や鳥や水や熱や風のけはいが、南への、架空の赤道への、天竺という玉ねぎの核心への、「エグゾティシズム」なるものの契機になっている。南洋一郎や島田啓三の記憶もいくぶんかつけ加わる。幼年期と、そしてカッコつきの「イタリア」へとつらなるもの。澁澤さんは二度目のイタリア旅行のあとで、高丘親王の「出発」の心おどる混沌の気分をたたえた町、想像上の中国・広州に、身を置きはじめることができたのだと思う。

ところで一九七二年のことだったか、私が原因不明の大病をわずらって、それはいまも治っているかどうかわからないふしぎな肺の病気なのだが、手術をうける決心をしたとき、澁澤さんが、龍子夫人、野中ユリさんとともに、病室に見舞いにきてくれたのを思いだす。あらかじめ電話で、いま何が必要かと尋ねてきたから、手術後に神経痛がのこって歩きづらいそうなので、ステッキがほしい、と冗談のつもりでいったところが、澁澤さんは、固くてぴかぴか光る黒松製の、大時代なステッキをもってやってきた。鎌倉山のローストビーフもあった。それから、彼はにわかに真顔になって、絶対に手術などうけるべきではない、と主張した。

むかし肺結核をわずらって、だが手術をこばみ、薬で治してしまった自身の体験も語った。手術そのものがダメージになり、体がおかしくなることもあるから、といいはった。だが、私の場合は日本で何人目かというようなめずらしい症例で、じつは癌なのかもしれず、とにかく肺をひらいて見なければ病名も治療法もつきとめられないらしい、と説明すると、彼は、「そうかな!」と叫んで、帰っていった。このときも病院のロビーまで送って行き、握手をしたことを憶えている。

しかし、これもまあ、どうでもいいことに類する。とにかく私は手術をうけて、病名を決定され、その荒療治がはじまる寸前に、なぜか快方に向いはじめてしまったのだけれど、そのとき思ったのは、病気も一種の旅なのかな、ということだった。そういえば、のちに澁澤龍彥の初期小説『エピクロスの肋骨』をはじめて読んだときに、その感じがよみがえってきたものである。あれもまた旅だったわけで、病気のあとは、明らかに、前とはちがう。私の場合も、それから三年ほど静養して、なんだか別の人間になったような気分で、また澁澤さんの家に招ばれていったり、いっしょに外で食事をしたりするようになった。酒も復活し、叫びあい、泊りこんで、朝の生卵を食べた。

だがそれもこれも、もはや遠いことに属する。私はいま、十五年以上の時を超えて、一昨年から昨年にかけてのことどもを、思いだしはじめてしまっている。

澁澤さんは、喉に何かができていた。いつもよりももっとハスキーな、かすかな声しか出なくなっていたのに、『高丘親王航海記』を書きつづけていた。一九八六年の九月のはじめに、たおれて、慈恵医大病院に入院したという報せをうけた。いそいで旅先からもどって、病院に会いに行ったとき、澁澤さんは、首から管をはやして、すでに声を失っていた。

★

最後の十年間、澁澤さんと私とのつきあいは、以前とあまり変らなかったとも、すこしずつ変りつつあったともいえる。これは仕事の方向にもかかわることで、おそらく両面があった。『胡桃の中の世界』や『思考の紋章学』以後、『幻想博物誌』や『城』や『ドラコニア綺譚集』以後、『玩物草紙』や『狐のだんぶくろ』以後、澁澤さんの仕事には、独特の安定感が加わっていったように思う。旧作が文庫本に入り、新しい「あの澁澤龍彦」像が行きわたりはじめる一方で、小説への試みが開始されていた。なにか没頭している感じがあった。私のほうは恒例のお花見のとき以外、北鎌倉に足をのばすことが少なくなった。四谷シモンさん、金井久美子さん、金井美恵子さん、三浦雅士さんといった人たちから、共通の話題として、澁澤家のうわさを聞いたりすることはあったけれども、彼と実際に会うのは、たいてい東京のどこかでだった。展覧会のオープニングや試写会や、なにかのパーティーのあとで、誘われていっしょに食事をしたことが幾度かある。澁澤さんは世田谷の私の家にもやってくるようになった。

そんなとき、話題はかならずしも文学・芸術に及ばず、食べることや、旅や、幼年時代の思い出が中心を占めた。食べることには常ならぬ熱意があり、河豚鍋のあとのごはんの食べ方とか、仔羊の腿肉のローストの表面の焦げぐあいとか、甘鯛の空揚げの香ばしさなどについて、「そうだ！」「そうかな！」といいあうような他愛のないレヴェルに落ちついた。旅もまた、食べることをひとつの目的としていた。そのどちらもが、いくぶんか、幼年期とかかわりがあるようだった。それで実際に旅行をしようということになった。澁澤龍彦夫妻、出口裕弘夫妻、種村季弘夫妻、それに私と妻の八人で、一九八四年以後つごう三度、伊豆の長岡と谷津と福島の磐梯熱海へ、ちょっとした小旅行をこころみたことがある。梅雨どきの伊豆のハイウェイを走っているときに、澁澤さんは、寒い、寒い、といいだした。窓がしめられ、車の暖房が入れられて、私たちは往生した。それでも暖房はすぐには切られなかった。

会津の喜多方では名代のラーメンなど食べて、それから長いこと町を歩いた。いつものようにきちんと夏物の背広を着た澁澤さんが、いつもよりもいっそう蒼白い顔になって、息切れしはじめたときのことを思いおこす。なぜこんなにもせっせと歩き、没頭し、世界とその風景を眺めつづけなければならなかったのだろう。彼はそのとき、もう声を失いつつあった。だが大いに愉しんでもいた。それから四か月もたってはいない一九八七年の九月六日に、入院し、気管支切開の結果、下咽頭癌の診断がくだったのだった。

私は幾度か彼を見舞った。筆談で「文藝春秋」の連載『裸婦の中の裸婦』のあとを引きつぐことをたのまれ、やむなく応じた。とにかく彼には旨いものを食べ、安静を保ち、小説の航海をつづけることを望みたかった。私はいつも客観的であろうとしている自分を反省することになった。十一月十一日に澁澤さんは手術をうけた。人体を物のようにつぎはぎする大手術ではあったが、それでもなぜかしらその後に期待をいだかせた。私は「都心ノ病院ニテ幻覚ヲ見タルコト」(「文學界」一九八七年四月号に発表され、没後に同名のエッセー集に収録)という手術後に書かれた文章を読んで、つぎの事態への、ありきたりの反応を封じられてしまうような印象をもった。それがむしろ当然であると思われもした。

あくる年の四月、彼はすでに退院して航海記の執筆を再開していて、体調もさほどわるくはないということで、恒例の、庭の牡丹桜のお花見の会が催された。おなじ病におかされていながら、まだそのことを知ってはいなかったらしい堀内誠一さんと路子夫人や、身近だった何人かの人たちとともにその場にいて、澁澤さんの、どこかちがうものになっていながらも明るい、愉しげな、とろんとした顔と目、もともと声なんかなくてもいっこうにかまわないといった仕草の言葉に、これからの長い旅のことを思った。澁澤さんはどこかへ行く。どこかへ行くけれども、けっしていなくなるようなことはないだろう、と、私は確信していた。

★

一か月後、左の喉がまた腫れだして、澁澤さんは再入院することになった。私はおよそ週に一度くらい、会いに行った。考えてみると、こんなに頻繁に彼と向いあうことをしたのは、はじめてだったにちがいない。彼はあの丸っこい鉛筆文字の筆談で、こちらは生まれつきの大声で、とりとめもないことを話した。実際には、ある種の限られた情報をたまたま投げかわすこと以外、とくに何かをいう必要はなかったのかもしれない。私は彼と出会ったはじめから、とくに何かをいう必要はないというふうにして彼とつきあってきたのではあるまいか、とも思う。そのときどきの仕草や、叫び声や、突発する「そうだ！」「そうかな！」の応酬のほうが、自然で、まっとうで、あたりまえのことのようになっていたのかもしれない。

六月二十五日、私はモスクワへ飛ぶ二日前に、また澁澤さんに会いに行った。病室には、花や草木がいっぱいあって、生いしげっている感じだった。こんどはたぶん、三か月以上の長旅になるけれども、帰ってきたときには、澁澤さんはきっと退院していて、元気で、なにか旨いものを食べに行って、いろんな物や人や町を見て、というようなことを口走ると、彼は、「そうだ！」というふうに、まがらない首でうなずいた。実際、私自身は、彼があのように早く――とは予想しておらず、ほとんど不安をいだいてはいなかった。澁澤さんはいつも、安心させてくれる人だった。

癌はすでに転移していて、再手術をするかどうかが問題になっている、と聞いた。手術そのもののダメージを考えると、断わるべきではなかろうか、と私は思い、私自身の十五年前の病室での記憶を重ねあわせていたものだが、そう発言したところで、なんの力にもならないことがわかっていた。それに、いつものとおり、彼と向いあって、安心してしまっていたということもある。あさって旅立つからと、いちおうの挨拶を終え、握手をした。やめてほしいからというのに、澁澤さんは、エレヴェーターの前まで、よろよろ歩いて、送ってきてくれた。龍子夫人は顔をくしゃくしゃにしていたが、たのもしくも見えた。センティメンタルな気分はなかった。

そのとき、また、彼と握手をした。細くて小さくて、ひんやりとした手で、そのくせ直線的で、力がこもっていた。私はそのまま、旅に出てしまった。

八月のはじめ、私はユーゴスラヴィア（現・クロアチア）のドゥブロヴニクにいた。むかしラグーザというなつかしい名で呼ばれ、ヴェネツィアと覇を競ったこともある、アドリア海にのぞむ古い城郭都市である。どこもかしこも真っ白な石で築かれた、信じがたいほどに美しい、すっきりした幾何学的な町を歩いてまわるうちに、澁澤さんのことを思いだしていた。八月九日の朝、ホテルの部屋のバルコニーに出て、彼にあてた絵ハガキを書き、写真を撮っていると、電話が鳴り、東京にいる妻から、澁澤さんが亡くなった、という報せが入った。

これまで毎日コールしていたが、つながらなかったのだという。人の死に涙を流したのは、はじめてのことである。バルコニーの正面に、大きな岩山があった。真っ白で、ごつごつしていて、ところどころ松の木が生いしげり、その手前の、オレンジ色の屋根また屋根を見おろしているその岩山の頂上に、一列にならんだ小さな四角い窓のある、単純なかたちをした、堅固な石の要塞が立っている。そのむこうには、文字どおり波ひとつない、とろんとした、まばゆいばかりの、真っ青なアドリア海がひろがっている。時間がとまってしまったかのように思われた。白い鷗《かもめ》のむれが、ときおり視界をよぎってゆくのを感じた。
翌日、私は飛行機でクロアチアのザグレブへとび、スロヴェニアのリュブリャーナをへて、列車でトリエステからイタリアに入った。ヴェネツィア、パドヴァ、ヴィチェンツァ、ヴェローナ、ベルガモ、マントヴァ、ボローニャ、サン・ジミニャーノ、ルッカ、フィレンツェ、リーミニ、サン・マリーノ、ペーザロ、ウルビーノ、バーリ、レッチェ、アルベロベッロ、マルティナ・フランカ、ターラント、マテーラ、レッジョ、と、半島を南下する旅をこころみて、三週間後、シチリアのシラクーザに着いた。

一九八八年五月二十九日

II

ベルガモ（イタリア）のコッレオーニ礼拝堂、1987年8月

「旅」のはじまり

1

澁澤龍彦は、ゆっくりと変貌しつづけるタイプの作家だった。いや、変貌というよりもむしろ、生長といったほうが正確かもしれない。初期の短篇小説群から『高丘親王航海記』まで、最初のエッセー集『サド復活』から『私のプリニウス』や『フローラ逍遥』や『裸婦の中の裸婦』まで、澁澤龍彦の三十数年にわたる文章家としての生活は、日々に生長する「私」自身との対峙の過程であったと見ることもできる。

そういうことならば、ある程度どんな作家にでもあてはまるのではないか、と思われるかもしれない。しかし、それはちがうのだ。彼の「私」がきわめて特異な、少なくとも近代の日本文学にほとんどど類を見ない、不可思議な、魅力的な本性を秘めていたことを前提として、私はこう述べているのであるから。

澁澤龍彥自身はその文章活動の途上で、そんな不可思議な、魅力的な「私」としばしば出会い、そのたびに勝ちほこったり、戸惑ったり、照れくさがったり、あるいは、遠いどこかの先例を拠りどころにすることで、作品世界の安定をはかろうとしたりしたものだった。古今東西の書物から呼びあつめられた「似たもの」たちが、いわば集合的な器となった彼の「私」を通じて、新奇でしかも本質的なことを語りはじめ、やがてひとつの国、ひとつの宇宙の独立を主張するようになるありさまを、彼は自分から愉しんでいるとも見えた。

先例としての「似たもの」たちばかりでなく、ある種の原型的な物、形、イメージの系列もまた、彼の「コレクション」に加えられていった。彼はもともと、そうした先例あるいは物、形、イメージをまず対象として見すえ、写しとることに意をそそぐ文章家であり、それらを安易に主体に従属させることを嫌うオブジェクティヴィスト(客観主義者)であったはずなのだが、「コレクション」そのものにはすこぶる安定した、「澁澤龍彥ランド」を印象づけるようなところがあった。しかも、それが可能になるということ自体、彼の「私」の不可思議さ、魅力の一面だったのである。

そんなわけで、夢の宇宙誌とか黒魔術の手帖とか、妖人奇人館とか悪魔のいる文学史とか呼ばれもする、なにやら心地よい、偏倚だがユートピア的でもある空間を、彼自身、好んでくりひろげていた時期は長かった。

その間の事態の変化は微妙である。彼の書物は彼の好む庭園とか城とか博物館といったものと、つまりある種の幻想的な小宇宙と、同一視されてしまうことが多くなった。彼の呼びあつめるものたちはひとしなみにフェティッシュとみなされはじめた。あたかもフェティッシュの民主国を仮設して、自立的な幻想世界に閉じこもることでその保全をはかろうとする現代特有の欲望を、彼こそが正当化してくれているように思われもしたわけだ。

それどころか、澁澤龍彥の「私」そのものが扱いやすく手なおしされ、フェティッシュに祭りあげられてゆくという事態もおこった。そのことが戦術のように見えた時期もあったが、彼自身は早くから逃走をはかっていた。いや、逃走というよりもむしろ、それこそが変貌であり生長の実態であったというべきだろう。たえず生長する自己を脱し、自己を追い、「私」という未知の何かに向いあおうとする意思が、彼の文章のうちに見えがくれしはじめていた。

ところで澁澤龍彥の作家人格は、一般にはあまり変化することのない、少年のような、あるいは結晶のような、堅固で透明で無時間的なものと感じられていたかもしれない。たしかに、彼の呼びあつめてくる対象にはそのような傾向があったし、語り手としての「私」の律してゆく彼の文体にも、強い造形志向がはたらいていた。けれども文章そのものは時間であり、そのなかで「私」はしばしば溶ける。溶けて流れる「私」をそのまま追ってゆく行為が新しい文体をつくりだしもする。庭園や城や博物館を雛形としていた彼の作品はしだいに、空間を侵す時間なるものをそのモティーフにとりこんでゆく。『胡桃の中の世界』（一九七四年）あたりからあらわれはじめる「時空」論は、彼の文学にとって本質的なものだった。そこにはすでに、「庭」よりも「旅」のかたちをとる作品の芽ばえがあったといってもよい。

生長し変貌する作家だった澁澤龍彥の生涯には、当然、いくつかの転機があった。若いダンディーのモダニストとして出発したひとりの翻訳家が、ラディカルなシュルレアリストに変貌していった五〇年代のおわりごろ。サド裁判をへて『夢の宇宙誌』（一九六四年）にいたり、自立した幻想世界をくりひろげはじめた六〇年代のなかばごろ。さらにその六〇年代への反省が生まれ、たとえば『黄金時代』（一九七一年）に見られるように、ユートピアやファンタジーやオカルティズムやデカダンスのテーマを表立っては扱わなくなったと自称する七〇年代のはじめごろ。だが、いまなによりも私たちの関心をひくのは、さきの『胡桃の中の世界』から『思考の紋章学』（一九七七年）をへて、『唐草物語』（一九八一年）以後にいたる生長過程である。

表向きには、それはエッセーから小説への変貌を意味していた。作者自身もその間の事情についてはすこぶる自覚的で、のちに幾度か回顧をこころみてもいるので、それらを二、三、引用してみよう。まず『胡桃の中の世界』については、それが「リヴレスクな博物誌のようなもの」だったことを認めたうえで、つぎのような解説を加えている。

「ひたすら原型を求め、イメージの結晶を求めていた私だったが、いまや、それをロマネスクにふくらませることに楽しみを味わっているというわけだ。これまであまりストイックだったものだから、その反動であろう、フィクションの世界で少し放蕩したくなったというわけだ。これが私の近年に

なって小説を書き出すようになった理由である。」（文庫版あとがき、一九八四年）

『思考の紋章学』になると、もっと明快なかたちで、「過渡的な作品」としての位置づけがなされている。

「一九七七年に刊行された本書『思考の紋章学』は、それより三年前に刊行された『胡桃の中の世界』と、それより四年後に刊行された『唐草物語』との、ちょうど中間に位置する私の作品である。つまり、博物誌ふうのエッセーから短篇小説ふうのフィクションに移行してゆく、過渡的な作品と考えることができる。私がフィクションを書き出すのは七〇年代の最後の年からだが、すでにこの『思考の紋章学』のなかに、やがてフィクションとして開花すべき観念の萌芽がいくつも認められるような気がするのだ。」（文庫版あとがき、一九八五年）

エッセーからフィクションへ、ストイックな博物誌からロマネスクな短篇小説へという変貌、あるいは生長は、かならずしもジャンル上の進化だけを意味するものではない。やがてフィクションとして開花することになるいくつかの「観念の萌芽」には、「私」をめぐるそれもふくまれていた。澁澤龍彥における小説への出発は、未知なる「私」との出会いだった。そして、それは同時に、それまでの彼自身の全作品活動をも回顧しつつその新しい「私」のうちに再統合してゆく、「旅」としての文学のはじまりでもあったように思われる。

この二つのエッセー集、とくに後者『思考の紋章学』の特徴は、語り手としての「私」が一種ユニークな位置を占めている、という点にも求められる。たとえば、書物のタイプとしてそれに先駆していたとされる『夢の宇宙誌』などとくらべても、「私」という語のあらわれる頻度がずっと高い。しかもそれまでのエッセー集では、対象をあるがままに見すえ、写しとってゆく安定した「私」が中心にいつづけたのに対して、『思考の紋章学』の「私」は、どちらかといえば対象の運動そのものを主宰しながら、同時に外からも眺めているといった二面性をもつ。「私」の思考が抽象の虚空に溢出しはじめる。語り手としての「私」はその過程に立ちあいながら、それをとりあえず紋章のように固定しようとする。例の造形志向がつらぬかれているわけだが、しかし、その間に溶けて流れ出てくるものも多い。ときには語り手としての意識さえ必要としなくなるほどの「放蕩」がくりひろげられはじめ、文中の「私」は観客の位置におさまったりもする。つまり、これは流動する思考としての「私」と、それを紋章化しようとする工人的な「私」とが並行して存在するような、不可思議で魅力的な書物なのである。

扱われたモティーフはすでに見なれているものをふくむ。ところが、流出し変貌しつづける思考がそれらを組みかえたり絡みあわせたりしてゆく過程で、「私」は静止した語り手の位置を脱けだし、むしろそれ自体こそ追いもとめられて語られるべき、ダイナミックな主体‐客体としての相貌を帯びはじめる。

たとえば集中の「円環の渇き」のような一章を見ると、澁澤龍彦が当時どれほど「私」のアイデンティティーの問題にとらわれており、空間的安定と時間的解放とのあいだでバランスをとろうとしていたか、が読みとれる。いくつかの逸話のなかでも、旅をする鳥シモルグの例がもっとも特徴的だろう。「まさに主体的変貌をとげて、愛と、愛する物と、愛される対象との三位一体を実現したのだとも言えるであろう」この鳥たちのイメージこそ、澁澤龍彦のうちなる未知の「私」の幻像であった。『胡桃の中の世界』以来の「入れ子」のイメージによる解釈も、もはや奔流を抑えきれなくなっている。澁澤龍彦の「私」自身が、この不可思議で魅力的な「愛」の概念にみちびかれて、どこか別の時空へと飛び立とうとしていたのであるから。

2

ここでようやく彼の後期小説の話になる。当然、フィクションへの再出発を画したとされる『唐草物語』がまず問題になるが、ジャンルの変化それ自体はかならずしも重要ではない。なぜならこの短篇小説集のなかでも、語り手としての「私」はまだ健在であり、『思考の紋章学』からの距離をさほど印象づけるものではないからだ。澁澤龍彦はゆっくりと変貌し、生長している。対象をあるがままに見すえ、写しとり、堅固で透明で無時間的な結晶に高めてゆく力をもっていた、しかもそれだけでじゅうぶんに不可思議で魅力的だったかつてのダイダロス的＝工人的な「私」への固執ぶりが、この本の多分に自己愛的な性格をあかしている。

たとえば巻頭の「鳥と少女」では、シモルグの前生を思わせるウッチェロ＝鳥という名の画家が、セルヴァッジャ＝野生児という名の少女と出会い、ともに生活する次第が物語られる。セルヴァッジャは愛を求める。だが画家はそれに気づくふりを見せず、肖像画を描いてやろうともしない。恋する野生の少女の生身よりも、その姿から引きだせる抽象的な「形」のほうに、彼の関心は固着しているからだ。

「肖像というものを、わしはもともとあまり好かんな。人間の顔は、人体のなかの一部分、さらに大きくいって自然のなかの一部分だ。わしには、それを独立させて扱おうという趣味はないな。〔……〕つまるところ、わしの考えでは、人間の顔には不純な要素が多すぎるのだよ。」

ここにはいくぶんか戯画化された自伝的要素が読みとれるだろう。少なくとも「ひたすら原型を求め、イメージの結晶を求めていた」かつてのストイックな構築家としての自己が回顧されてはいるだろう。セルヴァッジャはやがて死ぬ。画家の関心をひくものはもはや、その屍体だけであるかのように見える。ウッチェロの目は、異様に輝きだす。

「彼は少女の身体の硬直の具合を、合掌した小さな痩せ細った手を、あわれな目の閉じられた線を、十五歳になってもまだふくらみきれない未熟な乳房を、へこんだ腹を、貝殻のような貧相なセックスを、それぞれ写し取った。」

いわば絶対にとりつかれたオブジェクティヴィストとして、ひたすら対象《オブジェ》を「写し取る」主体でありつづけたウッチェロが、それでも屍体の前では「うつけたような顔で泣いた」という異文を、澁澤龍彦はあえて書きとめている。「いくら世間知らずの画家であったとはいえ、人間の死ということを彼が知らなかったはずはなかろうとも思う。これは私の意見である。」

ここに「世間知らずの」といった、いくぶん俗で無責任な紋切型の形容がはさまれるところに、澁澤龍彦らしさがあるといえなくもない。だがこうした「私の意見」もまた、この小説の寓意が多分に彼自身の過去への視線をふくんでいるだけに、すこぶる意味深長であるとも思える。

ともあれ、『唐草物語』にはじまる短篇小説集の系列には、徐々に変化しながらではあるにせよ、傍観する語り手としての主体が生きのこってゆく。ロマネスクな放蕩の切れ目に、ふと醒めた「意見」などを差しはさむそんな「私」の存在を、どことなく不自然に感じる読者もいたのではなかろうか。もっとも、『ねむり姫』（一九八三年）から『うつろ舟』（一九八六年）へと移りゆくころには、そうした語り手の介入は目立たなくなる。とくに『うつろ舟』では、もっと別の「私」にかかわる事件が潜行しているかに見える。最初に書かれていながら巻末に収められることになった重要な作品「ダイダロス」のなかに、人間の主体を「私」たらしめる動機さえも疑いはじめた語り手自身の、いわば、物語の水に溶けこんでゆこうとする過程が読みとれるのは興味ぶかい。

「聞いているうちに、陳のこころに変化がおこった。からだのなかを風が吹きぬけて、なにやら遠い記憶が一時によみがえってきたような気持だった。そうだ、おれは鎌倉の三代将軍実朝だったっけ。宋の工人に大船を造らせて、前生《さきしょう》に住んだ唐土の育王山を拝しに行くつもりでいたのだったっけ。かつてあんなにおれを熱中させた夢を、すっかり忘れていたとは異なことだ。」

陳和卿はすでに蟹に変身している。宋の工人であるどころか、もはや人間であることすら危うくなってきているのだ。結末はこうである。

「蟹は陳和卿でもなければ実朝でもなく、たとえ本人がどう思おうとも、まさしく蟹よりほかの何ものでもなかったのではないかという気がしてくるのはむりもなかった。いや、蟹は人間ではないのだから、この場合、本人といういい方はおかしいかもしれない。」

これはおそらく、澁澤龍彥のうちに起りつつあったドラマなのだろう。かつて原型や結晶を写しとるダイダロス＝工人として自己を規定していた本人が、いまや人間のアイデンティティーをも優しく無化する自己に立ちあい、一種の自然物へと変じようとしている。「私」はもう誰でもなく、しかも誰でもありうるような不可思議な、魅力的な「誰か」に変りつつある。日本の近代文学にほとんど類を見ない、説話やおとぎばなしを思わせるような個を超えた「私」の影が、こんなふうにして、大きく姿をあらわしはじめたのだ。

『うつろ舟』と並行して書きだされ、澁澤龍彥の最後の作品として書きおえられることになった長篇小説『高丘親王航海記』については、語りたいことが数知れずある。ここではとりあえず、この作品には語り手としての「私」がいっさい登場してこない、という点から考えてみよう。これは澁澤龍彥の書物としてほとんど前例のないことだ。もはや陳和卿もウッチェロもいない。『高丘親王航海記』のなかでは、どんな物、形、イメージも、ダイダロス的な空間構築への誘いとしてはあらわれない。すべては流れ、溶け、移りゆく。

航海とは、時間である。「旅」はもう「庭」によって規定されることがない。「私」とは、自由な物語の謂である。

小説構成上の不自然といったことも問題にはならない。ここでは何がおこっても、何が通りすぎても、許されてしまう。そういうことがむしろ自然に見えてくるような書き方なのだ。そしてその点が当然、新しい「私」なるものの本性にかかわっている。

周知のように、巻末の二つの章は、実際に迫りくる死の予感のなかで書かれた。一九八六年九月に入院して声を失い、十一月に下咽頭癌の大手術をうけたあとで、澁澤龍彦は「真珠」「頻伽《びんが》」の二章を完成した。驚くべきことだ。もともと象徴的な自伝の性格をおびていたこの航海記は、そんな事情から、死と向きあう作家自身の物語として読まれもする運命を担った。事実、喉に宿る不可思議な珠のイメージなどは、読む者の胸を引き裂く。だがそれをしも、たとえば私小説的な武勲として読むべきではない。むしろ、すでに「私」はみずからを解きはなち、「旅」そのものになって、物語の時空に浮遊しはじめていたのである。

すでに指摘しておいたことだが、ここでもういちど、この長篇の結末部にふれておきたい気がする。高丘親王は羅越の地で、六十七歳で死んだ。天竺の鳥・頻伽が飛びきたって鳴いた。二人の弟子が骨を拾いはじめた。

「モダンな親王にふさわしく、プラスチックのように薄くて軽い骨だった。」

一九八七年四月二十日の深夜に完成されたという第一稿では、はじめの「モダンな親王にふさわしく」がなかった。おそらくその二か月後の六月二十三日、単行本のための決定稿として文藝春秋に手わたされた校正刷に、この一句はつけ加えられたものである。高丘親王が「モダン」だというのは、「プラスチックのように」という表現と同様、一種のアナクロニズムだろう。主人公の性格づけとしてさほど説得力があるとも思われない。しかし、そんなことはどうでもいいのだ。読者は「モダンな高丘親王」のうちに、「モダンな澁澤龍彥」自身を重ねあわせて見てしまうからである。

そして最後の一行はつぎのようになっている。

「ずいぶん多くの国多くの海をへめぐったような気がするが、広州を出発してから一年にも満たない旅だった。」

ここで「気がするが」と述懐している主体は誰なのか。一応、すでに亡くなっている高丘親王ではありえない。二人の弟子だとはさらに思えない。それならば、澁澤龍彥自身だろうか。きっとそうだ。高丘親王の長いようで短かった航海をみずからの「旅」として回顧するにいたった澁澤龍彥自身であろう。だが同時に、あえていえば高丘親王であっても二人の弟子であっても読者であってもいっこうにかまわないような、誰でもない「誰か」でもある。それこそが、澁澤龍彥の獲得しつつあった「私」なのかもしれない。晩年になって、説話やおとぎばなしのうちに移り住むことに成功した「私」が、こうして最後の物語をまとめあげながら、平然と、自由に、晴朗に、みずからの過去の旅程を回顧しなおしている。これが『高丘親王航海記』の結末なのである。

そもそもこの航海の動機は、巻頭の「儒艮《じゅごん》」の章に示されているように、「エクゾティシズム」であった。「エクゾティシズム、つまり直訳すれば外部からのものに反応するという傾向である。なるほど、古く飛鳥時代よりこのかた、新しい舶載文化の別称といってもよかったほどの仏教が、そのまわりにエクゾティシズムの後光をはなっていたのはいうまでもあるまいが、親王にとっての仏教は、単に後光というにとどまらず、その内部まで金無垢のようにぎっしりつまったエクゾティシズムのかたまりだった。たまねぎのように、むいてもむいても切りがないエクゾティシズム。その中心に天竺があるという構造。」

金無垢のようにぎっしりとつまり、むいてもむいても切りがないものに中心がある、というのは明らかに矛盾しているけれども、だからこそ天竺は輝きを帯びたのだともいえる。つまり天竺とは、どこにもないようでいてじつはどこにでもありうるような核心なのだ。それは物語をみちびく動因のひとつではあるが、物語の中心に居すわる不動の自己などではない。そういう不可思議な天竺にまつわる「エクゾティシズム」をそのまま生きているからこそ、「私」はみずからを、はてしれない文章の「旅」として紡ぎだすことができるのである。

たまねぎの比喩は、遠く「陽物神譚」(『犬狼都市』所収、一九六二年)のなかの、「玉ねぎ神」なるものを思いおこさせる。そこで澁澤龍彦は「内部の中心に不可解な空虚を残し、その周囲を碧玉と純金と象牙の薄い層で幾重にも覆った、真実の玉ねぎそっくりそのままの鱗茎状のもの」を彫る工人としての「おれ」の幻想を語っていた。「すでにおれは人間にして人間ではない、玉ねぎの中の神なのである。」

三十年をへて、たまねぎそのものが変貌していたのだ。高丘親王は中心の空虚に宿る神などではない。物語はもはや求心的に凝集してゆくことがない。むしろ遍在する中心の上をすいすいと滑ってゆく。「私」はこのようにして、なにかしら終りのない運動体そのものになっていった。

そんな不可思議な構造をもつ「エクゾティシズム」を育てていた高丘親王の幼年期の思い出は、おそらく澁澤龍彥の「文学の幼年期」への回顧にも重なっている。空間だけでなく、時間もまた既知の秩序を離れ、中心を捨てて、アナクロニズムを日常化している。コロンブス以後の新大陸で発見された大蟻食いが、六百年前の越南（現・ベトナム）に出現して人語をあやつる、などといったことが平然とまかりとおる。それと似たことが「私」のうちにも生じている。かつての自作中のモティーフが自由自在に出入りする。他の作者の書物から移り住んで語りだしてしまう者もある。『高丘親王航海記』は、個の境界を越えた不可思議な、魅力的な「私」の回顧をうちにふくんでいる。

なぜそんなことが可能になったのか。澁澤龍彥が澁澤龍彥であるから、とでもいうほかはない。伝記的に「私」の成立を裏づけることもいまは必要とされない。だが以上の確認にもとづいて、彼の作品全体を、より綜合的にとらえなおすことはできるだろう。それぞれの作品は事実、いたるところで連絡しあっており、内と外との境界がなくなって見えることもある。たとえば他の思いがけない作品に、高丘親王やウッチェロや陳和卿がひょいと顔を出して、何ごとかを伝えて去るといったことさえ起りうる。航海の動機として示された不可思議な「エクゾティシズム」の観念は、ずっと前の初期作品までさかのぼって、彼の文学のはじまりに立ちあうことを容易にしてくれる。

3

澁澤龍彥は下咽頭癌の再発後、病室で夫人にこう書いて示したという。「俺が死んだら、きっと誰かが俺の作品を二つ見つけ出して、本にするよ」と。事実そうなって、これまで彼のどの書物にも収録されていなかった二つの短篇小説が「海燕」誌によって発掘・紹介され、いま一冊の単行本にまとめられようとしている。「撲滅の賦」と「エピクロスの肋骨」。前者は一九五五年七月二十日発行の「ジャンル」誌の創刊号、後者は一九五六年五月十五日発行の「未定」誌の第三号に載ったもので、作者が二十六、七歳のときの作品だ。彼はすでにコクトーやサドの訳書を出しはじめていた。それにしても、『犬狼都市』や『サド復活』に収められる小説やエッセーが書かれるのは一九六〇年ごろからなので、この二作品は、彼の作家活動の最初期を画するものだということになる。

とくに「撲滅の賦」はいわゆる処女作と見てもよい。「ジャンル」は創刊号だけで終った同人誌で、発行元は鎌倉市小町の澁澤龍彦方となっており、同人も大半が当時は鎌倉にいたほぼ同世代の詩人、作家、学者たちだった。編集後記を詩人の岩田宏とならんで澁澤龍彦が書いている。

「〔……〕われわれは飯を食ったり電車に乗ったり失恋したりする合間に、こまかい文字を書いたり消したりして生活の資を得ている態の人間ではあるが、われわれにとって往々苦行であるこの文字を書くという作業を、一切の資本主義的商業主義的迎合的制約から解放された次元において実現することが出来るならば、これは、この雑誌は何と楽しい、そして大事な、われわれの宝となるものではなかろうか、とこう思った次第である。」

こんなぐあいに、若々しく率直に、やや気負った姿勢で、時代の気分をただよわせつつ、同人雑誌の創刊を宣言している。

だが「撲滅の賦」そのものは、すでにどこか高次のものを感じさせる処女作だった。なんと魅力的で不可思議な出発だろうか、と心を打たれもする。なるほど、たとえば登場人物の美奈子には身近なモデルがいて、これはこれで当時の澁澤龍彦青年の、鎌倉という小世界のなかの感情生活を描いているという面もあるのだが、いまはその実情を問題にするときではない。また語り口の驚くほどの熟達ぶりも、あらためて称えるまでもないだろう。なによりも興味ぶかいのは、ここに語られている一見いわれのない「不安」であり、それをほとんど強引に形象化しおおせている思考の過程である。

一篇のはじまりは美奈子との情事である。だがそれ以上に、この情事を外から見つめている大きな目のような硝子鉢と、魚たちの存在を強く印象づけられる。これはどうやら情事の物語であると同時に、魚あるいはその小宇宙的な棲処としての硝子鉢と、「私」とのあいだの格闘の物語でもあるらしい。はじめは硝子鉢に見つめられているだけだった。ところがある日、画家である美奈子が、こんどはこちらから鉢のなかの金魚を見つめかえし、なにやら表現派ふうの絵にしようとしている場面に出会うことになる。

しかも彼女はそれまで、「私」のことを「お魚さん」と呼んでいたはずだった。ところがいま、あなたよりも「金魚の方がよっぽどお魚に似ている……」などと、奇妙なことをいいだす。そんな混乱につれて、絵のモデルの地位を奪われそうになった「私」は、自分が誰なのかを問わざるをえない羽目におちいる。

美奈子と「私」と金魚とのあいだの、いわば三角関係がテーマになっているようなわけで、これは不可思議な物語だ。もともと魚を畏敬し、金魚への「言おうようのない劣等感」に悩んでいた「私」は、自分の存在理由を疑いはじめている。どうやら、魚には「目ぶたがない」という一事が、圧倒的な重みをもって、「私」をゆさぶっているらしい。なぜだろう。まぶたを持たぬものはまばたきをしない。目をつぶらない。眠らない。内部に闇をもたない。というのは、意識をもたないということでもある。そんな魚族の目が、それ自身の生命の場である一個の天体のような金魚鉢に同化して、こちらを見つづけているといった状況が、「私」の意識にとっては「不安」なのである。

この小説もまた、古今のさまざまな作品に典拠をもっている。冒頭の一行のリズム感からして、またたとえば「仕儀」といった言葉のやや唐突な使い方からして、石川淳の影響はあからさまだ。「比較は愛情のわるい伝導体です」などという格言ふうの口調は、ジャン・コクトーその他モダニズム作家とのつながりを思わせる。では金魚や金魚鉢についてはどうだろうか。これもモダニズム文学になじみのモティーフではあって、プルーストやスーポーやルーセルや岡本かの子あたりを思いうかべてみてもいい。ただし、この場合の出自ははっきりしているように思われる。埴谷雄高の短篇小説「意識」(『虚空』所収)がそれである。

金魚と金魚鉢の目のよびおこす「撲滅の賦」の「私」の「不安」は、澁澤龍彥が二十歳のときに読んだというこの「意識」(「文藝」一九四八年十一月号)の延長上にある。これは人間の意識を、目を媒介にして探った刺戟的な小説だった。主人公は目を閉じて闇に直面する。そして奇妙な実験をこころみる。まぶたを押す。強く押しつづける。すると、閉じた目のなかの闇の中心に、痛みをともなってほの白い光が見えはじめる。「そうだ。それは暗い闇の奥から自発してくる光だった。」彼はこの光を「意識」と名づける。

埴谷雄高の主人公はやがて淫売窟におもむく。ある娼婦の見なれた部屋に、大きな金魚鉢がある。まぶたをもたない金魚が、目をあけたまま眠っている。彼は思う。

「もしその内部に闇と光をたたえる瞼の蓋がなければ、恐らくこの私の意識はなかったろう。それはこのようなものとしてはあり得なかっただろう。そうだ。その蓋がなければ、それはつねに外界を映しつづけている金魚の意識とそっくりそのまま同じだったろう。」

「撲滅の賦」の澁澤龍彥は、埴谷雄高のいうこの金魚の意識ならぬ意識と向きあううちに、自分が人間なのか、それとも魚なのかわからぬといった状況に立ちいたり、やがて、自若として魚でありつづける金魚への嫉妬の念から、その「撲滅」をくわだてることになるわけだ。美奈子によってすでに外界にとらえられ、内部の自発する光などではありえなくなっていた「私」の意識が、小宇宙のなかから外界をにらむ金魚の意識ならぬ意識と闘っている過程、として読んでもよいだろう。埴谷雄高の引いたヘッケルの系統樹も出てくるが、澁澤龍彥の場合には、それが「時間軸」であるイグドラジイルの大樹に生長してゆく。

そしてなにやら龍彥（本名・龍雄）の分身を思わせもする少年「タッちゃん」に大ザリガニを採らせて、金魚の撲滅を成就してしまってからの展開にも、かなり複雑な寓意が託されていることがわかってくる。

こんどは主《あるじ》を失った金魚鉢そのものが、前よりも大きな「遍在する眼」となって、「私」を睨みはじめるというのだ。それでもその金魚鉢を壊すところまでは行かない。おなじく「物」と向きあってはいても、もっぱら内部にとどまりつづける埴谷雄高とは反対に、澁澤龍彦は金魚鉢という外部を膨脹させてゆく。末尾の括弧のなかに、「実はこのお話は此処から始まってもよいわけなのですが、どうやら幾ら書いても切りがなさそうなので」とあるのが暗示的である。澁澤龍彦はふくれあがる外界の物、形、イメージを見すえ、写しとろうとしはじめているのだろう。ここにこそ、なにか「出発」が予告されているのではあるまいか。

私が埴谷雄高の作品に先例を求めたことについては、やや意外に思われる向きがあるかもしれない。けれども澁澤龍彦はのちに、自分からその点をほのめかしてもいる。一九七九年に『埴谷雄高作品集・第十二巻』の解説として書かれたエッセーは、ほかならぬ「金魚鉢のなかの金魚」という題名を与えられることになる。

「実際、私は初読のとき、この娼婦の部屋のテーブルの上に、夜、ひっそりと置かれた金魚鉢のなかの金魚というイメージに、なにか深淵に吸いこまれてゆくような感銘をおぼえたのである。〔……〕この魚類には瞼がないということ、水中でいつも眼をひらいているということ、――この一事をうまく小説のなかに導入し、小説のなかで生かしていることが、おそらく短篇『意識』を成功せしめた一つの原因であろうと私は考える。」（『城と牢獄』所収）

二十六歳の澁澤龍彦もまた、この埴谷雄高の先例をうまく小説のなかで生かして、それとはまったくちがう情事の物語に導入し、「撲滅の賦」を成功せしめたというべきだろう。

じつはその後も、魚の目や水槽のモティーフは、彼の作品のいろいろな場面に姿をあらわすことになる。「犬狼都市」の主人公・麗子は、「魚の睡眠に関する研究」で知られる父の魚類学者・朝倉朝彦の所説を、埴谷雄高とほぼ似た論旨のもとに要約してみせている。それにしても、魚が眠るかどうかなどという議論は結局どっちでもいいことで、魚になってみなければわからないではないか、と悪態をついたりもする。なにかここで、澁澤龍彦における「魚コンプレックス」といったものでも想定するべきだろうか。そういえば晩年の小説「魚鱗記」(『うつろ舟』所収)にも、魚と水槽とが、あいかわらず重要なモティーフとして登場してくる。しかもそれは遠い先例であった「撲滅の賦」とおなじく、「女の子の魔力」の物語である。

江戸後期の長崎で「ヘシスペル」なるゲームが流行したが、これは水漕のなかの魚を薬品の力で踊りくるわせるといったようなもので、あるとき、ゆらという少女がそれをこころみるや、驚くべきスペクタクルと化した。そこへ十一郎なる少年があらわれて、その魔法のタネが磁石であることをあばく。ゆらはこれを認めずに発作をおこして、「からだを弓なりにのけぞらせながら」息たえる。これもまた磁石という物質を介して語られた、少女と少年の愛の寓話である。かつて魚の撲滅をまのあたりにして泣きさけび、「弓のように軀を反らせ」て情事にふけった美奈子のほうが、かえって「魚鱗記」のゆらを回顧しているのではないかとさえ思われる。

澁澤龍彦の女と男の物語において、女は魚の側につく。少年がその前で愛=磁石のメカニズムをあばいてしまうことは危険だ。美奈子の生身の愛を保全する手段は、まさに撲滅でしかありえなかったにちがいない。

ともあれ、この処女作「撲滅の賦」には、澁澤龍彥の作品にはきわめてめずらしい、情念の発露が見られる。美奈子との関係によってかきたてられた意識の「不安」と、アイデンティティーの危機の告白が、なにやら鮮烈に、長い「旅」のはじまりを画していた。そこにただよう独特のなまなましさは、数年後にまとめられる最初の小説集『犬狼都市』（一九六二年）との距離をはからせもする。後者では語り手としての「私」が鳴りをひそめている。といっても、もちろん『高丘親王航海記』の場合とはまったくちがって、ピエール・ド・マンディアルグの短篇小説という好個の「枠」を獲得した作者が、工人的＝ダイダロス的な構築のわざを完成させ、「私」を一挙に安定へとみちびいてしまったからである。澁澤龍彥はいつのまにみごとな武装をなしとげて、「あの澁澤龍彥」を演じられるようになったのだろうか。

もっとも、それまでには、まだいくつかの段階があった。

4

旧「ユリイカ」を発行所とする同人誌「未定」第三号（多田智満子編集）に載ったもうひとつの初期小説、「エピクロスの肋骨」には、前作にはあまり見られなかった魅力的で不可思議なポエジーの香気がある。

「撲滅の賦」の「私」とおなじく、「詩人」であるらしいコマスケという主人公が登場するが、こちらは実際に詩を書きもする。いや、コマスケの出会うあらゆる外界の事物や出来事が、つぎつぎとポエジーに変じてゆくのだといってもいい。「撲滅の賦」にわだかまっていた何かはすでに消えさっている。エピクロス、この快楽主義の祖を題名のうちにあえて引きこんでいるこの小説が、ある「脱出」からはじまっていることは偶然ではない。

前作に見られた「不安」の情念は、ここでは「孤独」の抒情にとってかわられている。「時間」への怖れも、もはやない。それどころかコマスケは時間に身をゆだねているかに見える。つぎつぎと生起し転変する事物や出来事を眼前に通過させてゆく。変身、つまりアイデンティティーの無化ということが、この一篇の重要なモティーフとなっている。サナトリウムの門番は山羊に変る。三毛猫が少女に変る。コマスケ自身も木琴とペン軸に変る。若き日のモダンな澁澤龍彥にふさわしく、これほどはっきりした外形をもつ軽いオブジェと化してしまう骨のイメージは、三十年後の『高丘親王航海記』のあの結末部を思いおこさせる。

音楽のモティーフの導入も、時間に関連するところがあって興味ぶかい。デルタ・リズム・ボーイズの「ドライ・ボーンズ」や、ロッシーニの「セビーリャの理髪師」のたぶん序曲が、コマスケの脱出と変貌の旅と、それにともなう外界の転変のありさまの、軽くてどこか切ない、リズミカルな伴奏となっている。これは「撲滅の賦」の状況から逃走する一種のセンチメンタル・ジャーニーであったかもしれない。

海辺の光景、紙と校正係と山羊、海水や霧のインク、肺の空洞、東京行きの汽車、猫、少女娼婦、まぶたへの接吻、窓ガラスにうつる深海魚、目の外にとびはねる火、ギンザ、夜間飛行の尾燈、都会の光と影、マラー暗殺のシーン（少女がシャルロット・コルデーを演じる）、あばら骨にペン軸、円タクの運転手、街路樹、等々。二十代なかばに肺結核をわずらい、校正で生活の乏しい資を得ていた当時の澁澤龍彦自身をとりまく光景が、なにかしら透明で少年的でモダンな気分のなかで生起し、黒い敬虔なボーイズ、夜の植物たちの「低音合唱」によって閉じられるまでの展開は、のちに「視覚型」を自称するようになる作者にこそふさわしい、目に見える音楽なのだともいえる。

マテリアリゼーション（実体化・物体化）の観念もこの点にかかわってくる。「ああ、孤独とは内部から外部へひろがるもの、病巣のように、アダムの肋骨のように、マテリアリゼーションの傾向を有っているものにちがいない。」この降ってわいたような孤独こそが、「撲滅の賦」以来、澁澤龍彦の「私」の目を外界におしひろげていった原動力なのだ。マテリアリゼーションは説話やおとぎばなしの原則と底を通じている。そこではすべてが偶然に、いわば「物理」として起る。近代小説の要求する心理なるものがないし、合理性もない。妖精のつむぐ運命の糸にあやつられて、出来事は勝手気ままに偶発する。

孤独は誰もいない横須賀線の座席の上に三毛猫を実体化させた。その三毛猫がまた少女になった。驕慢だが人形のように思いどおりになり、パタリヤ・パタタ姫にもねむり姫にもなりかわることのできそうな、「私」をあやしつつまた刺し殺しもするこの「ものすごく眼の大きな痩せた」少女娼婦こそ、澁澤龍彦のいだきつづけていた女性の原形かもしれない。生身の女・美奈子はもういない。いたとしてもセルヴァッジャの位置に退いている。女性はいつもアダムの肋骨からつくられ、少女として実体化してゆく存在であるかのように見える。

これはまた一種の少年文学だといってもよいものだろう。アンデルセンやコクトーやシュペルヴィエルあたりから、宮澤賢治や稲垣足穂や安部公房あたりにまでつらなる近代のメルヘン作者たちの詩情が、「エピクロスの肋骨」の先駆として想起されてくる。それに、獄中で単調な執筆の日々を送っていたサドよりも、ある日とつぜんシャルロット・コルデーに刺されて果ててしまう滑稽なマラーのほうが、詩人を自称する少年の似姿としてはふさわしかったのだろう。題名どおり「サド復活」を宣することになった最初のエッセー集(一九五九年)の主調をなすであろう黒いユーモアの想念は、ここではまだ頭をもたげてはいなかったのである。

ところで、生長しつづける作家だった澁澤龍彦の「私」は、なぜか『犬狼都市』のころに一時の安定を見、一般によく知られる「あの澁澤龍彦」なるものを演じはじめるようになったわけだが、その巻頭作品「キュノポリス(犬狼都市)」が「聲」誌の一九六〇年春号に掲載されるすこし前の一九五七年九月に、「アルビレオ」(串田孫一編集)という小雑誌の第三十二号にあらわれたもうひとつの未刊行作品として、「錬金術的コント」なる一篇がある。

この小品の構成はなにやら興味ぶかい。少ないページ数のなかで、澁澤龍彦はのちの『黒魔術の手帖』(一九六一年)で語ることになるような種類の逸話を、ある程度たくみに前後に配している。そして中央を占めるコント自体は、十九世紀末フランスの作家アルフォンス・アレーの短篇の引きうつしにすぎないのだ。海水で詩を書いた「エピクロスの肋骨」のコマスケにも似て、海水で絵を描いてしまったノルウェーの画家のセンチメンタルな物語が、ここにいう「錬金術」の素材である。ベルゲンがここでは葉山に移しかえられ、ルアーヴルが銀座に移しかえられている。やがて絵のなかの海水が外部にあふれだし、恋人は溺れ死ぬ。「ああ、気の毒に。」

断わりもなしに借用してしまっているアルフォンス・アレーの短篇「奇妙な死」を、澁澤龍彦自身、のちに『怪奇小説傑作集4』(一九六九年)という訳書のなかに全訳紹介していることを申しそえよう。独創性という近代の神話を、彼はこの錬金術的借用＝変換によって一挙に超えようとしていたのだろうか。あるいは集合的な容器としての「私」の自覚がすでに芽ばえていたのでもあろうか。たしかに、「似たもの」たちを呼びあつめて自己に変換する「私」の装置は、そのまま、アンドレ・ピエール・ド・マンディアルグの「ダイヤモンド」を下敷きとする短篇小説「犬狼都市」の幻想を支えるものになっていった。

だが「撲滅の賦」や「エピクロスの肋骨」のような最初期の小説をあらためて読んでみるとき、いまではそれよりももっと新奇でしかも本質的な、「私」を脱出しようとつとめていた「私」の人格に出会うことができる。死後にこれらが発掘され、何者かによって本にまとめられるだろうことを、彼が最後の病室で予言していたというのは意味ぶかい。澁澤龍彦はとにかく「旅」を生きつづけようとしていた作家なのである。

最後の小説『高丘親王航海記』にしても、あらたなエピクロスの方向を用意していた作品なのかもしれない。すでに構想されていながらついに書きだされることなく終ってしまった澁澤龍彥の「次回作」——玉虫三郎光輝なる「小人」が時空を超えて旅をしつづけるという未知の書物『玉虫物語』(メモには『玉蟲物語』という旧字表記もある)を、いわば未来を回顧するようにして、ふたたび思いやることにしよう。

一九八八年三月二十一日

『サド復活』のころ

晩年の（と、いまでは書かざるをえない）澁澤龍彦は、私に向って、よくこんなことをいっていたものである。俺は自分の古いエッセーを読みかえすと、いやになっちゃうよ。生硬だし、つっぱっていたし、かっこつけていたからなあ。だから、あんまり再刊したいとは思わないんだ。

『サド復活』（と『神聖受胎』）あたりのことをいっているんだなと、すぐわかる。もちろん、これはちょっとした謙遜と挑発をまじえての放言なのだろうが、年下の友人である私としては、いちおう反論しないわけにはいかなかった。

生硬だなんて、とんでもない。あれはむしろ「昂揚」でしょう。それに、あれだけつっぱっていたからこそ、かっこつけていたからこそ、『サド復活』はすばらしい本だったんじゃないか。だいたい、あのころあの本にめぐりあわなかったとしたら、僕は澁澤龍彦に会ってみたいなんて、思わなかったかもしれないんだから。

　すると彼は笑いはじめた。意外に厚みのある唇をすこしゆがめて、にやにやとしはじめるその感じは、おもしろくもあり、また魅力的でもあった。

　一体に物書きというのは、自分のいわゆる「若書き」の文章を、過度にいやがるものなのかもしれない。私だってそうだ。たとえば学生時代に書いた小説の真似事など、読みかえしたいとも思わない。けれども澁澤龍彥の場合は、いささか事情が異なっていたというべきだろう。『サド復活』のころの彼の文章は、けっして、いわゆる「若書き」などではなかったからである。

『サド復活』は澁澤龍彥という作家・批評家・エッセイスト・仏文学者の、最初の著書にほかならない。一九五九年九月十五日、三十一歳のときに世に問うた、いわゆる処女エッセー集であり、デビュー作であった。

　それにしても、澁澤龍彥はそれ以前に多くの翻訳書を出していて、それらはどれをとっても、驚くべき日本語の習熟ぶりを感じさせるものだった。

　そればかりか、二十七、八歳のころに同人誌に発表していた初期の短篇小説も、いまでは単行本のかたちで読める。「撲滅の賦」（一九五五年七月）や「エピクロスの肋骨」（一九五六年五月）のような作品は、すでに習作どころではなく、ある種の完成に達してさえいる。戯作と本歌どりの気分、常套句への好み、モダニズム。事物やイメージをくっきりと浮き彫りにしながら、一定のリズムとメロディーを保とうとする散文の運動。澁澤龍彥はつまり、はじめから澁澤龍彥以外の何者でもなかったということだ。

ところで『サド復活』という書物は、そんな二十代のさまざまな仕事ののちに、一九五八年から五九年にかけて、彼がつぎつぎに書き綴っていったエッセーの集成なのである。

弘文堂の名編集者でもあった英文学者の小野二郎からこの処女出版の機会を与えられて、当然、彼は大いに意気ごんだことだろう。二十代になしおえた研究の総まとめ、あらたに体験する時代への発言、といった意図くらいはいだいていたにちがいない。事実、これはじつに生き生きとした、どこかハイな気分にみちた、処女エッセー集にふさわしい力作として完成された。

ところが澁澤龍彥は、のちにしばしばこれを、「若書き」として照れくさがるようになるのだ。とくに一九七〇年代に入るころから、そんな傾向があらわれはじめていたように記憶する。

ちょっとした謙遜と挑発をまじえながら、これが本来の澁澤龍彥の仕事らしくない、なにやら「魔がさしていた」一時期の産物であったかのように、ふるまい、演技しようとしていた気配さえうかがわれる。

そして『サド復活』という書物の、その後にたどった運命を追いなおしてみるとき、たしかにどこか不遇な本だったのだな、と思われてこないでもないのである。そこに何かが見える。澁澤龍彥という作家の一面がくっきりあらわれているかもしれない。

――と、私はまず考えてみることにしよう。

ここで話はいきおい書誌的な細部にわたることになる。多少、煩瑣になるかもしれないけれど、しばらくおつきあいをお願いしたい。

★

『サド復活――自由と反抗思想の先駆者』というタイトルの書物は、すでに見たとおり、一九五九年九月十五日に弘文堂から刊行された。「現代芸術論叢書」（「文学、美術、音楽等ジャンルの別なく、現代芸術の最前線の問題をとり上げ、清新な感覚で鋭い解析を加えた評論群」との謳い文句をかかげていたコレクション）の、第五冊目としてである。ちなみに、この叢書の既刊分の巻末広告ページに予告されていた澁澤龍彥・処女エッセー集の題名は、『サド復活』ではなかった。

『文学的テロリズム』――これが、この本のためにまず予定されていた標題なのである。なんと端的な、若い著者の意気ごみと姿勢をうかがわせる仮題であったことか、と感慨をおぼえてしまう。改題の理由はもはや明らかではない。

ただ、『サド復活』の巻頭に収められている最長篇のエッセー「暗黒のユーモア――あるいは文学的テロル」の副題に、この予定されていた書名が反響している。

「暗黒のユーモア――あるいは文学的テロル」の初出は、今日まで明らかにされていない。じつは以上のような事情からして、私自身は、これはこの本のための書きおろしだったのではないか、と推理している。

いかにも力のこもった、過激な、昂揚を誘う長篇エッセーである。もともとこれがアンドレ・ブルトンの『黒いユーモア選集』に触発され、それをいわば下敷きにしつつみずからの展望もつけ加えた澁澤龍彥版・黒いユーモア小選集であり、一種の宣言文としても読めるものであることは、すでに別のところで指摘しておいた。

事実このエッセーのなかには、一九六〇年代にくりひろげられる澁澤龍彥の仕事の方向がすべて予告されている、といえなくもないだろう。

だが、それはともかくとして。

『サド復活』の初版本は計八篇のエッセーと「あとがき」を収め、その間に別刷のアート紙による図版ページ(加納光於の銅版画多数と、サド、フーリエ、フォルヌレ以下のいわゆる「文学的テロリスト」たちの肖像、マックス・エルンストのコラージュなどの複製)を挿む、当時としても斬新な感覚の本だった。

表紙カヴァーのデザインも加納光於による。かなり過激な印象。そうした書物のつくりかたそのものに、一種のアジテーションを予感した読者もいたにちがいない。もっとも、数年後に古書店やゾッキ本屋に積みあげられるようになったころには、この叢書に共通の赤黒二色刷のカヴァーにもどっていたと記憶する。

それもともかくとして、つぎは十一年後のことである。一九七〇年の十月十日に、おなじ弘文堂から、新装本のかたちで、『サド復活』の再版なるものが出ている。

この版本では、初版にあった加納光於による「飾画」(ランボーの『イリュミナシオン』の邦訳題名のひとつを意識したものか）の部分がかなり縮小されて、巻頭の数ページに、サド、フーリエ、フォルヌレらの肖像図版だけがのこされていた。しかし本文については、ほとんど訂正がほどこされていない。

そしておそらく、これこそが最後の版本であったようだ。のちに絶版になってからは、どの出版社からも再刊されることなく、『サド復活』という処女エッセー集は、長いあいだ、読者の手に入りにくい書物になってしまっていた。

周知のように、著者の晩年（と、いまでは書かざるをえない）には時ならぬ「澁澤龍彦ブーム」がまきおこって、彼の旧著の多くは、文庫本や各種選集のかたちで、つぎつぎと再刊されるようになった。没後も、その「ブーム」はつづいている。

それなのに、『サド復活』に関するかぎりは、なぜか手つかずのまま、宙吊りのままにされてきたのである。

——いや、そんなことはない、それはすでに桃源社の『澁澤龍彦集成』に再録されており、こちらのほうならいまでも読むことができるではないか、と思われるかもしれない。たしかに『澁澤龍彦集成Ⅱ』（サド文学研究篇）の巻末には、「サド復活」と題する項目があり、この巻は一九七〇年四月一日という日付をもっている。

ところが、それは明らかに別のものだ。処女エッセー集『サド復活』の全篇を再録したものではなく、むしろ「もうひとつの『サド復活』」を構成するものなのである。澁澤龍彦はそのとき、原『サド復活』におさめられていた計八篇のエッセーのうち、四篇をとりのぞき、新しく七篇の短いエッセーを追加している。つまり大幅な入れかえをおこなったということである。（ちなみにこの『集成』では、『神聖受胎』についても似たようなことが起っている。）

原本の巻頭エッセー、Ⅰの部の最初の章であったあの「暗黒のユーモア――あるいは文学的テロル」が、ここでは姿を消している。Ⅱの部の三篇も削除されている。とくにその冒頭を占め、原本の標題に通じていた長篇エッセー「サド復活――デッサン・ビオグラフィック」（これも初出がわかっていない）自体が消え去ったということは、当時、どこか奇妙な印象を与えたものである。

ここにいう二つの長篇エッセーは、おそらくそれ以後、澁澤龍彦のどんな書物にも再録されていない。予告されていた書名『文学的テロリズム』に直結している章と、改題後の書名『サド復活』に直結している章とが、二つながら雲がくれしてしまったわけである。

澁澤龍彦の書物史には、ときおりそういうことが見られた。旧著を解体・再構成するという作業は、『サド復活』や『神聖受胎』ばかりでなく、のちのいくつかのエッセー集（たとえば『サド研究』『ホモ・エロティクス』『偏愛的作家論』『貝殻と頭蓋骨』など）についてもおこなわれている。それにしても、書名そのものとかかわる重要な収録作品がどこかへ消えていってしまったというような例は、『サド復活』以外にはないはずである。

もうひとつ、奇妙に思われることがある。『澁澤龍彦集成』による解体・再構成がおこなわれる七か月ほどあとに、さきにふれた弘文堂版の新装本が（ただし『澁澤龍彦集成』とくらべると少部数）

出ているのである。つまり、著者はこの処女エッセー集を、一方では解体・再構成し、他方ではそのまま保存しようとした。この時期の澁澤龍彦には、なにかしら二面的なところがあったのかもしれない、と思われたりする。

事実、一九七〇年前後の日々が、彼にとってひとつの転機であったことはたしかだろう。あのころから彼は、たかだか十年前のものにすぎない旧作群を、「若書き」といいはじめていた。

それでも澁澤龍彦の過去をかえりみる視線は、まだ微妙であったように思える。なまなましい何かがのこってもいたのだ。もういちどそんな何かを復元しようとこころみるのは、けっして無駄なことではないだろう。

★

私はこの文章の書きだしの部分で、「あのころ」という言葉に傍点をふった。それは私が『サド復活』を読んだあのころ、大学に入った一九六一年ごろ、というプライヴェートな事情を強調するためだったのだが、こんどはむしろ、著者・澁澤龍彦にとってのあのころのことを、問題にしなおしてみなければならない。とくに年若い読者のためには、二、三の事実データを提供しておいたほうがよいだろう。

一九七〇年十月十日に出た前掲の新装本には、同年八月の日付入りで、新しい「あとがき」がつけ加えられていた。その書きだしはこうなっている。

「これは私の最初の評論集である。いま、初版本の奥付をしらべてみると、昭和三十四年九月十五日発行と書いてあるから、この本が初めて世に出たのは、正確なところ、六〇年安保騒動の絶頂期の九ヵ月前だったということになる。」

まず「正確なところ」という一句がおもしろい。澁澤龍彥は、あの一九六〇年六月十五日――いわゆる日米新安保条約を強引に批准しようとした岸信介内閣に反対して、十万人にのぼるデモ隊が国会突入をはかり、ひとりの大学生・樺美智子が犠牲となったあの「絶頂期」六・一五から、原本の刊行の日付を「正確」に逆算しているわけだ。

もうひとつ、安保「騒動」という表現がまたおもしろい。もちろんこれはふつう安保「闘争」と呼びならわされるようになっていた出来事であるわけで、少なくとも、当時の革新派、全学連、進歩的文化人たちにとって、それを「騒動」と表現することはちょっとした韜晦《とうかい》か、それとも挑発とみなされかねなかっただろう。

だが澁澤龍彥は、もっぱら「騒動」で押し通そうとしたように見える。といって無関心を装っていたわけではない。むしろ当時の彼は、かなり昂揚していたのである。自分からデモ隊に加わったということではないが、いわゆる「六月行動委員会」につながる過激な出版社主・石井恭二などに誘われて、一度だけ、「野次馬」として、国会周辺へデモを「見物」に出かけたりしている。

彼自身がのちに回想で用いたこの「野次馬」にせよ「見物」にせよ、当時の進歩的知識人たちにとってはやや不謹慎な言葉だったろう。だがこちらは六〇年安保なるものを、はじめから騒動、祝祭、供犠としてとらえるような構えができていたから、彼らとは話が噛みあわない。澁澤龍彦はすでに、サド、フランス革命の闘士たち、フーリエ、マルクス、トロツキー、ブルトン、バタイユなどの精読を通じて理論武装し、自分なりの革命観を育て、それを前年の書『文学的テロリズム』——もとい『サド復活』のなかに、祝祭のようにぶちまけていたのだから。

そして事実、この本は一九六〇年の擾乱の日々にも、ひそかなアジテーションの書として読まれていたのである。

そういえば、当時の思想的指導者のひとりだった吉本隆明の『芸術的抵抗と挫折』が出たのは『サド復活』と同年であり、『擬制の終焉』が出たのは『神聖受胎』と同年である。

澁澤龍彦にとっては、「抵抗」も「挫折」もなかった。はじめから「復活」であり「受胎」であり、「擬制」などはとっくのむかしに「終焉」していたのだ——といってよいかもしれない。だからこそ、彼はいつも無垢で、超越的で、反時代的・反進歩的で、プッツンで、ひとりだけ別物であるように見えたのかもしれない。

以上のことは、じつは私自身が『サド復活』に出会ったあのころの印象にもとづいて、この本の位置をふりかえったまでのことである。何をかくそう、一九六〇年にはまだ高校三年生だった私自身もまた、いわゆる平和と民主主義のイデオロギーなど眼中になく、「騒げ騒げもっと騒げ!」(深沢七郎の言葉)と心のなかで叫びつづけていた、「野次馬」大衆のひとりであったわけだから。

澁澤龍彦はその後、これもまた問題の一九七〇年ごろに、「アクチュアルな事象については、なるべく発言しないことを信条としている」という、すでに有名になった一行を記している。たぶん彼自身の六〇代への反省と、ちょっとした挑発とをこめた言葉だったろう。

そういいながらも澁澤龍彥は、晩年にいたるまで、世のなかの出来事に対して、すこぶる好奇心旺盛な作家でもあった。一九六〇年という年はおそらく、その旺盛な好奇心が、もっとも高められていた一時期なのである。

これは私的な資料にすぎないけれども、先ごろ片山正樹氏の紹介していた一九六〇年七月づけの同氏あての書簡（「幻想文学」誌「澁澤龍彥スペシャル」、一九八八年十一月一日刊）には、当時の澁澤龍彥を彷彿とさせるつぎのようなくだりが見える。

「〔……〕東京の安保闘争は、社会党・共産党がバカで腰抜けなので、実に腹立たしい思いでした。〔……〕／とにかく〝進歩的文化人〟という人種の寝言は聞いちゃいられませんね。政治的危機を収拾するのでなく、危機をふかめるべきだ、というのが、われわれ極左インテリゲンチャの意見なのですが、さて、関西の君子たちの御意見はいかがですか？」

ここでは安保「闘争」とある。「われわれ極左インテリゲンチャ」とある。まさに『サド復活』というアジテーションの一面をもった書物の著者、「六月行動委員会」という名称を「かっこいい」といっていた（堀内路子氏の回想による）人物、フランス大革命の過激派たちの遠い末裔、そして「騒動」をひきおこす大衆の無名の欲望にこそ与《くみ》しようとしていたシュルレアリスト・澁澤龍彥の、面目躍如たるものがあるのではないか。

それはともかくとして。

もういちど新装本の「あとがき」に目を向けてみることにしよう。その結びの部分はつぎのようになっている。

「それからほぼ十年後の今日、ふたたび私の『サド復活』が、装いを新たにして、世に出ることになったわけである。十年の歳月のあいだに横たわっているものを考えると、しかし、私の感慨も一入である。」

ここでもまた、「ほぼ十年後」「十年の歳月」という言葉に目をひかれる。なぜなら、初版「あとがき」の日付は一九五九年八月であり、刊行の日付は同年九月である。そして再版・新装本の「あとがき」の日付は一九七〇年八月であり、刊行の日付は同年の十月である。つまりこの新装本が出たのは、「正確なところ」、じつは初版の十一年後のことだったのである。

とすれば、ここに見える「ほぼ十年後」という言葉は、「正確なところ」、あえて一年間のサバを読んで、一九六〇年の擾乱の日々からの「歳月」を計算しようとしたものではなかろうか。

このあたりがおもしろい。のちに解体・再構成されることになった『サド復活』の位置は微妙である。これは私のような当時の若い読者にとってだけでなく、澁澤龍彦自身にとっても、六〇年安保「闘争」あるいは「騒動」に関連して回顧されてしまうような書物だったのである。

★

ところで、一九六〇年にはもうひとつ、別の大きな事件が起っていた。サド裁判である。いわゆるワイセツ罪。サドの小説『悪徳の栄え（続）ジュリエットの遍歴』を訳出した澁澤龍雄（本名）と、それを出版した現代思潮社社主・石井恭二とが、いわばサド自身にかわって検挙された。サドは有罪である。数年後、澁澤龍雄もまた、石井恭二とともに、有罪の判決をいいわたされた。

さきに引いた新装本「あとがき」に見える「感慨」は、当然この裁判の日々の、うんざりするような、だが同時にどこか昂揚した日々についてのことである。

良心的で有能な弁護人たちにとっては、この裁判は「闘争」であった。ところが被告たち、少なくとも訳者・澁澤龍彥にとっては、これもまた「騒動」にすぎなかったのだともいえる。彼は例のとおり「野次馬」気分を捨てず、法廷の愚直な構成員たちの観察をきめこんだり、ときには出廷予定をすっぽかしたりもしている。

たとえ当の被告たちにとって、この裁判がなお「闘争」でありえたのだとしても、それは法律なるものとその基盤に対する「闘争」でなければならなかった。サドの文学の本質はむしろそこにあるのだ。そのために被告たちは、法の枠内での「闘争」をめざす弁護人たちに対しても、内なる「闘争」をしかけていたということになる。いくぶんはた迷惑な話でもあっただろう。

他方、そんな混乱をはらんだ裁判「騒動」の過程で、さまざまな本質的問題があらわになったことを見のがしてはならない。のちに現代思潮社から出たドキュメント『サド裁判』上下二巻は、十年ほど前の河出書房版『チャタレー夫人の恋人――公判ノート』のような前例をはるかに超えて、文学と人間社会との関係にふかく切りこんでいる。

文学には守るべきものなどない。言論の自由とか、平和と民主主義とか、抵抗と挫折とかいう概念も、サドの徹底した悪の思想を前にするとき、すべて相対化されざるをえない。

これは当然、六〇年安保「騒動」に潜在していた一種のラディカリズム、アナーキズムの立場にもつながる。サド「裁判」と安保「騒動」とは、双生児のような本性をもっていたのである。

検事側は当然のように、澁澤龍彥の訳した書物の、特定の部分ばかりを問題にしようとした。ところがサド裁判自体は、彼のサド観、彼の文学思想のラディカリズムそのものを検証し、露呈せしめるような事件でありえたし、またそうでなければならなかった。

そしてその前年に出た最初の評論集『サド復活』は、そのような視点から読みなおすこともできるものなのだ。

サド侯爵の名は、日本でも早くから知られてはいた。翻訳も不備なものだがいくつかあった。ただしそれらはむしろ、サディズムという「変態」の呼称のもとになった病理学的症例の先駆として、あるいは単なる艶笑文学の変種として、侯爵の作品を扱うことがほとんどだった。

一九五〇年代に登場した若きサド研究者・澁澤龍彥は、まずなによりも正確で文学的な翻訳と紹介を心がけ、サドを作家として、思想家として、「復活」させる必要を自覚していた。

最初の訳書『恋の駈引』は一九五五年に河出書房から出ている。翌一九五六年には、彰考書院版『マルキ・ド・サド選集』全三巻が出はじめている。一九五八年には『悲惨物語』が、そして一九五九年には問題の『悪徳の栄え』正・続が、いずれも現代思潮社から出た。ちなみに検察がそのうち「続」（副題「ジュリエットの遍歴」）の巻だけを押収したというのも、いかにも恣意的に見える。

澁澤龍彦はすでに、原著サド全集の刊行者ジャン＝ジャック・ポーヴェールから、「はるかな国のサディスト」の称号を贈られていた。それにしても、はじめから全訳をめざしていたわけではない。長篇ものは巧みに組みたてなおした抄訳であり、『悪徳の栄え』にしてもそうだった。なにしろサドの作品は厖大である。

最初の本格的な紹介者の使命を感じていた澁澤龍彦は、それぞれの訳書のあとがきや解説の場を借りて、その欠を補うためにも論陣を張りはじめていた。

そんな多忙の日々のあとに、『サド復活』という書物があらわれる。そこにふくまれる一連のサド論の論調は、すでにサド裁判の思想的立場を用意していたもののように思われる。

集中の純粋なサド論だけを発表順に示せば、「母性憎悪――あるいは思想の牢獄」（初出は一九五八年十月刊、前記の『悲惨物語』のための解説）、「薔薇の帝国――あるいはユートピア」（「ユリイカ」誌、同年十一月）、「権力意志と悪――あるいは倫理の夜」（「三田文学」誌、同年十二月）、そして三島由紀夫の推薦で「聲」誌にのった「暴力と表現――あるいは自由の塔」（一九五九年四月）。

さらに、初出のわからない標題作「サド復活――デッサン・ビオグラフィック」。

これらをいま読みなおしてみるとき、私たちの目の前に浮びあがってくるのは、当然のことながら、いわゆるアカデミックな研究の対象になっているサド、文学史的に位置づけられているサド、などではまったくない。

鈴木信太郎教授から「もう少し論文らしく整理して書かなければいけません」とたしなめられたという、いまは書斎の奥に隠されている彼の大学卒業論文（一九五三年）のタイトルであった「サドの現代性」という言葉が、これらのエッセーのテーマをあらかじめ要約していたのではあるまいか、と思われてくる。

たとえば「権力意志と悪――あるいは倫理の夜」の末尾には、つぎのような端的な言葉が見られるのだ。「私たちはチェザレ・ボルジアを歴史上の人物としてしか見ることが出来ないが、サドははっきり現代人と見なすことが出来る。なぜなら、彼は暴力とエロチシズムとに表現を与えたから、フィクションにしか生きなかったからである。」

サドをはっきり「現代人」として見すえ、澁澤龍彦のうちなる、私たちのうちなるサドを「復活」させようとしたこと――これこそがこの本の激しさ、なまなましさ、ラディカルさの出所だったのである。

事実どのエッセーも昂揚している。サドの「現代性」を一挙に浮びあがらせるために、澁澤龍彦は当時フランスでもっとも尖鋭なサド論を書いていた人々、ジョルジュ・バタイユ、モーリス・ブランショ、ピエール・クロソウスキーらの文章を援用する。

そのうえで、もうひとりの「自由と反抗思想の先駆者」アンドレ・ブルトンの先例にならい、サドという「黒い太陽」のまわりをめぐる「黒い太陽たち」――文学的テロリストたちの系譜を、あらたに提示しようとしはじめている。

「罪をつくるのはあくまでも法律なのだ」と、「薔薇の帝国――あるいはユートピア」には書かれている。「〔……〕サドは法律に触れるため、禁止のために書いたのだ。」

サド裁判の思想がすでにここに出ている。『サド復活』はサド裁判を用意していた書物であると同時に、あらかじめ「サド裁判」を闘っていた書物でもあるのだ。現実のサド裁判がはじまったころ、ある意味では、澁澤龍彥のうちなる「サド裁判」は終っていたのかもしれない。だからいわゆる六〇年安保と同様、サド裁判は彼にとって「騒動」に思えたのかもしれない。

それにしても、その前後にはかなり激しい理論的葛藤と、潜行、飛躍、そして迷路のなかの行きつもどりつがあった。この本がいかにも熱烈で晦渋であり、なにやら混沌とした印象さえよびおこすというのも、それだからこそである。もちろん生硬などということではない。むしろ、なまなましいのである。澁澤龍彥はここでサドの「現代性」を追究しながら、自分自身の「現代性」をも試煉にかけようとしていたのだから。

★

サドが澁澤龍彥の口を通じて語り、澁澤龍彥がサドの口を通じて語っている――この本にはどこかそんな感じがつきまとっている。

それはサドの文学そのもののなかに、たえず自我を問題にし、自我の「至上権」を要求しつづける活動があったからだ。澁澤龍彦はサドを語るたびにその自我の白熱と増大に向きあい、それに誘われて、みずからの自我をそこに重ね見ていたかに思われる。

「暴力と表現——あるいは自由の塔」というエッセーは、バタイユやブランショに負うところが大きいにしても、この本のサド観の核心をなすものだった。

「サドの出発点はエゴイズムの原理による快楽の追求であった。」そのエゴイズムを練磨して、他者を徹底的に否定し、世界に対する至上の権力を打ち立てるというフィクションこそ、牢獄の作家サドのこころみていたことである。それにしても、そうなにもかも否定して、他者の一切を無化してしまおうとすれは、結果は「快楽の追求」どころではなく、むしろ「苦行的な無感覚」におちいってしまうことになる。

この逆説こそは澁澤龍彦の好んでいたものだ。欲望を論じながらじつは極端に禁欲的であり、現実の「快楽」よりも「快楽の理論」のほうに固執するサド文学の体質に、彼はいくぶん自身の似姿を見ていたかのようである。あくまでも論理を追いもとめ、ときには退屈なまでに、明晰な線的運動をくりかえしてゆく「幾何学的精神」。

それればかりではない。サドの求めた「至上権」、つまり「世界に対する主体の完全な自治権」そのものが、澁澤龍彦自身の重要なテーマだったことを忘れてはならない。

「サドの独自性のひとつは、サドでないひとにとっては決定的な問題——主人と奴隷とのあいだに導入される相互連帯関係——が、サド自身にとってはいかなる問題でもなく、問題とすることが不可能でさえある単純明快なからくりにすぎない、ということであろう。」

ことは文学にとどまらない、実生活上の人間関係の問題にも及んでいる。澁澤龍彦自身は「サドでないひと」なのだが、同時に「単純明快なからくり」への強い志向をもっていた。よくいわれるように、彼は日常の対等を求められる人間関係の複雑さ、陰湿さを嫌うところがあった。いわんや組織なんて、まっぴらごめんだった。

「闘争」よりも「騒動」を好み、「野次馬見物」に終始しようとした澁澤龍彦の姿勢は、そんなところから来てもいる。彼の勝手気ままさ、剛直さ、ノンシャランス、無頓着、といった人柄の表面的なイメージも、やはりこれに関連している。

それでも一面では、彼ほどいわゆる友誼にあつく、他者に対して寛容な人物もめずらしかった。どこか対等の観念に欠けるといわれたりしながらも、からりとした単純明快な人間関係を、生涯を通じて保ちつづけられた人物だった。

澁澤龍彦の自我、他者とかかわるときの彼の「私」は、そんなふうにして、じつに独特のものだったように見える。幾度か別のところに書いたことだが、彼自身、その不可思議な「私」を、生涯かけて、文学のなかで追いつづけていた形跡さえうかがわれる。そんな澁澤龍彦の自我に、『サド復活』のころ、いくぶんかサドの「至上権」の思想が乗りうつりかけていたのではないかと思われる。

集中のもっとも古いエッセー「母性憎悪――あるいは思想の牢獄」の論調も、そのことに関連しているだろう。クロソウスキーに着想を得て、サドの母性憎悪、女性的美徳の否定、等々を軸に、父性の暴力性、男根中心主義の圧制を示唆するにいたったこの文章は、クロソウスキーのカトリシズムを超えて、澁澤龍彥自身の信条告白をふくんでいる。

そしてその父性権力にもとづく千年王国論的理念が、まもなくサドをユートピスト＝逆ユートピストとみなす澁澤龍彥独自の観点をみちびくことになる。

前記の巻頭エッセーに示されていた「暗黒のユーモア」観にしても、フロイトとブルトンを拠りどころとしつつ、「ナルシスムの勝利、自我の不可侵性の貫徹」「自我の増大拡張にともなう超自我の強化」といった側面を強調し、やはり最後には、ユートピア＝逆ユートピア論の主張に立ちいたり、将来の展望を示したうえで途切れている。

この本の目次を一瞥しただけで、目にとびこんでくる過激な言葉たち、「暗黒」「テロル」「暴力」「権力意志」「悪」「憎悪」「牢獄」といった観念は、どれもみな、当時サドを通して澁澤龍彥にとりついていたものである。それによって「悪の思想家」としてのサドをあざやかに「復活」させ、「現代人」として生きはじめさせることに成功した彼は、いくぶんか「もうひとりのサド」であることを自覚しながら、六〇年安保とサド裁判の日々を通過しようとした。

やがて十一年後。サドの紹介者、サド復活の仕掛人としての澁澤龍彥は、すでにある程度みずからの使命を終えた、と考えはじめていたにちがいない。サドは彼にとって他者の相貌をとりもどしつつあった。これからは、サドにとりつかれたり乗りうつったりするのではなく、サドと戯れあう時期が来るだろう。

至上権といい、権力意志といい、悪といい、あまりにも西欧的な観念である。他者を否定しつつ自己に同化してゆくヘーゲル的「意識」は、もともと澁澤龍彦にぴったりくるものではなかった。むろんある意味では、サドにとってと同様、彼にとっても他者はなかったといえなくもない。ただしそれは自我の至上権による否定ではなかった。彼において、他者と自我とはもともと融合しあっていた。アンドレ・ブルトンのいう通底器のようなものだ。彼はむしろ他者を無限に肯定しつつ、自己の器におさめようとしはじめていた。

ふたたび巻頭の宣言文に似たアンソロジーふうのエッセーを見れば、彼が当時どこまで行っていたかを推しはかることができる。過去のさまざまな「文学的テロリスト」たちのさまざまな言葉を現代に生かし、彼らを「現代人」として復活させようとした意図は、集合的な器としての自己、いわば「複数的ナルシシズム」（ジュリアン・グラックがアンドレ・ブルトンについて用いた言葉だ）を体現するような自己に目ざめつつあった、澁澤龍彦という特異な人格によってのみ、はたされうるものだった。

ともあれ、『サド復活』があのころ、なんともラディカルな、危険な魅力をさえたたえた本に見えていたことはたしかである。いや、いまだってそんなふうに読めるところがあるだろう。サドにとりつかれながらサド的な明晰性・徹底性を推しすすめ、ときには行き悩み、飛躍し、迷路をさまよいつづけることも辞さなかったこの書物の随所に、いくらでも充塡のきく、未完の、わけのわからぬ過激な想念の萌種がしかけられているからだ。

そしておそらく、サドはいまもなお、復活をくりかえしつつあるからだ。

★

逸話的・書誌的な解説を主眼としたこの文章では、澁澤龍彦のサド論の細部にまで深入りすることはしなかった。巻頭の章と巻末の二章とにふくまれるシュルレアリスム論についても、ほとんど言及しなかった。それでよかったのではないかと思う。はじめてこの本をひらく読者にとって、理論の要約や道案内などはむしろ邪魔だろう、無用であろう。

熱弁をふるう澁澤龍彦――どこか十八世紀末の革命家たちや一九二〇年代前半のシュルレアリストたちに似かよっていたこの時期の澁澤龍彦自身が、要約や道案内を嫌っていたものである。彼は文章をプロセスとして生きることが好きだった。のちに自分からすすんで要約や道案内の作家を演じようとしはじめもしたが、本性はさほど変ることがなかった。

彼はいつも自己を追いもとめつづけていたのである。

だからこそ、一九七〇年代以後の澁澤龍彦は、たまたま私が『サド復活』を称賛したりしはじめると、きまって照れくさがり、ちょっとした謙遜と挑発をまじえて、若かったんだよ、あれは若書きなんだから、などとくりかえした。いまではその気分がよくわかる。ひとつには「自我の強化」の訓練のような過程がこの本にふくまれていたことを、覗き見られたくなかったのだろう。彼はその後むしろ、自我を払散させる方向にむかっていったように思われる。

もっとも、一方では、あのころをなつかしがるふうが見えなくもなかった。時ならぬロマンティスムを横溢させたりもした。なにしろ、サドばかりではなく、サン-ジュスト、ロベスピエール、マラーとシャルロット・コルデーの名前までもが、ぽんぽんと口をついて出てきたくらいだから。これら大革命の天使たち・闘士たちもまた、彼にとっては「現代人」だったのかもしれない。

いずれにしろ、『サド復活』の時代をへていなければ、澁澤龍彦という作家はありえなかった。あれは一種のイニシエーションだったのだろう。まだ若くて、やや貧しくもあったあのころに、サドという巨人を「復活」させる力業をこころみることによって、澁澤龍彦自身もまた、真に生まれ出ようとしていたのだろう。

これがいわゆる「論文らしく」書かれたものの延長でなくてよかった。サドにせよ、他の多くの過激な作家たちにせよ、自己のうちにとりこんで、「現代人」たる自己の分身として彼らを「復活」させてしまうということが、すでにひとつの新しい文学の可能性を予感していた澁澤龍彦の方法だったのである。

はじめての読者にとっても、『サド復活』という著作の復活を画する今回の新装本は、またとないイニシエーションになることだろう。そうあってほしいと私は思う。

一九八九年二月五日

ある「偏愛的作家」について

偏愛という言葉はどうも曲者だという気がする。

偏って愛すること。あるいは、関係する者を平等に愛するべき立場にある人が、特定の者だけを愛すること。（たまたま手もとにあった辞書による。）

しかし、愛というのは本来、「特定の者だけ」に向けられるものではないだろうか。

とすると、むしろ、すべての愛は偏愛であるといいきってしまったほうがすっきりするのではないか、と思われもする。

もちろん他方には、たとえば博愛といった言葉が控えているだろう。すなわち、すべての者を平等に愛すること。（これもおなじ辞書による。）

だが、こちらの定義にも矛盾がふくまれているように見える。愛はすべての者を対象にしうるものかどうかを問いなおすまでもなく、博愛とはそもそも、「すべて」と呼ばれる架空のものへの偏愛にすぎないのではないか、という疑いが頭をもたげてくる。

★

しかしまあ、とりあえず、そのへんのところはどうでもいいというべきかもしれない。問題は、ある特異な時代に、ある特異な作家が、もろもろの特異な対象について、あふれんばかりの愛を語りはじめたという事実である。彼はそれらの対象を、おそらくただ愛していたにすぎない。それなのに彼は、あえて「偏愛」を自称したのである。

澁澤龍彦はもともと愛の作家だった。一九五〇年代の後半に、マルキ・ド・サドの翻訳と研究をひっさげて登場して以来、彼のエッセーは、彼の愛する対象のオンパレードになった。あらゆる原型的なもの、明確な形をもつもの、固いもの、風変りなもの、ノスタルジックなもの、ユートピア的なものがそこに呼びあつめられて、おのずからコレクションをなし、いわゆる「博物館」の様相さえ呈するにいたった。これはこの作家について、いまも大方の支持している通念であろう。

コレクションの主導原理は愛であり、しかも著者は強固にみずからの愛をコントロールする術に長《た》けていたから、その論調はみごとに首尾一貫して見えた。澁澤龍彦とは、あくまでも自発的な（ということはいくぶん自分勝手な）愛の発露によって一世界をひらき、他者であるはずの私たちをもいやおうなくそこへ引きこんでしまうといったような、稀に見る幸福な、特別の磁力をそなえた作家人格だったのである。

ところが彼はいつも、なぜか「偏愛」の演出を心がけていた。自発的に愛する対象を嬉々として列挙するとき、一方になにやら普通でない、怪しげな、うしろめたい、ときには危険な欲望が身をもたげてくることを殊更に匂わせ、自分の愛を偏ったものとして印象づけようとしていた。

この点がどうも曲者である。事実、澁澤龍彦＝博物館という通念がかたちづくられるきっかけとなった初期の重要な書物、一九六四年の『夢の宇宙誌』の各所に、そのあたりの自覚的な戦略、トリック、からくりといったものをまざまざと見ることができる。

たとえばこの名著の冒頭に、つぎのような典型的な「澁澤龍彦調」があらわれ、妖しくも堅固な一世界へのあざやかな導入の役をはたしていたということを、当時、発表の直後にこれを目にした読者の多くは、まず忘れられるものではないだろう。

「たとえば自動人形だとか、複雑な装置のある時計だとか、噴水だとか、花火だとか、オルゴールだとか、びっくり箱だとか、パノラマだとか……すべてこういった非実用的な、機械と玩具の合の子みたいな巧緻な品物には、なにかしら、正常に営まれるべきわたしたちの生産社会に対する、隠微な裏切りにも似た、ふしぎな欺瞞の快楽にわたしたちを誘い込むものがあるであろう。それは芸術的感動ほどオーソドックスではなく、明らかにそれとは別種のものであり、どちらかといえば、うしろめたい快楽に属するといった方がよいかもしれない。またそれは、玩具に対する場合ほど、見る者が安心していてよいわけのものではなく、虚をつかれること、驚かされること、恐怖せしめられることを期待しつつ、いわば、精神にある種の装備をほどこすことを必要とするような種類の快楽であろう。」
(「玩具について」)

これは一種の宣言であったのかもしれない。少なくとも、読者をある思いがけない方向へと誘導し、組織しようとする文章だったろう。もちろん、自動人形からびっくり箱やパノラマにいたるまでの「列挙」は、著者自身の愛する対象の一部を呼びあつめたものにすぎない。だが、そのあとが問題である。澁澤龍彦のトリッキーで巧緻な論理は、知らず識らずのうちに読者を、ある不安定な状況へと誘いこみ、いやおうなく、別種の現実に直面させてしまう。

「列挙」のつぎには「区別」が来る。これが彼独特の方法だといってもいい。標題はたしかに「玩具について」なのだが、自動人形からびっくり箱やパノラマにいたる玩具めいた品物を、単なる玩具として愛《め》でるといった楽天性は排される。それらは実用的な機械や芸術作品から区別されるだけでなく、玩具自体からも区別される。いや、もともと「正常」であるべき世界からも、くっきりと、あざとく区別されてしまっている。

それならばどんな位置にあるのか、と思っているところへ、「いわば、精神にある種の装備をほどこすことを必要とするような種類の快楽」という言葉が来る。この定義しにくい宙吊りのままの観念が、さきに触れた「別種の現実」への連絡口であろう。すでに読者の精神そのものが、この特異な文章世界に対して、「ある種の装備」をほどこすことを要求されているのである。

もうひとつ、著者が「わたし」ではなく、「わたしたち」といっていることに注意しよう。これも澁澤龍彦独特の方法だったといってよいだろう。彼自身の「偏愛」が、まさしく、私たちをまきこもうとしているのだ。しかも「隠微な裏切り」や「ふしぎな欺瞞」といった負の快楽を餌として。うしろめたさや安心のできない状態は、一種の秘密結社化の重要なモメントである。私たちもまた「区別」に浴し、意外だが強固なアイデンティティーを与えられる。この感じはむしろ晴れやかなものだといってもよいだろう。

　だがそもそも、ひるがえって考えてみれば、自動人形や時計やオルゴールといったもの自体に、さほど偏奇なところはなかったはずである。私たちのうちの誰が、パノラマやびっくり箱や、花火や噴水を、嫌ったりするだろうか。それらはむしろ万人の愛しているものだというべきだろう。それらへの健康で素朴な愛を、いつしか「偏愛」へと転化させ、正常を異常へと移行させてしまうトリッキーな仕組に、澁澤龍彦のもうひとつの方法が見える。単にひとひねりしたということではない。これは論理を超える想像力の問題でもある。なにやら新奇でラディカルな逆転がそこに行使されているという実感を、少なくとも当時、多くの読者がいだいていただろう。

　とりあえず、さきに引いた短い文章からだけでも読みとることのできる以上のような特性が、澁澤龍彦における「偏愛」の内実であった、といっておこう。列挙につづく区別、一般化に見せかけた秘密結社化。隠微な快楽をともなう逆転。論理、想像力、平衡感覚。いうはたやすいが、これらの要求をすべて兼ねそなえた文章世界というものは、どんな時代にも稀である。エピゴーネンすら生まれえない。誰かが似たようなことをこころみたとしても、これほど健康で自律的で、怪しげでトリッキーな文章世界に行きつくことはまず不可能である。

「偏愛」とはそぶりであり、方法的選択なのである。偏奇博物館とか、そこに住まう美少年とかを外から眺めて愉しむといった読み方もわるくはないにしろ、著者の意外に剛直で倫理的な、時の「正常」なるものへの反抗ぶりを見のがすわけにはいかないだろう。サド裁判の体験のみをいうのではない。もともと澁澤龍彦の文章世界には、諦めの早いダンディーらしく自認・吹聴してみせていたような自己完結性、閉鎖性はそなわっていないように思える。彼はむしろ、誰もが知っているつもりでいる現実を、あらゆる術策を弄して、別の視野のなかに置きかえるという作業をつづけてきた生来の批評家でもあるのだ。

見なれていた対象たちがあざとく浮き彫られ、区別され、だがすこしも主観的でも超越的でもない照明にさらされてそれぞれ自己を主張することのできる、この晴れやかなユートピア的世界は、もっぱら私たちをとりまく現実から批判的・函数的に割りだされてくる双子のかたわれであるというかぎりにおいて、いよいよその魅力を増していたのである。

★

もちろんこれでじゅうぶんというわけではない。自分の愛するものの「列挙」をひとつの方法とする「澁澤龍彦調」の文章には、同時にすこぶる安定した、読む者をほっと休心させるような大らかさ、優しさがあることも忘れてはならないだろう。

おなじ『夢の宇宙誌』の「玩具について」の前半で、十六世紀プラハの皇帝ルドルフ二世の「妖異博物館」の蒐集品を列挙したあとに、つぎのような、もうひとつの特徴的な文章が読める。

「わたしたちもまた、子供の頃、役にも立たぬ壊れた時計の部分品だとか、長火鉢の抽斗《ひきだし》から盗み出したお祖父さんの眼鏡の玉だとか、スポーツマンの従兄弟にもらったメダルだとか、練兵場で拾った真鍮の雷管だとか、色とりどりのビイ玉だとか、つやつやした大きなドングリの実だとか、乾燥したトカゲの死骸だとか、万年筆のキャップだとか、鎖だとか、ゼンマイだとか、鉛の人形だとか、フィルムの切れっぱしだとか、短かくなったバヴァリアの色鉛筆だとかいったようなものを、ひそかに箱のなかに蒐集することに、得も言えぬ快楽を味わった記憶があるであろう。コクトオの『怖るべき子供たち』にも、こんな小さなガラクタの数々を蒐集する子供たちのエピソオドが出てくる。これらの「宝物」は、子供たちの想像力にとって、一つの別世界を開顕する神聖なオブジェの数々なのであり、これらの呪術《フェティッシュ》は、わたしたちの種《しゅ》の記憶の底によどんでいる物体への汎性欲的な愛着の端的な現われなのである。そして、それらの物体の集大成は、そのまま、それ自身で完結する一つのエンサイクロペディックな、自立的な宇宙を意味するものになるのである。」(同前)

　これは打ってかわって親密な文章だ。個人的回想と文学的記憶がないまぜになり、著者のお祖父さんやスポーツマンの従兄弟に由来するフェティッシュだとか、稲垣足穂ふうのフィルムの切れっぱしやバヴァリアの色鉛筆だとかまで動員されるこの「列挙」は、やはり、「わたしたち」という主語のもとになされている。

たしかに、ここにいわれているとおりなのだ。私たちは色とりどりのビイ玉や万年筆のキャップや鉛の人形を愛していた。鎖やゼンマイが好きだった。いまだって北鎌倉かどこかのおじさんからつやつやした大きなドングリの実をプレゼントされたりすれば、わけのわからぬ、えもいわれぬ懐かしい気分にひたることができるだろう。

もともとは著者の愛する対象の列挙にすぎなかったものが、私たちの共通の愛の対象へと自然に移行してゆく特有のプロセスについては、すでに示唆した。ただしこちらの場合には、前に引いた巻頭の文章とは異なって、「精神にある種の装備をほどこすことを必要とするような種類の快楽」が欠けているように思われる。

この場合にも、あとに来る文章が問題なのである。それは、私たちを子どものころの記憶に引きつけることによって、なにか普遍的な事柄を暗示しようとしはじめる。そしていくぶん強引に、「エンサイクロペディックな、自立的な宇宙」の観念にまで行きついてしまう。ここでわかるのは、澁澤龍彦の文章のうちに、まるで肩に手を置くようにして人の心をいざない、なごませ、ふつうならあやふやなまま放置されがちなものを「種《しゅ》」の営みとしてとらえなおすことで、なにか安らぎを与える仕掛があるということである。

おそらく彼の意外な大衆性の一端はこのあたりにあるのだろう。のんびりと、うららかに、なんのうしろめたさもなく、お母さんのふところにもどってゆくような退行的状態が、それなりに自立的な世界をかたちづくりうるという楽観的な見通しを、当時、澁澤龍彦は読者にふるまおうとしていたかのようである。

★

そういえば、誰だったか、日本の一九六〇年代以後を形容して、「澁澤龍彦の時代」と呼んだ人がいる。この作家の列挙していた愛する対象たちが、やがて時代全体の愛するものになり、もはやたいして偏奇でもない流行のもの、ありふれたものに変っていったという過程を、いくぶん揶揄《やゆ》をまじえていおうとしたのでもあろう。たしかにその気味はあった。カタログの時代、アメ横や文化屋雑貨店やブルータスの時代は、自動人形やびっくり箱やビイ玉やバヴァリアの色鉛筆といったものを、かたっぱしから呑みこんでいったからだ。

だがそのことは澁澤龍彦のせいでもなんでもない。それどころか、彼自身はそんな事態をとうに予見していたのではなかろうか。だからこそ「列挙」のあとの「浮き彫り」と「区別」が必要だったのだ。「自立的な宇宙」をあらかじめ強化しながら、隔離しておくことが必要だったのだ。過度なまでに「偏愛」を自称し、影響力を周到に局限しようとさえしていたストイックな姿勢は、事後の水平化を懸念するところからも来ていたのではないか。

澁澤龍彦以後にあらわれた多くのディレッタントふう知識人や学者たちには、あまりそういうところが見られない。「知」のゲームとか称してやたらにはしゃいでみせたり、公認の身ぶりで解説しまくったりして、対象の毒を薄めてしまう人ならいくらもいる。だが、もっぱら愛を契機としてみずからの目と手で対象をさぐりあて、くっきりと隈どり、それぞれの本性を保存しながら、生きた標本をつくることができたのは、澁澤龍彥だけである。これには文章の力も関係している。彼は知識や情報の組みあわせにふけるタイプでもなければ、表層のレトリックをあやつるタイプでもなかった。むしろ現実に潜在する論理をまさぐりながら、それと一如をなす思考の軌跡を紡ぎだそうとつとめてきた人、つまり、正統的な意味での文章家だったのである。

現代の日本の社会には物やイメージがあふれかえっていて、それ自体が「夢の博物館」か、秋葉原の部品問屋のようなものを思われたりする。ところが澁澤龍彥の作業は、とっくにそんな「列挙」の時期を終えているのだ。最近の彼の小説などは、出てくる物が少なくて、むしろ寂しげな感じさえする。そんな数少ない原型的な物やイメージたちを、彼はゆっくりと、うららかに、愛し、慈しみつつ、未知の、別種の現実に向けてならべなおし、組織しなおしているかに見える。

ここで話をもどせば、澁澤龍彥の初期のエッセーには二つの面が見いだされた。一方は「正常」を告発しつつ不安をよびおこす側面、他方は原型の提示によって無時間的な安逸へといざなう側面、というふうに要約できるだろう。時間と空間、ミレナリスムとユートピア。あるいは意志と休息、といいかえてもよいかもしれない。彼自身はどちらに傾いているのでもない。むしろ両者のあいだで宙吊りになり、左右に揺れうごきつつ、緊張を持続しているといった状態が思いうかぶ。それとも彼自身が磁場のような「場」そのものなのだろうか。だが視覚的な比喩では説明しきれない。いずれにしても、そう簡単に正体をとらえられない作家である。

澁澤龍彥が「偏愛的作家」であるというのは、ざっと以上のような意味においてだった。もともと博愛的な資質をもった人物が、パラドクサルに「偏愛」を方法とせざるをえなかったわけだから、世の中のほうがよほど偏っていたともいえる。彼は健康なのだ。かつて彼ほど病から遠かった人はいないし、もちろん、いまだってそうである。

★

ところで、ようやく『偏愛的作家論』（初版、一九七二年）という書物の話になる。もっとも、本人が「偏愛的作家」そのものだった澁澤龍彥のことをはじめに語ってしまったので、あとはさほどつっこんで論述すべきこともなさそうに見える。

この題名自体は、著者の偏愛する作家たちについて述べた本、ともとれるし、もともと「偏愛的作家」であるような人々について述べた本、ともとれる。だが、どちらもおなじことになるだろう。澁澤龍彥の偏愛する作家というのは、多かれ少なかれ彼自身と同様に、時代の現実のなかで、「偏愛」をみずからの方法として選んだ人々であるからだ。澁澤龍彥は自分と似た者を愛する。一見似ていない他者であっても、その他者性とのあいだにしかるべき緊張を保ちながら、結局、自分と似た部分をさぐりあて、自分に同化させてゆく過程で、しばしば刺戟的な所見が生まれてくる。

それが原則である。

明治以後の特異な作家たちのコレクションを印象づける目次がすでに、周到な選別にもとづく「列挙」の方式を守っているとわかる。見どころは独特の「区別」を行使する細部にある。作家たちはそれぞれにふさわしいやりかたで、日本文化の現実から、あるいは「正常」を自認しているらしい文学の現状から、くっきりと「区別」されてしまう。

冒頭の石川淳論の書きだしからして、「言葉も倫理も風俗も、乱れに乱れた二十世紀後半のこの日本において、石川淳氏が、氏自身の発見になるところの、もっとも醇乎たる日本語の伝統を保持している作家であるということには、誰しも異存はあるまいと思う」と来る。この「区別」にはしかし慷慨のニュアンスなどまじっていない。はじめにあらわれる日本の現状についての紋切型の表現は、むしろノンシャランな優しさのあらわれだろう。醇乎たる日本語なるものへの讃意と、それとは一見背理しそうな石川淳式の乱れたアナーキズムへの共感とのあいだに、なにげなく論理の橋をかけわたしてしまうところが、澁澤龍彦の「偏愛」表現のツボである。空間的整合と時間的壊乱の共存。しかも両者は文章という運動体において一如となりうる。たえず「書くこと」とのかかわりから引きだされてくる澁澤龍彦に特有の「倫理」は、この点を拠りどころにしているらしい。石川淳は、石川淳もまた、そのような「倫理」の鏡になりうるというかぎりにおいて、やや大時代でありながら微妙に親密なラヴコールを送られることになる。

花田清輝や林達夫や稲垣足穂をめぐるエッセーについても、似たようなことがいえるだろう。日本文化への紋切型の批判の身ぶりと、文体、スタイルを称揚しつづける論調も共通している。このあたりの「区別」がきわめて鮮明になされていることは驚くばかりである。

ほかにもいくつかの系列がある。江戸川乱歩や小栗虫太郎や橘外男についての解説は、すでに誰もが気づいていたであろうことを、よりいっそうくっきりと浮き彫りにして見せている。瀧口修造や野坂昭如へのやや距離をおいた優しさはどうだろう。他方、埴谷雄高や吉行淳之介や中井英夫の場合には、いくぶん俗な回顧譚のなかでしか語られていないにしても、それぞれあざやかに背景から「区別」されている、等々。

さきに私は他者とのあいだの緊張ということを述べた。その点からすれば、集中のもっとも大きな部分を占める三島由紀夫論のおもしろさ、奇怪さに触れないわけにはいかない。たえずしたたかに他者の現前を意識しながら、それを「偏愛」の方法によって乗りこえ、自己に併合し、さらに「わたしたち」へと変換する術さえあやつってきた澁澤龍彦が、ことさらに硬いストイックな態度で、奇妙な聖別の対象としているのが三島由紀夫である（『三島由紀夫おぼえがき』も参照）。

これは私の述べてきた方法的な「偏愛」のレヴェルのことではない。いっそ無防備な、世にいう偏愛、偏った愛の美しい発露だったというべきだろうか。その点は個人の心理学的領域に属してもいるので、読者それぞれの、これまた個人的な問題に食いこんでくるものがあるだろう。

全篇を通じて見て、「区別」はほどほどになされている。そのほどほどであるところが著者特有のノンシャランスと優しさをあらわしていて、この本自身、偏った愛の対象になりうる。一連の闘いがすぎたあとに、なにげなく登場した書物だという事情もあるだろう。懐かしく、愉しい。それでいて著者の強固な「倫理」がかなり生《なま》のかたちで迫ってくる。ひとりの重要な作家・エッセイストの、過渡期の必然を興味ぶかくうつしだした書物として、『偏愛的作家論』はやはり魅力的である。

いまいちどいう。彼にとって、「偏愛」とは「博愛」にほかならないのではないか、と感じられることがよくあるのだ。最近の彼の小説集――たとえば『うつろ舟』（一九八六年）に収められたいくつかの短篇についても、そのことをいってみたくなる。とくに、巻末の「ダイダロス」を見よ。澁澤龍彥は以前にもまして、愛の作家になっているように思える。

結局、私はこれまでにこの健康な「偏愛的作家」澁澤龍彥のすべての書物を読み、すべての書物を愛してきた者として、彼の病についての風評を全面的に否定したかったのかもしれない。私が彼の書物から汲んできた倫理、といってよいものかどうか――とにかく、彼の書物の傾向を要約していそうな想念の核をなすものは、いまも、あの異様に魅力的な書物『思考の紋章学』（一九七七年）のなかのつぎの一行に見いだされる。

「愛と、愛する者と、愛される対象との三位一体。」（『円環の渇き』）

一九八六年十月七日

既知との遭遇——美術エッセー

澁澤龍彦にとって、美術作品とは、鏡のようなものだったにちがいない。

もともと「視覚型の人間」であることを自覚し、目に見えるものとのつきあいを無上の悦びとしてきたと自称する作家だから、当然、美術のことを書いたエッセーの数も多かった。といっても、いわゆる美術批評家、いわゆる美術史家としてふるまおうとしていたわけでは毛頭ない。彼はもっぱら自分の好きな画家、好きな作品だけをとりあげ、それらについて、好きなように語りなすことを選んでいた。そしてそれらの好きな対象のうちに、しばしば自分自身の似姿を映し見ていたのである。

好きな画家や好きな作品を語ることは、とりもなおさず自分自身を語ることだった。美術を前にするとき、澁澤龍彦は自分自身の性向や気質や幼時体験について、幾度も幾度も、おなじような検討と確認をくりかえした。そのような性向をもつ美術エッセーのエクリチュールは、それ自体として、かなり特異なものだったといえるだろう。

これもまた一種の美術批評であるとするなら、主観的批評、印象批評として了解されかねないところもあった。現にいわゆる美術批評家や美術史家は、彼の美術エッセーのなかに、そんな匂いをかぎとっていたのかもしれない。それかあらぬか、そういう人々はこれまでのところ、澁澤龍彦から引証することをほとんどしていない。彼の美術エッセーに、いくぶんかでも、客観性についての疑いがあるかのように。

しかし、はたしてそうか、と問いなおしてみることができるだろう。そもそも澁澤龍彦という作家には、いわゆる主観、いわゆる印象のようなものがあったのかどうか。仮にそんな問いを返してみるとき、ことは微妙な領域に立ちいたる。彼はなるほど主観を重んじる作家だったようにも見える。とくに美術作品を前にした場合、まずなによりも、自分の印象を語ることからはじめた。自分はその作品のどこが好きなのかとか、どこに惹きつけられるのかとか。だがそれはいわゆる主観、いわゆる印象とは異なる次元のことだったのではないか。あえていえば一種の客観性に似た何かが、そこには刻印されはじめていたのではなかろうか。

たとえば『幻想の彼方へ』(一九七六年)のなかには、「マックス・ワルター・スワンベルク、女に憑かれて」という、まさに典型的なエッセーが収められている。彼自身、「現存する世界の画家のなかで、いちばん好きな作家」であるというスワンベルク(原語の発音ではスワーンベリ)の作品を、ひとつの鏡として、自分の似姿をそこに見るようにして語ったものである。冒頭には書き手の主観や印象にもとづく記述がある。そして、「自分がなぜこれほどスワンベルクの世界に惹きつけられるのか」ということの解明が、このエッセーの骨子になってゆく。

「むろん、それは大雑把な言い方をすれば、私の精神の傾向や気質と密接に結びついた、もろもろのイメージや形態が、この倒錯的な美を夢みる特異なヴィジオネールの画面のなかに、ふんだんに発見されるからにちがいあるまい。」

以下、澁澤龍彦の精神の傾向や気質と結びついているという、スワンベルクのイメージや形態の特性が、四つの項にわたって挙げられてゆく。まず、明確な形態への愛。つぎに、その絵画世界に自然が生きていること。第三に、冷たいマティエールに対する偏愛。そして第四の、しかも最大の理由として挙げられる特性は、「冷たく燃えるエロティシズムの焔が、そこに妖しく息づいているように見える」ことだ、というのである。

澁澤龍彦はここで、もっぱら自分の印象や主観を語っているかに見える。だがその語り口にはどこか独特なものがある。「明確な形態」にせよ、「自然」にせよ、「冷たいマティエール」にせよ、「エロティシズムの焔」にせよ、そうしたものへの「愛」「偏愛」をいだく自分自身を、なにか現代人の一症例でもあるかのように、客観的に診断してみせようとしている感じが、一貫して保たれているからである。

症例のように客観視された気質や精神の傾向は、一般化されうる。語り手の主体をあらわす「私」は、こうして「私たち」を巻きぞえにする。およそ現代の美術思潮のコンテクストを逸脱しているかに見える、スワンベルクという特異な画家の作品世界が、いわば私たちの共有地（フランス語でいえばリウ・コマン、つまり「紋切型」の意味でもある）として組みたてなおされ、あらたに組織化されてゆくわけである。

もちろんスワンベルクという現代スウェーデンの画家とその作品には、特異性もあれば個別性もある。ところが、それがひとたび澁澤龍彥によって紹介されるや、たちまちひとつの共有地としての、紋切型としての、新しい生命を帯びはじめるのである。

澁澤龍彥の美術エッセーは、一九六〇年代の後半以後、ある種の読者——とくに美術愛好家や若い芸術家たちのあいだに、大きな浸透力をもって迎えられた。ひとつには、それまで紹介されることの少なかった、特異な、異端的な芸術の諸領域を開示していたからである。だがそれ以上に、その諸領域がじつはけっして未知のものではなく、よく考えてみれば誰しもみずからのうちに発見できるような、現代人に特有のある種の気質や性向、精神の一般的傾向につながるものであるということを、著者自身、自分を一症例として客観的にとらえなおす方法によって、わかりやすく示唆しおおせていたからである。

したがって、これはいわゆる印象批評とはまったくちがうものだ。印象批評は一般に、かけがえのない個人の、かけがえのない体験にもとづきながら、それを多かれ少なかれ巧みに正当化してゆく操作によって成り立つだろう。ところが澁澤龍彥の美術エッセーでは、この「かけがえのない」という部分が脱けおちている。あるいはむしろ、芸術作品を前にしたときの、かけがえのない特権的体験といったものを超えたところで、主観から客観への移行という事態を生じてしまっている。

美術エッセーだけのことではない。少なくともある時期までの澁澤龍彥のエッセーには、そうした意味での「体験」なるものへの蔑視が見られた。「体験」なるものとは、かけがえのない個人の、かけがえのない未知との出会いを正当化し、特権化する装置のことである。そこにはいつも発見と、それにつづく驚きがともなう。ところが澁澤龍彥にとって、そんな「体験」なるものは、近代の生んだ神話にすぎないと思われていたかのようだ。彼はむしろ既知との遭遇――すでに見られ語られたことのあるものの再発見・再体験――を記述しつづけることによって、逆説的に、彼自身のかけがえのないテクストをつくりあげていったのである。

★

そういえば、澁澤龍彥が「体験」について語っているめずらしい文章がある。一九七九年のエッセー集『玩物草紙』に収められているものだが、当時、彼の心境がやや変化して、幼時の回想などを綴りはじめたということを前提にして語られている文章なので、この「体験」なるものの否定論はとくに興味ぶかく読める。

「心境がどう変化しようと、おれにとっては、そもそも体験なんていうものは何の意味もないのだから。世の中には、むろん、いろいろな体験があるだろうさ。たとえば冬の夜、道頓堀を歩いていると、突然、モーツァルトの交響曲のテーマが頭の中で鳴り響くというような体験もある。パリに住んで、毎日毎日、ノートルダム寺院を眺めているというような体験もある。ところがおれには、そんな立派な体験は一つもありゃしない。いったい、きみ、おれがいつ体験を語ったというのかね。」

多少ミスティフィカシオン（韜晦）の気味があるにしても、この述懐には彼の守りつづけてきた基本的な姿勢が示されている。澁澤龍彦のエッセーは、立派な体験、かけがえのない特権的な体験といったものをふくまない。もとより道頓堀の小林秀雄や、セーヌ河岸の森有正などとはかけはなれている。それればかりかいわゆる印象批評全般からも、もっとも遠い性質のものである。いまいちどいえば、澁澤龍彦とは、（多かれ少なかれ自己演出された）未知なるものの体験や印象とはまるでちがう、既知なるものの再体験を、あざやかに組織化し、それらをこそ読者にとってかけがえのないものにした作家である。

★

そもそも、ひとりの個人がみずからのかけがえのない表現を信じ、いわゆる創造、いわゆる独創性を誇ってみたところで、高が知れている。「体験」は神話だ。一切はすでに見られ、すでに語られてしまっているともいえる。たとえばそのような見方すら成り立ってしまうというところに、私たちのうちなる現代の症候があるだろう。澁澤龍彦のエッセーには、総じて、そういう思い切りのよさがあったように思われる。

別の面からすると、彼がすこぶるブッキッシュ（書物偏重）なエッセイストだったということも、この点に関連してくる。美術を語る場合、澁澤龍彦はいつも画集から、その図版やテクストから出発しがちだった。それかあらぬか、私たちは彼の美術エッセーを読んでいるあいだに、ある個別の芸術家の、ある個別の作品の前にいるという印象をあまりもてない。個々の作品のタッチや息づかいや、共有したい制作のプロセスのあれこれなども、ほとんど伝わってこない。そんなわけで、ずばり作品との出会いを追体験させてくれるところが少ないから、遮膜あるいはカーテンのような何かが介在していて、ややまどろっこしいと感じることもある。あえていえば、彼は目の前に出現した作品そのものよりも、すでに作品を骨組やイデーに還元してしまっている画集のなかの図版やテクストにもとづいて、批評・分析を展開しがちだったからである。

澁澤龍彦は事実、たくさんの画集や美術研究書をひもとき、その文章を引用し、パラフレーズしつつ、ときにはそれらを自己に同化してしまうことが多かった。なかでも、初期にもっともしばしば援用されていた書物の著者は、おそらくアンドレ・ブルトンだろう。澁澤龍彦が好み、くりかえしとりあげるようになった外国の画家（そして作家）の多くは、このシュルレアリストに教えられた人々だったといってもさしつかえない。ブルトンの『シュルレアリスムと絵画』増補版や『魔術的芸術』のような大著の、本文や図版ばかりが問題ではない。また古今の芸術家たちのなかから思いがけない系列を選びだしてきてしまう、シュルレアリストに特有の目の用い方ばかりが問題なのでもない。コネートル（知ること、見知っていること）をルコネートル（再認すること、あるいはすでに見知っていたものとたまたま出会うこと）に重ねあわせる方法そのものを、ブルトンは澁澤龍彦に教えていたのである。

もっとも澁澤龍彦には、ブルトンとかなりちがうところもあった。ブルトンは『ナジャ』などに見るように、事物を、オブジェを、作品を、コネートルしつつルコネートルすることによって、さらに未知なるものの領域へと投げだそうとした。そこに驚異＝不思議が生まれ、ポエジーへの高まりが「体験」された。ところが澁澤龍彦のほうは、それと似た出発点に立ちながら、正反対の方向に進む。「体験」なるものからストイックに身を守ろうとする意志が加わって、彼はしだいに、既知のものの広大な領域の再発見・再体験に向うようになった。

共有地（リウ・コマン）、つまり紋切型を拠りどころにする文章家だったという点では、この両者はよく似ている。ただしブルトンはいつも、具体的な作品やオブジェにとりまかれている。澁澤龍彦のほうは、すでになにかのかたちで抽象されてイデーと化しているもの、いわば「作品」なるものの「図」を通じてのみ、美術を語ろうとする性向があったように思われる。

一九五〇年代から七〇年代にかけて、澁澤龍彦をとりまいていた多くの美術書や画集のリストの中身は、いまではある程度まで察しがつく。第二次大戦後にシュルレアリスムとかかわりをもった出版社のものが、その大きな部分を占めていた。戦前からのジャン＝ジャック・ポーヴェールやジョゼ・コルティやピエール・セゲルスばかりではない。ル・テラン・ヴァーグ、パリミュグル、ロール・デュ・タン、エリック・ロスフェルド、チュー、等々といった、シュルレアリスム直伝の何かを継承しているパリの出版社から、彼はせっせと新刊書をとりよせていた。それらの個性的な書物の数々は澁澤龍彦にとって、テクスト以前にあるテクスト、すでに見られ読まれているものを開示してくれるようなテクスト、つまり一種のプレテクスト(題材、そして口実の意にもなる)をかたちづくっていたといってよい。

ところで、澁澤龍彦がシュルレアリスムの系統に属する美術作品を論じる際に、しばしば援用していた観点がひとつある。「新しい絵画的空間を造形しようという、セザンヌにはじまりジャクソン・ポロックの死によって終焉した、近代主義的傾向をいち早く徹底的に嘲笑し、侮蔑したこと」(『幻想の彼方へ』所収の「ルネ・マグリットの世界」)によって、シュルレアリスムの作品はあらたな意義をもつという見方である。これこそが当時の澁澤龍彦の確乎たる信念であり、したがって彼の美術エッセーの文章の理想型でもあった。彼は新しい空間の創造には与《くみ》しない。彼の空間は既知なるものの織りなす領域であり、庭であり、王国である。とくに当時の、という限定を設けたうえで、はっきりとそのようにいうことができる。

当時の澁澤龍彦のプレテクストは、題材としても、口実としても、上々の効果を発揮していたようである。たとえばここにいう、ルネ・マグリットのくりかえし描くあっけらかんとした青空――すでにあちこちで見られ読まれつづけてきた「青空」なるもののコピーでもあるかのような、あの平板な紋切型の青空、からっぽの青空――は、当時の澁澤龍彦にとって、まさに一種の鏡として見られ読まれていたものである。

それにしても、もうひとつの新しい観点が、ここには周到につけ加えられている。紋切型のように見えながら、それだからこそけっして無視することのできない、いかにも澁澤龍彦らしい、巧妙でしかも無防備を装った、興味ぶかい蛇足である。「これも私の独断だが、造形至上主義の近代神話が崩壊した現在、好むと好まざるとにかかわらず、絵画は批評の時代、すなわちパロディーの時代に入ったと考えなければならないのである。この意味で〔……〕」

どこかに別の青空が見えはじめている。しかも、それすらも瞬時に既知なるものの光景に還元してしまうような思い切りのよさが、当時の澁澤龍彦の身上であり、魅力でもあったのだ。

鏡はいつも青空のように晴れわたっていたわけではない。鏡はしばしば歪むこともあるし、それどころか、最後の作品『高丘親王航海記』の「鏡湖」の章でまさに「体験」されているように、彼自身の顔をまったく映しださなくなることだってある。澁澤龍彦の美術エッセー群が「批評」として機能するのは、彼がはじめから持続していたあの特異な、既知なるものの累積を未知なるものへと拡大することもまた可能にするエクリチュール――書く行為が、それらの奥底に、あっけらかんとして、マグリットの青空にうかぶ雲の動きを鏡映するかのようにくっきりと映しとられ、刻みこまれていたからである。

★

ところで澁澤龍彦はかつて三島由紀夫のことを、「デジャ・ヴュ（既視）の作家」と呼んだことがあった。一九八六年、出口裕弘との対談（『三島由紀夫おぼえがき』所収）のなかでこう述べている。

「〈観念〉というのは〈デジャ〉なんだよね。〈現実〉というのは、われわれの前にあって、われわれがこれから、それに向っていくものが〈現実〉でしょ。」

「デジャ」(すでに)という言葉は、かけがえのない「現実」との出会いを、つまり「体験」なるものを、とりあえず抹消してしまう装置である。澁澤龍彥自身も、おそらく過度に畏敬していた気味のある稀有な先人・三島由紀夫と同様に、「デジャ・ヴュ」(すでに見られたもの)の作家であっただろう。書物の城や庭のなかに、すでに見たり読んだりしていたものばかりをルコネートル(再認)しようとしつづけていた澁澤龍彥は、しかし、やがてすこしずつ変貌をとげてゆくことになる。

楯の会の制服を着こんでいた三島由紀夫、すでに一個の紋切型のうちに余生を閉じこめることを決意していたらしい三島由紀夫と、羽田空港で最後の握手をかわしたときが、澁澤龍彥にとっては何かへの、どこかへの、出発であった。一九七〇年の秋に、最初のヨーロッパ旅行をこころみた折のことだ。それまでいつも書斎に閉じこもり、無数のプレテクストにとりかこまれていた澁澤龍彥は、このときはじめて文字どおりの「旅」を体験した。旅というものはいやおうなく出会いを演出する。「体験」や「印象」や「現実」の、かけがえのない契機にもなりうる。もちろんそれに対して自己を守ることはできるにしても、当時の澁澤龍彥の文章のなかには、すでにプレテクスト、既知なるものとの遭遇から脱け出ようとする方向があらわれていた。

はじめのうちは自分の体験した旅を回顧する際にも、すでに見られ語られていたものの「再認」にすぎないというような、思い切りのよい「書斎のダンディズム」を保とうとしていた。けれどもそのうちに、そんな態度もあやふやになってきたようだ。彼の文章そのものが、どこかしら旅に似はじめてきたのである。

少なくとも『うつろ舟』（一九八六年）以後の澁澤龍彦の小説は、すでに見られ語られていたものの検証や確認とは明らかにちがう、現在進行中のエクリチュールの「旅」に変りつつあった。そして最後の作品になった『高丘親王航海記』（一九八七年）では、一見、既知との遭遇の大じかけな再編成を思わせながらも、彼のかつて好んでいたあのマグリットの青空のような、冷たく平面化された紋切型の、リウ・コマンの、共有地の、晴朗であっけらかんとした逆説や皮肉が消えさっている。さきに引いたマグリットをめぐる文章に示されていた「批評」や「パロディー」への関心も、すでに影をひそめている。

鏡が「鏡」として機能しなくなる瞬間を、彼は夢み、模索し、そしてついに発見してしまったのかもしれない。前述の「鏡湖」の章の象徴的なエピソード（水面に自分が映らなくなる）は、だが同時に、主人公の死を予告するものでもある。

話をまたもとにもどそう。こんにちの世界文学にも稀だと思えるほど、既知との遭遇――ある種の修行の末の紋切型の再発見・再組織化――をならいとしていた澁澤龍彦の美術エッセーも、じつはある時期から、未知との遭遇へと向いはじめていたのではないか、ということである。

彼は一九七六年に『幻想の彼方へ』という本を上梓した。「……の彼方へ」というような紋切型を用いたこのタイトルは、いつも周到だった彼にしてはめずらしく無防備な印象がある。さまざまな意味で「幻想」の組織化を好んでいた彼が、あるときそのような彼自身を正当化してしまいそうな安定したイメージを、ふとずらしてみたくなった結果がそこにかいま見える――そう考えておいてもよいだろう。

★

澁澤龍彦という作家が美術のことを本格的に語りはじめたのは、一九六〇年代もなかばのことだった。一九六五年、当時ユニークな編集によって一部に知られていた「新婦人」という月刊誌に一年間連載して、シュルレアリスムとその傍系の芸術家たちを気ままに紹介しつづけたエッセー群が、最初のまとまった仕事である。

それらは二年後の一九六七年に『幻想の画廊から』という一書に収録され、高価な図版入りの変形本にしてはめずらしく多くの読者・支持者を獲得した。のちに絶版となってから、図版を減らした普及本のかたちで別の出版社から再刊されている(一九七九年)ので、いまでもそのテクストの全貌を知ることができる。

スワンベルク(スワーンベリ)、ブローネル、デルヴォー、ベルメール、フィニ、バルテュス、タンギー、マグリット、ゾンネンシュターン、ダリ、エルンスト、そのほか。当時としては画期的に見えたこの美しい書物の第一部に呼びあつめられている画家たちのほとんどは、シュルレアリスムの範囲内にいた人々である。彼らはみごとなまでに、当時の澁澤龍彦の文章のプレテクスト(題材、口実）を構成していた。

そして『幻想の彼方へ』というもう一冊は、すでに名著と謳われてもいたこの『幻想の画廊から』の、ほぼ十年後に出版されたものである。

目次をひとめ見ればわかるように、扱われている画家たちは『幻想の画廊から』とほとんど変らない。「新婦人」誌の連載のあとをうけて、一九六八年につづけられた「みづゑ」誌上の連載が、おなじくその第一章の骨子になっている。フィニ、スワンベルク、ゾンネンシュターン、デルヴォー、ベルメール、そしてバルテュス。すべてが前著『幻想の画廊から』にラインナップされていたシュルレアリストたち、あるいはシュルレアリスムの傍系に属する芸術家たちである。

もちろんこの数年のあいだに、情報はぐんとふえていた。フランスなどで新しい画集や研究書が出ていたし、作家から直接送られてくる資料や写真図版も加わっていた。だが興味ぶかいことに、それぞれの芸術家についての澁澤龍彥の論調はほとんど変っていない。ときには自分の最初のエッセーが一種のデジャ・ヴュとなって、再認・確証のくりかえしを促していたように見える。

たとえば「症例」としても重要なバルテュスという画家をめぐる、数年をへた二つのエッセーの冒頭を読みくらべてみれば、その徹底した「再認」の実態が明らかになるだろう。

「バルテュスの絵を、この『幻想の画廊から』に登場させるのは、いささか筋違いではなかろうか、と思うひとがいるかもしれない。たしかに、彼の絵はマグリットやデルヴォーのそれのように、ありうべからざる心象の幻影に生命をあたえることのみに専念する、一般の超現実主義的な絵画とは明らかに違っている。にもかかわらず、少年や少女のいる室内や街路の風景を好んで描くバルテュスのあやしい絵に、幻想的な雰囲気がただようのは、おそらく、幼年時代の逸楽にその源泉をもつ一種のエクスタシーの方向を、この画家がつねに目ざしているからであろう。いわば現実を超えて、幼年時代の王国にただちに到達する無垢の眼を、この画家は保持しているのである。」(『幻想の画廊から』)

「バルテュスの絵は、いままで私が採りあげてきた、フィニーやデルヴォーをはじめとする、多くのシュルレアリスムの画家たちの絵とは完全に趣きを異にしている。それは、あり得べからざる心象の幻想に生命をあたえることによって成立する、いわゆる超現実の幻想絵画ではないのである。バルテュスの好んで描く、少年や少女のいる暗い室内や街路の風景は、どこにでも存在している平凡な日常の現実であり、驚異や夢の現実とは少しも縁のないものばかりである。にもかかわらず、私たちはバルテュスの絵画と向い合うとき、一般のシュルレアリスム作品を眺める場合ときわめて近い、めくるめくような不安感や、何か胸騒ぎをおぼえるような、はげしい郷愁に似た感動を味わうことがあるのだ。」(『幻想の彼方へ』)

後者は前者の、ほとんど引きうつしに近いように見えもする。ここで澁澤龍彥は、自身の最初のテクストであったものを、プレテクスト(題材、口実)として用いている。その基本は「再認」でもあり、「既知との遭遇」のパラフレーズでもあるらしい。それにしても、気分は怠惰とかマンネリズムとかいうものとは異なる。いや、マンネリズムではなくても、一種のマニエリスムであるだろう。当時の澁澤龍彥は、シュルレアリスム以上にマニエリスムを——あるいはマニエリスムという常数に還元しやすいある種のシュルレアリスムを、多くの人のなかにある共有地へのノスタルジアがその「幻想」の最大の因子になるような、すでに紋切型と化している領域とみなしたうえで、あざやかに庭園化していたのである。

「デジャ・ヴュ」の安定した体験を、外部に無限に存在しうるプレテクストだけではなく、数年前に自分で書いたテクストにおいても、彼は再発見することができたわけだ。当然、ジョルジョ・デ・キリコの先例が思いうかぶ。一九一〇年代後半までに驚くべき高所に達していたデ・キリコの傑作群が、ほかならぬデ・キリコ自身によってその後に再記述され、剽窃され、似て非なるまがいものへと堕落していった事実。澁澤龍彦は『幻想の彼方へ』に収めた「キリコ、反近代主義の亡霊」のなかで、そんなデ・キリコの早すぎた晩年のありさまを、ある展覧会場での実作品との出会いにもとづいて、批判しようとしている。

だがそれと同時に、「天が下に新しいものなし」という言葉を地でゆくような老巨匠デ・キリコの醒めた夢を、一方の、「時代と寝た」もうひとりの巨匠であるピカソの夢とくらべて、より感動的なものだとする見地を守ろうとしてもいる。未知との遭遇の演技によって名声を保持しつづけるピカソのような楽天的なアーティストよりも、既知との遭遇をシニカルに演じつづけるデ・キリコのようなペシミスティックなアルティザンのほうが、現代の核心に触れている——といいたいかのように。批評、そしてパロディー。マグリットの例も、この点にかかわってくる。

自分の気質や性向、精神の傾向を既知なるものとして据えてしまうかぎり、くりかえしは避けられない。澁澤龍彦は当時、どことなくそんなくりかえしを愉しんでいるようなところがあった。ある種の退屈さにも通じる奇妙な安定感が文章を支配しはじめていた。

もともとマニエリスムというフランス語は、マナリズム（英語）＝マンネリズム（日本語）と同義である。そういえばサドやフーリエなどの十八世紀的なテクストは、ある意味ではマンネリズムをふくみ、かなり退屈なものである。それにしても、澁澤龍彦のテクスト自体が、サドやフーリエの時代とは異なる現代の退屈さを、無防備にたどり、かたどり、退屈な安定をみちびくものであってはならなかった。デ・キリコのマンネリズムを批判し、この本に『幻想の彼方へ』という紋切型の題名をつけているところにも、当時の澁澤龍彦の時代認識があったのだろう。実際、「……の彼方へ」などといういいまわしは一見、彼には似つかわしくないように思えたものである。

★

私はいま、また別のことを思いだしている。

澁澤龍彦はごく幼いころから、絵を描くことが大好きだったという。

それも、絵具やクレヨンで彩色することは性にあわず、いつも硬い鉛筆で、物の明瞭な輪郭や構造線をくっきりと、黒々と、白い紙の上に刻みこまなければ気がすまなかった。

「どんな絵を描いていたのかというと、私の気に入りのテーマは、およそ三つあった。すなわち海の底の図、蟻の家の図、墓場の図である。」（『人形愛序説』）

海の底の図には、ありとあらゆる海中の生物がミニアチュールふうに描きこまれた。ときにはこの世のものならぬ空想の魚たちが加わることもあった。

蟻の家の図は、地中に四通八達するトンネルと、そのどんづまりにひらかれた部屋部屋のありさまを、小さなユートピア世界のように描いたものだった。

墓場の図には、石塔や卒塔婆や、線香、花立ての竹筒にしおれた花々、破れ提灯に、幽霊。時は夜で、隠火が燃え、人魂が浮遊する。ろくろっ首、一つ目小僧などの古典的なお化けも加わって、なにやら百鬼夜行図の趣があった。

澁澤龍彦はしかし、小学校の図画の時間にやらされる「写生」なるものには、ついになじむことができなかったという。海の底や、地中のユートピア住居や、墓場の幻想世界のような「見えないもの」を見えるものにしようとした龍雄（本名）少年には、ありふれた日常の事物をありのままに描く素朴なレアリスムの発想がなかったのである。

「アイオロスの竪琴」と題するエッセーに物語られている以上のような思い出ばなしには、いささか出来すぎの感がなくはないにしても（とくに当時までのいわゆる「あの澁澤龍彦」像に合致する好みの三テーマなど）、澁澤龍彦と美術との関係を考えなおすうえで、大いに暗示的なところがある。

もちろんこれは幼年時代の回想であって、のちの作家・澁澤龍彦の美術観に直結するものではかならずしもない。第一、思い出ばなしはしょせん思い出ばなしなのだから、本当はどうだったかわかったものではない、と見る向きもあろう。しかしこの作家は、自分の幼年時代の体験を反芻することによって、じつは現在の自分を探りつづけていた人である。それどころか、現在の自分が幼年時代の自分とほとんど変っていないとすらいうことのできた、稀有な人でもある。

実際に私は、三十歳代以後の澁澤龍彥がたわむれに絵を描いてみせる場面に、幾度か居あわせたことがある。硬くて濃い鉛筆によるすばやい素描だった。あるときなど、白い紙の上にくっきりと、カブトムシの図を刻みこんだ。タッチもぼかしも修正もない、絵画的な意味での自己表現がどこにもなさそうな、それは、ただのカブトムシの「図」であった。

といって、本物のカブトムシに似ていたわけでもない。つまり個別のカブトムシではない、いわゆるカブトムシの輪郭と構造線を、力をこめて、くっきりと、黒々と、白い紙の上になぞり、「記述」したというだけのものである。あえていえば、これは「カブトムシの図」の絵だった。

博物学の図版と似ていないでもない。カブトムシをその外形と構造とに分解して、「カブトムシの図」、カブトムシのイデーに還元して、それを絵にしているわけであるから。

けれども、精緻な構造の記述をこととする西洋博物学の図版にしろ、微妙な筆先の感覚を生かす東洋本草学の図譜にしろ、それらを描く主体にはなお「表現」というものがあったろう。これも一種の科学である以上、描き手は個性や主観をころす必要があったが、それだけにいっそう、絵師はおのれの描きだす線に、おのれの「表現」を託そうとしてもいたはずである。

近代とはそういうものだろう。私は十七、八世紀という時代のことを考える。ミシェル・フーコーもいうように、近代とは、見ること、そして語るということの再編成がおこなわれた時期だった。この時期にあらたに登場した博物学と呼ばれる科学は、とりあえず、見えるものの記述にこれつとめた。だが他方には、いわゆる近代的自我の、「私」なるものの、思いがけない奇妙な跳梁のありさまが予見されはじめてもいた。

十八世紀後半の大画家ゴヤは、『幻想の彼方へ』に収められたエッセー「ゴヤあるいは肉体の牢獄」のなかでも検討されているとおり、「理性の睡りが怪物を産む」という言葉をのこしている。けれども事態はむしろ逆だった。「理性の覚醒が怪物を産む」――こういいかえたほうがよさそうな歴史上の転換が、博物誌、博物学の図譜のうちに読みとれる。

やがてサドがあらわれる。サドの牢獄的なユートピアのかなたに、フーリエの反・牢獄的なユートピアがかいま見られもする。

澁澤龍彦とは、あるいは少なくとも澁澤龍彦の好んだ絵とは、なんの関係もないことのように思われるかもしれない。事実こうした歴史上のコンテクストとのあいだに、彼の再認や再体験のやりかたは隔たりを設けている。彼のテクストは奇妙にストイックだった。ときにはプレテクストとのあいだにも、遮膜のような何かを張りめぐらそうとしていた気味さえある。

だが、それはともかくとして。

彼がたわむれに描いてみせたカブトムシの絵、つまり正確には既知のものなる「カブトムシの図」の絵を見たとき、私は思わず「これは漫画みたいだなあ」といわずにはいられなかった。

「そうだ!」と澁澤龍彦は叫んだ。そしておなじ紙の上に、タンク・タンクローの絵を描きはじめたのだった。

くっきりと、黒々と、白い紙の上に刻みこまれた「タンク・タンクローの図」の絵は、すこしも怪物めいた姿に見えず、むしろ明るい、原典（？）よりもいっそう可愛らしいものだった。

それは一九七六年の夏、つまり、この『幻想の彼方へ』が出版されようとしていたころのことだったと思う。

一九八八年九月四日

ユートピアの変貌

澁澤龍彦とは誰だったのだろうか。

ふつうの意味では、あらためて持ちだすまでもない問いだろう。澁澤龍彦の多くの書物に熱中して魅了されたことのある人にとっては、すでになにか暗黙の了解めいたかたちで、彼についての共通の印象、合言葉、紋切型といったものができあがってしまっているだろうからだ。

そもそも澁澤龍彦ほど、書物のなかで自分自身について包み隠しをせず、たとえば自分がどんな性向の持ち主であり、何が好きで何が嫌いなのか、また澁澤龍彦という存在をどのように位置づけるべきなのか、等々を、くりかえし語ってきた作家はめずらしい。高度に理論的な、あるいは啓蒙解説を装っているエッセーのなかにさえ、彼はしばしば「私」という主語・主題を持ちこんで、周到にまた潔癖に、自分の顔、自分の姿勢を明らかにしようとつとめていた。

　彼はほとんど先天的といってもいいほどまでに、事物を、その本来の不透明性すらあっさり消しさってしまうようなやりかたで、観念やイメージに還元し、くっきりと浮き彫りすることのできた作家である。その文章の造型力にはただならぬものがあった。しかも彼は、彼自身の「私」をも、事物のようにくっきりと、書物のなかに刻印してゆく独自の方法をもっていたのである。

　澁澤龍彦とは誰だったのか——についての暗黙の了解は、そのようなくっきりとした「私」の印象にかかわっている。

　澁澤龍彦はいつも「私」を造形しようとしていたかに見える。その「私」はわかりやすいし、つきあいやすい。それ自体が誘いになって、読者をどこか居心地のよい場所、夢のような場所に安住させてくれそうな「私」である。けれどもそれがはたしてあるがままの澁澤龍彦だったのかどうか。「私」を造形しようとしていたということは、じつはもともと「私」が曖昧であり、流動的であり、さまざまな色あいをもっていたからにほかならないだろう。どうかすると彼自身にもとらえきれていない別の「私」があったから、とさえいうことができるだろう。彼のふるまってくれていた「私」の像にいちおうは安心したうえで、さらに彼とともに、もうひとりの「私」の探索・追跡の旅に出ないではいられない。そういった気持も、つぎの段階では芽ばえてくるのではなかろうか。

　それもあたりまえのことだ。一読者・一友人としてあたりまえのことだと思わざるをえなかったから、私はこれまでに幾度もそのあたりの機微について書き記してきた。いまは別のかたちでそれを語りなおそう。澁澤龍彥の主体と、その不可欠のテーマになっていた観念＝イメージについて。つまりいちどは検討しなおしておかなければならないユートピストとしてのありかたと、そのユートピアのありかたについて。

★

ひとりの特異な作家人格としての澁澤龍彥の印象がはじめて決定的なものになったのは、おそらく一九六四年に出た書物『夢の宇宙誌』あたりをきっかけとしてである。いま読みかえしてみても、なにか大きな出来事があったという感じのする本だ。そして、これが作者自身にとってもひとつの大きな出発を画するものであったということは、二十年後に出た文庫版の「あとがき」の文章からも推しはかられる。

「この作品によって、私は自分なりにエッセーを書くスタイルを発見したのだった。その後、七〇年代に出た『胡桃の中の世界』や『思考の紋章学』も、この『夢の宇宙誌』と同じスタイルで書かれた、いわば同じ系列のエッセーと考えてよいだろう。私にとっては、いちばん愛着のふかい自著の系列である。」

スタイルの発見ということは、「私」のいちおうの確立をも意味していただろう。ここでついに独自のスタイルとともに発現する自己がとらえられた。といっても、『夢の宇宙誌』そのものは実際にさほど「私」（ここでは「わたし」と表記されていた）の跳梁する書物ではなく、その点では「同じスタイル」「同じ系列」のものとされる『胡桃の中の世界』『思考の紋章学』とはかなり異なっていたのだが、それでもなお、そこに語られることになった不思議で過激で本質的なことどもは、どれもみな一定の「私」の目で見られ、選びとられ、くっきりと浮き彫りにされているので、その背後に一貫した作者主体の熟成があるということは自然に理解された。

それがどんな「私」であったのか、ということについても、澁澤龍彥は「初版あとがき」のなかでこう限定をしてみせている。

「〔……〕わたしは〔……〕近頃では、ある種のイメージの原型の、気違いじみた蒐集家になってしまったようである。〔……〕

昆虫採集でもしている子供のような、物を書くというわたしの情熱の根源を、インファンティリズム(小児型性格)と評した友人がいる。もしかしたら、わたしは根っからのホモ・ルーデンスなのかもしれない。」

なんとサーヴィス精神にあふれた「あとがき」であることか、と、いまにして思う。なにしろ、読者の側からの評価に先んじてしまうやりかたで、わざわざ「私」なるものを限定し、いかにもわかりやすい、扱いやすい類型にまとめてみせているのだから。

ところで私自身はこれを読んだ当時、かならずしも同意できたわけではなかった。彼が「気違いじみた蒐集家」であるとも、「小児型性格」の人であるとも思わず、このページ数の少ない書物のうちに、もっと広くて大きい、それこそひとつの「宇宙」の端緒でもありうるような、新しい文学の可能性を見ようとしはじめていたからだ。

この作者にはどうも自分を狭く小さく見せようとする癖があるらしい、とも感じた。照れや防禦のポーズが前提になっていたのかもしれない。あるいはもっとしたたかな、自己演出の意図がはたらいていたのでもあろうか。いずれにしても、こんなふうに自己を過度にくっきりと浮き彫りにしてみせるようなとき、彼はたいていすでにつぎの段階にまで進んでしまっている。「私」なるものをすこしずつうしろにずらして示そうとするこのやりかた、からくりには、小児的などころか老獪なものさえあるように思われた。

そのへんはまあともかくとして、澁澤龍彦が誰であったかについての共通の印象には、右に引用した文章と直結するところがあるだろう。第一、「根っからのホモ・ルーデンス」という形容には、かなり説得力がありそうだ。『夢の宇宙誌』のおもだった登場人物、ルドルフ二世、ベルナール・パリッシイ、ジェルベエルといった歴史上の人物たちも、このおなじ限定を通じて、著者と同一視できるものになる。澁澤龍彦の「私」なるものを構成するもっとも基本的な要素のひとつは、事実、ホイジンハ的な意味での「遊び」だったのである。

「好むと好まざるとにかかわらず、あらゆるユートピアには、遊びの部分がある。砂場で砂の山や家をつくる子供のように、真剣にユートピア的都市計画に熱中しているユートピストのすがたには、どこか高貴で、可愛げなところがあって、卑しさがみじんもない。砂遊びや、積み木や、箱庭つくりに我を忘れて熱中するような子供は、ユートピスト的素質があると認めて差支えなかろう。」(「玩具について」）

澁澤龍彦自身がこのとき、ユートピストを演じている。彼はすでに二年前のエッセー集『神聖受胎』の冒頭に、「ユートピアの恐怖と魅惑」という論文をかかげ、そこではかならずしも子どもの遊びとは直結しないような、権力と反権力との、ユートピアと反ユートピアとの葛藤を、自分のなかにあるものとして考察していた。サドの呪縛が大きかった。フーリエの影も見えはじめていた。ところがまもなく、ユートピア・反ユートピアという弁証法に強いられていた苦渋は消え、つぎの幕が引かれて、一見ユートピア的な安逸のみを肯定できるような、子どもとしての、ホモ・ルーデンスとしての「私」が、『夢の宇宙誌』を通じてくっきりと、あらたに浮き彫りにされたのである。

いわゆる安保「騒動」から四年後、サド裁判の第一回公判からも四年後のことである。そうした現実らしい現実の当事者にとどまることに飽きはじめた、あるいは早くから疑いをいだいていた澁澤龍彦は、ごく自然に、ことのなりゆきのようにして、砂遊びや積み木や箱庭づくりのイメージを持ちだすことになった。

「どこか高貴で、可愛げなところがあって、卑しさがみじんもない」とされる「ユートピスト」の姿は、澁澤龍彦の「私」とスムーズに重ねあわされた。なによりも「我を忘れて熱中する」というところが、あのころにはふしぎな説得力と、憧憬をよびおこすような誘引力を生んだのである。しかもそれを受けいれる読者の側に、反体制のしるしをプレゼントするようにさえ感じられた。

もういちど先ほどの引用文にもどろう。要約すれば、「ユートピア・遊び・子ども」という三位一体の謳歌である。この三位一体が一九六〇年代のあのころ、すこぶるラディカルなものとして受けとめられたのだ。というのも、「権力・労働・大人」という旧来の三位一体が本格的に幅をきかせはじめ、あらゆる反体制的志向を抑制・馴化しようとしていた時代であったから。澁澤龍彦の「私」のようにさりげなく理論武装したうえで、こんどは昆虫採集だとか、砂遊びだとか、箱庭づくりだとかに熱中してみせることのできた子どものようなユートピストは、じつに「かっこよく」、また時代の核心を射ぬく力をもっているかのように見えた。

ざっとこんなふうにして、『夢の宇宙誌』を導いていた「私」は「私たち」を誘いこみ、共犯者の気分にひたらせることによって、いまではどことなく秘密結社を思いおこさせないこともない、ひとつの幻想の小宇宙をつくりあげていったのである。

澁澤龍彦について、一九六〇年代によく引きあいに出されていた蒐集狂とか、異端教組とか、美少年祭司とか、「狂王」とか、あるいは妖異博物館、人工庭園といった一連の形容語も、さきに見た三位一体の延長上にあったろう。これにダンディーとかフェティシストとか、「快楽主義」の実践者とかの称号をつけ加えれば、当時の「あの澁澤龍彦」の通俗的な肖像ができあがる。サングラスにパイプ。色なら黒か緑。万巻の奇書にかこまれた高貴で孤高で狷介でしかも可愛げな子ども。そんなアイテムに魅きつけられて、こんどは澁澤龍彦の書物そのものに「我を忘れて熱中」する人々もあらわれはじめる。

やがて一九七〇年代に入ると、遊びもユートピアも子どももあっさり体制に組みこまれ、玩具も人形も怪物も天使もアンドロギュヌスも、それに彼のよく援用していた思想や学説のいくつかも、つぎつぎと将棋だおしのように毒ぬきされ、あふれかえる情報のなかでオブジェもイメージも本来の力を失ってゆくといったような、第二次高度経済成長期の奇妙に賑やかで虚しい社会がやってくるであろうことを、まだほとんど誰も予見してはいなかったのである。

★

もちろん、以上に述べてきたことは彼のまわりに生じた一種の「澁澤龍彦現象」についていっているので、当人の活動とはさほど関係がなかったと見たほうがよい。澁澤龍彦自身はむしろ、夢の宇宙めかした空間の安定をたくみに演出する一方で、じつは時間のなかを航海しはじめてもいたからである。最初の引用文に回顧されていた十年後の『胡桃の中の世界』と、さらに三年後の『思考の紋章学』を読みなおしただけでも、事態はかなり変化していたことをたしかめられるだろう。

一九七〇年代を代表するとされるこれら二冊の本では、『夢の宇宙誌』とくらべても「私」という語がずっと多く用いられている。ただしそれはすでに外界から独立して、周囲にあまり働きかけることをせず、自己の思考を跡づけることだけを愉しんでいるかのような、悠々自適ともいえる「私」である。「私たち」のほうも透明化していて、以前のような「秘密結社」への誘いをふくまない。「ここに挨っぽい現実の風はまったく吹いていない」と、のちに前者の「文庫本あとがき」(一九八四年)にいわれているとおりである。

ここには自己隔離のニュアンスもあるだろう。高度情報社会における「ユートピア・遊び・子ども」の馴致、庭園や博物館の大衆化・民主化といった事態の進行に対して、彼は抵抗しようとしていたのだろうか。それもある。だがそれと同時に、「私」は以前よりいっそう強化されながらも柔軟になり、ときには非人称的なひろがりさえ示しはじめていた。空間の質も変化しつつあった。好みの物やイメージはいよいよ数を増し、いよいよくっきりと浮き彫りされていたにしても、それらはもはや庭園や博物館の安定には向わず、「時空」の次元へと吸引されてゆくようだった。

『胡桃の中の世界』というタイトルは、そのころから彼の好んで言及するようになっていた「入れ子」の時空の謂であり、それ自体が彼の「私」、彼の思考のありかたを比喩している。「私」は思考の結果を報告・展示しているのではなく、思考の過程をそのまま生きることを愉しむ。そして『思考の紋章学』のほうにいっそう画期的なものが感じられるとすれば、そんな「私」がくっきりと浮き彫りされているばかりではなく、あるダイナミズムをともなって運動しはじめているからだ。「私」は「私」を既知のものとして限定することをやめ、「私」の思考の追跡者になろうとしている。初版の「あとがき」には、「私としては、ペンとともに運動をはじめた私の思考が、抽象の虚空に一つの形を描き出してくれることを期待した」とあるけれども、これは同時に、未知なる「私」のありかたを探るための方法でもあったのだろう。

この『思考の紋章学』がのちの小説への出発を予告していたことは、そうした志向からもたしかめられる。「同じスタイル」「同じ系列」に属するものとされていながら、『夢の宇宙誌』からの距離は大きかったと見るべきだろうか。それともすでに『夢の宇宙誌』そのもののうちに、そんな「私」への出発を画するところがあったと見るべきだろうか。どちらにしても、澁澤龍彥が誰であるかについて、一九六〇年代なかばごろに生まれていた暗黙の了解はあやふやにならざるをえない。彼はむしろ変貌し生長するタイプの作家だったのである。

他方、澁澤龍彥の文章のただならぬ造形力が、生涯を通じて彼の「私」に作用しつづけていたこともたしかである。彼はのちに自分の文章の歴史そのものまでも、くっきりと浮き彫りにしてみせるようになった。私がこれまで意識的に、いくつかの再版の「あとがき」を引用してきたのはそのためである。それにしても微妙なずれがのこる。各時期の彼は、各時期の彼の目で、過去の「私」をとらえなおし、整合しなおすことになったからである。そこで私たちとしては、さきの暗黙の了解とは縁を切ったうえで、彼の長い文章活動の過程をたどりなおすのでなければならない。

そうでなければ、澁澤龍彥の「私」は彼のとりあげてきた物やイメージと同様、この時代に特有のフェティシズムの餌食になり、そのあげく、わかりやすく扱いやすい歴史の点景におちついてしまうだろう。実際にはフェティシズムからはもっとも遠い、先天的に醒めているオブジェクティヴィストの目をもった作家であるはずなのに。

私はいま思う。『夢の宇宙誌』以後の彼の仕事のうちに、たとえば『幻想の画廊から』（一九六七年）、『幻想の肖像』（一九七五年）、『幻想の彼方へ』（一九七六年）のような美術書の系列があったにしても、そこに呼びあつめられた画家や作品はあまりにもくっきりと、過不足なく、客観的な位置づけを与えられていたということ。著者自身のいわゆる「気違いじみた蒐集家」の身ぶりを超えて、それらはいかにも行きとどいた、いっそ古典的といってもよさそうな美術紹介書になっていたということ。特有の打ちとけた柔軟な語り口で、「私」の主観や印象を浮き彫りにしていながらも、じつは右に述べたような変貌にいたり、そのことを自然に受けいれたという点にこそ、澁澤龍彦の本性を見たいのである。

★

もうひとつ、澁澤龍彦にとって不可避でも不可欠でもあったポーズのひとつに、ダンディズムというものがある。鏡を前にして日々をすごすボードレールふうのダンディーは、いつも鏡のなかにおなじ顔の「私」を見、再認するとはかぎらない。むしろ、それが再認できないことへの不安があるからこそ、彼は鏡をのぞきこむのだろう。既知の、美しく割りきれた「私」とたわむれるナルシシズムなど、ここでは問題にならない。「私とは誰か」がまだ解決されていない、いつまでも解決されないかもしれない――という距離あるいは余裕の感覚があってはじめて、ダンディーは自分の前に、さまざまな鏡を仮設しつづけることになる。

アンドレ・ブルトンの『ナジャ』の冒頭にある「私とは誰か」の問いは、私は誰とつきあっているのか――私は誰につきまとっているのか、という問いを派生する。諺《ことわざ》にみちびかれて、つきあう＝つきまとうという言葉がひらめいたとたんに、それを問う人は幽霊の役を演じさせられる。幽霊はさまざまな鏡を自分の前に立てる。鏡のなかに何かがうつれば、それは「私」の幻像になる。だが固定することはできない。一瞬にして掻き消えてしまうからだ。鏡の遊戯はいつまでもくりかえされる。プラハの大学生だってアリスだってドリアン・グレイだって、ボードレールだってブルトンだってナジャだって、そのことに気づいていたからこそ鏡の前に立った。

澁澤龍彦もまた鏡の前につれだされた作家のひとりである。彼は鏡のなかにしばしば自分の過去を見た。幼年時代、学生時代、そして文筆家・作家として生きてきた一九五〇年代、一九六〇年代、一九七〇年代、一九八〇年代。それなりに安定して調和のとれている各時期の「私」の像が、死後の今日にいたるまで、彼自身のくっきりとした回顧の言葉によって、読者のもとに送りとどけられていた。ついでにいえば、過去のさまざまな作家や芸術家や思想家や革命家とのあいだにも、そして現在のある種の読者とのあいだにも、つきあう＝つきまとう特異な関係が生まれていた。そうだとしても、彼自身は影あるいは幽霊となってさまよいながら、ひとり未知の「私」を探しもとめ、追跡しつづけていた——という、もうひとつの局面もある。

ふと思いだす。彼の最後の作品となった小説『高丘親王航海記』の後半部に、「鏡湖」と題する一章があること。

主人公・高丘親王は、雲南の南詔国に立ちいたる。ひとつの湖を渡りきろうとする。

「舟からおりる前に、親王はふと何の気なしに、舟ばたに首をのばして、鏡のように澄んだ湖水のおもてをのぞいてみた。すると、自分の顔がうつっていない。ほかのひとの顔ははっきりうつっているのに、自分の顔だけがうつっていない。何度のぞいても同じことである。蒙のいうところによれば、湖水に顔のうつらぬものは、一年以内に死ぬという。迷信だとは思いながら、親王はどきりとした。」

私たちもまた、どきりとする。これが自伝的な作品であり、作者がこれまで主人公と同様に、未知の国・天竺のイメージに託されてもいたろう未知の「私」を求めて、長い旅を生きつづけてきたことを知っているからだ。鏡のなかの虚無は、主人公と作者との死を予告しながらもなお、「私」なるものの不安と可能性とを、ふたたび暗示する力を持ちはじめているように思える。

高丘親王はやがて南詔王・世隆の宮殿に入る。なにやら『夢の宇宙誌』のあれこれを彷彿とさせるような、「異様な蒐集品」にみちあふれた「陳列室」をのぞく。そこにある現王の肖像画はずたずたに傷つけられ、顔の判別もつかなくなっている。親王は茫然とする。つづいて登場してくる世隆は過去の「私」の影だろうか。道家の神術をよくする「負局先生」と見まちがえられた高丘親王は、この世隆の治療を求められることになる。

いわゆるマザ・コンでもあるらしい南詔の現王・世隆の症状は、鏡のやまいとでも称するべきものである。

向いあう二つの白銅の鏡を前にして、現王の母・太后がこう訴える。

「この二つの鏡は、〔……〕いつからか、〔……〕息子の恐怖のまとになってしまったのです。鏡をのぞけば、その中には自分の影が見える。自分がふたりになる。それがおそろしい。それでものぞかずにはいられないと、息子はつくづく申します。このごろでは、鏡をのぞくたびに、自分とそっくりな男が鏡の中から抜け出してきて、自分の前にぬっと立ち、やがてけむりのように消えてゆくとも申します。二つの鏡のあいだに立てば、自分の影はさらにふえて、その数は想像もおよばなくなることでしょう。それがおそろしい。それでものぞかずにはいられないのだそうです。わたしの目をぬすんでは、息子はこの陳列室にしのびこんで、日がなひねもす、鏡を相手に気ちがいじみたふるまいのかぎりをつくしております。」

このやまい、作者の過去を遠くうつしだしているのかもしれないこの狂態を目撃した高丘親王に向って、太后の息子・世隆自身もこんなことをいう。

「先生、見てください、ほら、またわたしの影が鏡の中から抜け出します。ほら、そこに立っています。あ、消えました。あ、今度は向うから。ええ、執念ぶかいやつだ。どうしてくれようか。」

どうしてくれようか。この臨場感はどうもただごとではない。作者とそっくりな高丘親王は、このやまいを治療できる「先生」の役をあえて演じ、鏡に封印の法をほどこそうとする。

「王をわきに立たせておいて、親王は一歩すすみ出ると、みずから鏡と鏡のあいだに身を置いた。そうして鏡の中を、思いきってのぞきこんでみた。うつるか、うつらぬか。はたして、鏡の中に自分の顔はうつっていなかった。数日前に舟の中から湖水をのぞきこんだときと同様である。やっぱりそうだったのか。すでに自分には影が失われているのだということを、ここであらためて確認するかたちになった。それでも、そんな自分の気持はおもてにあらわさず、あくまで負局先生になりすまして、親王は演技をつづけながら、

「いかがですか、王さま。鏡の中にわたしの影は少しもうつっておりませぬ。影はすっかり封じられました。」

鏡のやまいをわずらう世隆の影を、自分の影と同一視するという演技が功を奏する。世隆自身が高丘親王の鏡像のひとつであったのだから、これは当然のことだろう。トリックでもなんでもない。『高丘親王航海記』という澁澤龍彦の最後の作品そのものが、じつはさまざまな姿をした「私」にふたたび出会うための、深々とした鏡の装置のようなものであったことを思いおこせば、すべてが了解できる。走馬燈のように、大仕掛な砂時計や水時計のように、刻一刻、空間の影がよぎったかと思えばまた溶けて、めぐり流れ、時間の影をかいま見せ、むしろそんな過程にこそ従ってゆこうと決意しているようなエクリチュールのありかたを、ここでまた味わいなおすことができる。これはどこか映画にも似た文章世界である。

それにしても高丘親王自身は、もはや鏡像をもたない透明人間と化している。その事実は一年以内の死を予告するともいわれる。だがそれは同時に、解放の表現でもあっただろう。既知の「私」からの、未知の「私」への解放。『高丘親王航海記』が感動的な書物でありえたのは、みずからをどんな鏡像からも解きはなち、航海そのものに変身させてしまったこの性急さ、いさぎよさ、こだわりのなさがあってのことである。

高丘親王はいわゆるユートピストではない。その航海の目的地・天竺はいわゆるユートピアではない。澁澤龍彦の死はユートピストによるユートピアの完結ではない。

だが、それはともかくとして、私はここでふたたび、『夢の宇宙誌』の前後に立ちもどってみることにする。

唐の咸通六年、広州の港から旅に出た高丘親王の場合と同様、『夢の宇宙誌』の画していた出発までの作者の歩みは、まだじゅうぶんに明らかにされているとはいえない。それにエグゾティックな国々への欲動は、遠い幼年時代からとつぜん送りこまれてきたというだけのものではないはずだ。前史、後史ということも考えておかなければならない。

★

澁澤龍彦の最初の著書は、一九五九年に出た『サド復活』だった。当時三十一歳。安保闘争とサド裁判のはじまる前夜にそれまでの仕事をまとめたもので、長い航海の端緒として注目するべきエッセー集だが、その後かならずしも厚遇に浴していない。文庫本に入っていないどころか、一九七〇年の『澁澤龍彦集成』のなかでも、解体・縮小されて第二巻の末尾に追いやられている。

なぜそうなったのか。いま読みかえしてみるとある程度わかる。これは彼の最初のサド研究の書であると同時に、サドからシュルレアリスムにいたるさまざまの過激な思想・文学の流れを追おうとしたもので、いきおい未整理な、混沌としたおもむきをとどめる本だった。文体も安定からは遠い。弁証法の魔にとりつかれたかのように、観念の対置をくりかえし、ときにはパセティックな昂揚にいたる展開はかなりの力業だが、それだけに生硬に見えるところがないでもない。澁澤龍彦はこうした

「若書き」に対して厳しかった。そのためかこの本は、航海に出発する以前のものとして、のちには軽視されるようになった。

そもそもそこにはまだ「私」が登場していない。「私たち」も少なく、透明な集合的主体を指すだろう「われわれ」が跳梁している。たとえば巻頭のエッセー「暗黒のユーモア――あるいは文学的テロル」の、それも書きだしの部分。

「サドの書簡集を一読して先ずわれわれが心底ふかく打たれるものは、この幽囚の文人が最初の数か月、絶望の危機を過ぎて後、次第に己れの運命について毅然たる危機を抱いてゆく過程である。」

このような調子の高さに、ひとつの出来事を感じとった読者も少なくなかったはずだ。「私」の手の先で愛玩しているような親密感はないにしても、何かにとりつかれている、つきまとわれているといった印象。その出所のひとつは、おそらくアンドレ・ブルトンとの共謀関係にある。

六十ページを優に超えるこの長篇エッセーは、じつはブルトンの『黒いユーモア選集』を下敷きにして、その上につくりあげた澁澤龍彥版・黒いユーモア小選集だったのである。

以来よく用いられ、たとえば『黒魔術の手帖』(一九六一年)『毒薬の手帖』(一九六三年)『秘密結社の手帖』(一九六六年)から『異端の肖像』(一九六七年)『妖人奇人館』(一九七一年)、そして『悪魔のいる文学史』(一九七二年)あたりにいたる著作の系列に引きつがれてゆくこの下敷き多用の方式は、ただし、かならずしも独創性と両立しえないものではない。通常の祖述とは異なって、一種の変換、憑依《ひょうい》、つきまといつきまとわれる関係を前提としていたからである。いいかえれば、なにか集合的で非人称的な器としてひらかれている「私」を通じて、過去・現在のさまざまな声をよみがえらせてゆくこと――ブルトンから受けつがれたこの方法は、やがて澁澤龍彦独自のスタイルを生みだすことになる。

初期の澁澤龍彦にシュルレアリスムのおよぼした影響は過小評価できない。ただしいわゆる「シュール」の影響ではなかったことに留意すべきだろう。当時すでに「シュール」とそれをめぐる言説は日本に流布していたが、彼ひとりはもっぱらブルトンの原典のみを掘りさげ、日本では「その深遠さゆえに、すっかり敬遠されてしまった観」(『神聖受胎』)のあるこの「ブルトン先生」の手引で、サドにはじまる「黒い」系譜を探りあてていたのである。どうかすると詩法の側面にばかり傾きがちだった当時の「シュール」紹介者のなかにあって、澁澤龍彦のシュルレアリスム論は特異であり、しかもある意味ではすぐれて正統的なものだった。

「無差別な愛と無制限な自由の理念を説くブルトン先生は、サドと、フーリエと、フロイトと、マルクスとを直線で結ぶ独特な美しい体系を築きあげて、フランス文学史のみならず、世界の芸術の歴史を魔術的に転回せんとする一種の秘教団体をつくったのである。」(同前)

ところで『サド復活』そのものが「一種の秘教団体」の匂いのする本だったともいえる。澁澤龍彦の著作中でただひとつ、巻末に人名索引をもっていたことにも留意しよう。サドを別として、もっとも多く引かれていたのはもちろんブルトンだが、ついでフロイト、ボードレール、マルクス、ヘーゲル、スウィフトといったところがよく引きあいに出されており、それだけを見てもブルトンとの共謀関係は推しはかれる。ユングやバシュラール、エリアーデやバルトルシャイティスの名はまだ見えず、『夢の宇宙誌』以後に俟《ま》つことになるのだが、それらの登場もまたブルトンのもうひとつの重要な大著、『魔術的芸術』経由であったように思われる。

そうした共謀関係は、のちの美術エッセー集『幻想の彼方へ』までつづく。澁澤龍彦が愛し、紹介をこころみていた芸術家たちのほとんどすべてが、「ブルトン先生」に教えられた人々だったということだけではなく、彼らを集わせる「共有地」の設け方にも共通したところが見える。澁澤龍彦はその後、『洞窟の偶像』に収められた「シュルレアリスムと屍体解剖」（一九七六年）のなかで、「私は当分、シュルレアリスムについて語ることをやめたいと思う」と語ることになるのだが、この意思表明はどちらかというと、あいかわらず「シュール」にとどまって肝腎のブルトンの著作に肉薄しようとしない日本の状況のなかでの「精神衛生法」であって、かつてサドの啓示をプレゼントしてくれた「ブルトン先生」への借りをすべて清算したということではなかった。

ともあれ、「暗黒のユーモア」は明らかにブルトンに直結していたエッセーで、のちに『澁澤龍彦集成』では削除されてしまった理由もこのあたりに関係するかもしれないが、それにしても、その先に新しい視野をひろげることになった画期的な文章だった。それは「黄金時代と至福千年説的概念、ユートピア、革命など、シュルレアリストの夢みる窮極の理念」をめぐる予見にかかわる。ブルトンとはやや異なる立場で、サド侯爵の称揚から出発した澁澤龍彦は、この異様にラディカルな観念にみちた論考を、フーリエのユートピアの引照によって結ぼうとしている。

「ところで、ユートピアにおいて実現された未来、現在に呼び込まれた未来とは、そもそも何だろうか。それは否定のはたらきと言う以外には考えられないだろう。果然真に革命的なユートピアはその本性上必ず、ユートピアであると同時に《逆》ユートピアでなければならぬという宿命的な性格をもつ。」

処女エッセー集『サド復活』にはもうひとつ、「薔薇の帝国――あるいはユートピア」という一章もある。由来「ブルトン先生」に手ほどきされていた澁澤龍彦のサド観は、サド裁判のはじまる前夜に、すでにきわめて特徴的なユートピア＝逆ユートピア観を派生していた。つぎのエッセー集『神聖受胎』（一九六二年）の巻頭におかれた力篇「ユートピアの恐怖と魅惑」が、その間の行きつもどりつの模索と、おそらく緊張と昂揚をともなっていただろう試行の過程を、くっきりと、切迫したかたちで跡づけることになる。

「子ども・遊び・ユートピア」の三位一体はまだ顕在化していない。というよりも、このころの彼のユートピア観はなにかもっと別の色あいを帯び、暗い、曖昧な、魔術的な「逆ユートピア」との合体によって、いささか強引に、「革命」なるものと結びつけられていたのである。

★

『神聖受胎』はサド裁判の中間報告という意味をになう本だった。ただし巻頭のこのユートピア論はサド裁判以前に書かれたものである。ニーチェの「遠人愛」のくだりをエピグラフとするこのエッセーは、同時にそのニーチェの「権力意志」への疑念を語っている。「変革はただちに地上的なプランにおいて着手され、権力意志はたちまち裁判所にその棲み処を見出す」という。これはサド裁判の展開と、その先の文化状況までも見通す炯眼だった。

ここでも、レーモン・リュイエの『ユートピアとユートピアたち』という古典的な研究書が、ところどころ下敷きとして利用されている。ただし澁澤龍彥の問題意識はリュイエよりも広い。たとえばつぎのような思いがけない展開。

「どうやらユートピアと権力意志とのあいだには、芸術という陥穽がひそんでいたようである。なにはさて、ユートピアと芸術との関係を論ずる時が来たようだ。」

ユートピアと芸術との関係。『夢の宇宙誌』以後の安定とかかわりのあるこの重要な論点を、彼はまず、両者のあいだの距離を測定することによって浮き彫りにしようとする。

ユートピアはかならずしも芸術のかたわらにあるわけではない。政治や宗教がユートピアとのあいだに保つ距離と同等のものが、芸術とユートピアとのあいだにもある。簡単にいってしまえば、芸術家の意識、たとえば「未知の国」への誘引に身をまかせる高丘親王のような人間の意識と、ユートピア本来の「いま、ここ」を強化しようとする方法的・科学的な精神とは、もともと相容れないものなのだ。したがって芸術とユートピアとは、けっして同義にはなりえない。

「フーリエのようなアナロジーに富む精神のみが、詩人とユートピア思想家、神秘的精神と方法的精神との中間に位置し得るであろう。」

しかも芸術においては、ユートピアと逆ユートピアとは相表裏するものである。政治におけると同様、そこには「恐怖と魅惑」が生まれる。それはいっそ歴史の終焉にまで到達してしまおうとするような、無謀きわまる試行なのであった。

「この点にこそユートピアの非凡な価値——あの個人の自我実現が同時に世界実現となるような、恐怖と魅惑が存するのである。」

このように美しい、だが混沌とした印象をまぬかれないユートピア論が、数年後の『夢の宇宙誌』において、ひとつの「自我実現」としての「世界実現」、つまり「遊び・子ども・ユートピア」の三位一体へと、一挙に転化されていった過程が興味ぶかい。

その間にはサド裁判のうんざりするような日々があった。当時の反体制派のユートピストたちにも巣食っていた「労働・大人・権力」の三位一体を、たくみに突きくずしてしまう力をもった忘れがたいエッセー、「生産性の倫理をぶちこわせ」(『神聖受胎』)もこのころに書かれた。

一九六〇年代はじめまでのこうした前史を、あえて神話めかして過大に評価する必要はないにしても、とにかく若い澁澤龍彥のうちに、ユートピアなるものを政治・権力の構造から遠い芸術の館に避難させようとする新しい欲動が、すこしずつ働きはじめていたことはたしかである。

『夢の宇宙誌』はそのはてに出現した書物であった。

だからこそ、この書物の告げ知らせていた「私」の誕生は、大きな出来事として迎えられた。ある種のユートピスト、子どものようなホモ・ルーデンスとしての芸術家が、かぎりなくラディカルな存在に見えた一九六〇年代という一時期に、この書物は文字どおり「夢の宇宙」を現出させることができたのである。

★

その後も澁澤龍彥にとってユートピアは本質的な問題にとどまりつづける。「未知の国」へ出発しようとする欲動と重なるばかりでなく、彼の文章のスタイル、「私」の表現のしかたにもかかわるテーマとなった。

一九七一年に出た『黄金時代』という象徴的な題名をもつ書物が、一九六〇年代を冷静に回顧しつつ、この点の事情をくっきりと浮き彫りにしている。

こんどはジャン・セルヴィエの好著『ユートピアの歴史』を下敷きにした、集中の白眉ともいえるエッセー「ユートピアと千年王国の逆説」のなかに、澁澤龍彥自身の「黄金時代」だったかもしれない一時期、一九六〇年代の熱い空間との訣別が語られている。

そこでは、ユートピアはけっして未来に作用を及ぼすことのできない「退行の夢」であり、母胎回帰の幻想をくりかえすものにすぎないとされている。

「そしてユートピアは、ユートピアの外の世界に対しては完全に無知であり、無関心である。ユートピアの時間は夢の時間と等価のものであり、それはもっぱら過去へのノスタルジアだけで、未来の変化を忌避しようという願望にほかならないのである。夢をみている人間が、いつまでも目ざめたくないと考えるのと同様に、あらゆるユートピアの時間はユークロニア(日付のない時間)であり、永遠の現在のなかに凍結しているのである。」

とすると、『夢の宇宙誌』に開示されていた世界そのものがここでは反省と批判の対象になり、ノスタルジアのかなたに遠ざけられているかのようである。「子ども・遊び・ユートピア」の三位一体はすでに崩壊している。「未知の国」への出発を欲する主体は、少なくとも、「未来の変化」を忌避するわけにはいかないだろうからである。

同時にこれはほとんど、現代のハイ・テクノロジー社会への反抗宣言だったといってもいい。かつては権力と対置され、芸術の側に引きつけられることによって安息を得ることのできたユートピアなるものが、ここでは千年王国説のいだく男性・父性原理と対置されることによって、その逆行性を断罪されている。

もちろん両立感情が生きのこってはいる。ただしそれとともに、以前の澁澤龍彥の作品にはあまり見られなかった時間、水(これは暗々裡に石という観念=イメージと対置されている)、旅という観念=イメージが注入され、あらたな文章の道筋を予告していたことは重要だろう。それらはじつのところ、一九七〇年代以後の澁澤龍彥の「私」のありかたに、大きな転回をもたらす契機となった観念=イメージである。

もっとも、彼自身は十四年後の一九八五年に書かれた「文庫本あとがき」のなかで、例によって自身の歩みを過度に浮き彫りにするかのように、こんな述懐を記している。

「ユートピア、終末観、デカダンス、幻想。よくまあ飽きもせずに、こんなテーマを何度となく語ってきたものだと自分でも思う。しかし、こういうテーマをなまのかたちで論ずることに情熱を燃やしたのも、本書『黄金時代』までである。七〇年代以降、私は大問題を論ずる興味を急速に失っていった。」

だが、はたしてそうだったろうか。このとおりに事は運んでいたのだろうか。実際にはこの本が出たしばらくあとに、いっそう重要なユートピア論が書かれている。『胡桃の中の世界』に収められている一章、「ユートピアとしての時計」である。このエッセーの下敷きはジル・ラプージュの『ユートピアと文明』だ。すなわちユートピアあるいは文明の空間と、歴史あるいは自然の空間とを対置することによって、ヨーロッパ思想の根柢にある無時間的安定への志向を徹底的に批判しようとした、近来のユートピア論のなかでも屈指の好著である。

問題はまず西欧中世に発明された機械時計の意義にかかわる。それまでの砂時計や日時計とは異なって、この歯車仕掛の機械は、人間の意識を根本的に変えることになったという。

「ユートピア建築家が曲がった河川をまっすぐ修正するように、時計は時間を修正するのである。自然の時間は必ずしもまっすぐではなく、むしろ幾重にも折り畳まれていると考えた方が真相に近いのではないか。厳密に均等に展開される時間は、時計のなかからしか出てこないにちがいない。ユートピストは自然の時間、すなわち無秩序に錯雑した時間を嫌悪するから、これを時計という箱のなかに閉じこめて、そこで時間に加工をほどこし、まったく別種の人工時間を錬り直したいと考えるのであろう。歴史の恐怖を逃れるために、ユートピアには時計が必要なのである。」

ラプージュの書の「自動都市」の章の、いかにも巧妙な要約である。しかもおそらく祖述の段階を超えて、澁澤龍彥自身のうちにあらわれつつあった新しい文学主体を指し示している。その主体はもはや、時の政治権力と拮抗しうるユートピアを拠点にして芸術世界の安定をはかろうとしていた、一九六〇年代のあの「私」ではない。といって、のちに現代社会の疑似ユートピア化を嫌い、千年王国をめざす身ぶりによって自己保全につとめていた、一九七〇年代はじめのあの「私」でもない。みずからのうちに無限かつ多様な自然の時間を、またけっして空間の安定に身をまかすことのない思考のダイナミズムを、そろそろ実感しはじめていた「私」――そのような「私」の変貌の過程にこそ、このエッセーは対応していたのではなかろうか。

『夢の宇宙誌』と「同じ系列」のものだったと作者自身のいう『胡桃の中の世界』と、ついで『思考の紋章学』との二書は、なるほど『夢の宇宙誌』と同様、さまざまなユートピア的なイメージやオブジェをモティーフに加えている。いわく石の夢、庭園、動物誌、紋章、幾何学的図形など。だが「同じスタイル」に属するとはとうてい思えない。事態はすでにかなりのところまで進んでいた。空間のとらえかた自体が、いわば非ユークリッド的になっていた。螺旋や廻転のモティーフから、愛と渇きの概念まで――それらすべては思考の運動に対応しつつ、それら自体の運動を生き、時間に加担するものとしてとらえられていた。

オブジェ、イメージは、もはやフェティッシュにはなりえない。すべては移りゆくもの、通りすぎゆくものである。その過程を記録しつづける「私」は、なにやら孤立を守る抽象体のようにして、自然を、自由を、生きはじめようとしている。

その途上にカフカの「オドラデク」が点滅しているのも興味ぶかい。かつてはさまざまなオブジェやイメージを精神分析的・イコノロジー的に扱ってみせていた主体が、ここでは「解明の鍵をもたぬ謎」を自明のものとして受けいれ、そのことを愉しもうとさえしている。ここにもひとつの解放があったのだろう。

澁澤龍彥がやがてフィクションの領域に踏みこみ、『唐草物語』から『ねむり姫』『うつろ舟』をへて『高丘親王航海記』にいたる「時空」志向の小説を書くようになっていった経緯は、すでに一九七〇年代のエッセーのうちに予見されていたのである。

★

『高丘親王航海記』はたまたま彼の最後の作品となってしまった小説だ。

いやおうなくそこに読みとれる自伝的な細部に、私は大きく心をゆさぶられる。あまりにも早すぎた死ではないか。澁澤さん、あなたの文章の力と、可能性と、余裕と、あなたがほとんど見せようとしなかったそこにいたる苦行の過程を思うとき、私はもうなにもいえなくなる。高丘親王の「未知の国」への思いは、あなた自身の文学の源にあったものだろう。「たまねぎのように、むいてもむいても切りがないエクゾティシズム」——どうしてこんな正確なことが書けたのか。それはもうユートピアには住まないであろう「私」への、遠い旅立ちの契機だったのではないか。
澁澤龍彦の「私」の出現そのものが日本の近代におけるひとつの出来事だった。いま私が思いうかべるのはそのことにとどまらず、ときには照れくさそうにしながら変貌を重ね、いっそう大きな出来事を生きぬいてしまったひとりの「私」――反ユートピスト澁澤龍彦の姿である。

一九八七年十一月一日

III

マテーラ（イタリア）のサッシ住居群、1987年8月

望遠鏡をもった作家——花田清輝と澁澤龍彦

現代の数ある作家たちのなかから、花田清輝と澁澤龍彦の二人を切りはなしてきて、ある視点のもとに突きあわせてみるとき、それ自体、一個のコラージュのような趣である。たしかに、これはこのように対置してみるにあたいする二人であって、誰もがさっそく両者の類似点や相異点を見つけだし、たとえば例の「日本的風土からの隔絶」とか、あるいは「楕円と円」といった手ごろな話題をめぐって、ひとしきりお喋りにふけることができるほどだろう。ところで、私がいまこの二人の名前をコラージュしてみたのは、彼らの文章におけるほかならぬコラージュの方法について比較してみたくなったためで、つまり、コラージュをこととする作家同士をまさにここでコラージュしようというのだから、話は多少ややこしくなるかもしれない。少なくとも、私は彼ら二人のコラージュの方法を検討しながら、同時に、私自身のコラージュの方法も検討する羽目になることは必至であろう。

そもそもコラージュとは何か。いうまでもなく、それは一九一九年、第一次世界大戦の直後にマックス・エルンストがラインのほとりで発見した、ハサミとノリによって既成の印刷物の部分を切りとって貼りあわせるという、しごく単純な絵画技法である。かつては恣意を謳歌するものとみなされがちだったこの技法がじつは、第一次大戦によって解体された現実を、解体（ハサミのわざだ）されたまま一挙に綜合（ノリのわざだ）するという意識的な実験でもあったことは、こんにちではすでに常識に属するだろう。コラージュはこの時代に特有の死＝解体と再生＝綜合の秘儀であり、エルンスト自身の死と再生をも象徴する自己表現のドラマだった。このとき物あるいは物の関係にまで還元されたエルンストの自我は、やがて百頭女《ファム・サン・テート》＝顔のない女という比喩によって端的に示されるような、無数の顔をもつ、しかも顔のない「私」として生きはじめたのである。これはもちろん、現代芸術の出発点をなす周知の事実である。

ところでここにもうひとつ、これまでは概して見のがされがちだった、コラージュの別の特性を指摘しておかなければならない。すなわち、遠近法の攪乱ということである。既成の印刷物からある部分を切りとって貼りあわせるというとき、個々の縮尺が一致するということはまずありえない。どんな背景の上にどんな図が貼りこまれたとしても、西洋の遠近法、透視画法という制度に照らしてみるなら、あるものは不当に大きく、あるものは不当に小さくなるはずだ。たとえばここにひとりの裸体の女がいるとする。ところがその眼前にとまる昆虫は異様に大きく、その耳もとに飛ぶ円盤は異様に小さいといった事態が起るであろう。しかもおもしろいことに、円盤と見えたものがじつは独楽《こま》であったり、昆虫と見えたものがじつは星雲であったりもする。これはアナロジー（類似、類推）によって自在に拡大されも縮小されもする、オブジェたちの新世界なのだ。コラージュの芸術家は先天的に、望遠鏡や顕微鏡を手中にしていた。つまり、要素間の縮尺が合わないというこの特性から、自覚せるコラージュは制度としての遠近法に敵対しつつ、必然的に、大と小との弁証法を内にふくむことになったわけである。

エルンストはこの大と小との往き来ということを、まさに自己表現の核心に置いていた芸術家だった。それは彼のタブローが、拡大あるいは縮小されることによって多様な世界を開示しうるものだったことや、彼の文章が、宇宙史的な意味から個人史的な意味までをあわせもつ多義的なものだったこと、などから説明できるばかりではない。彼はその後、連作『ミクローブ』によって彼自身の極小世界に遊び、連作『マクシミリアーナ』によって彼自身の極大世界に遊ぶことになる。極小世界に遊んだとき、彼はあの顕微鏡の開発者ヤン・スワンメルダムのように、あるいは虫と民衆とのアナロジーに酔った歴史家ジュール・ミシュレのように、むれなす微生物としての「私」に出会ったし、また極大世界に遊んだとき、あの新天体の探索者エルンスト・テンペルのように、あるいは夜空に弥勒《みろく》の到来を願ったイナガキ・タルホのように、むれなす星としての「私」に出会ったのだ。あるいは、そういう極小と極大がアナロジックに結びあう関係そのものとしての自己に出会ったのだ、といいかえてもよい。少なくともエルンストは、コラージュというしごく単純な絵画技法の発見をきっかけとして、現代芸術の普遍的な問いである「私とは誰か」に答えるべく、ある集合的なものの器と化していったのである。

★

ところで、花田清輝の批評家としての出発点に、このエルンストの前例が影をおとしていたということは、いくら強調してもしすぎではない事実だと思われる。その出発点というのは、一九四〇年一月に発表された異様なエッセー「赤ずきん」(『自明の理』所収)であって、そこではまさしく、一九一九年にラインのほとりでコラージュを発見したエルンストのプロフィールがよびおこされているうえに、そのエルンストが絵画の領域で実現した方法を、散文の領域で実現するというこころみがなされている。それればかりではない。花田清輝のその最初の書物『自明の理』——さらに『錯乱の論理』と『復興期の精神』に収められた戦前の仕事の多くが、散文におけるコラージュの応用と、その理論の敷衍《ふえん》のためにささげられていたと考えてよいほどである。もちろん彼はいつもエルンストばかりを意識していたわけではなかった。それにしても、発端にエルンストがあったという事実は、たとえば、彼にしてはめずらしいつぎのような述懐からも知られるはずである。「はじめてエルンストの作品を見たときの感激を、僕は決して生涯忘れることはないだろう。」(「童話考」)

散文の領域でのコラージュの応用とは、なによりもまず「引用」の方法における刷新であり、たとえば「赤ずきん」につづく「探偵小説論」を見ると、意外な引用につぐ意外な引用が、驚くべき強靭なアナロジーの糸によって結びあわされ、一枚の織物に仕立てられてゆくという、彼特有の方法の最初の成果を跡づけられる。そしてコラージュの理論の敷衍とは、ほかならぬ「錯乱の論理」による

——遠近法の攪乱による——自同律からの、形式論理からの、そして西田哲学からの、脱出を意味していた。『自明の理』と、ついで『錯乱の論理』の巻頭に置かれることになったあの「旗」という文章が、デパートのてっぺんにひるがえる西田哲学の旗を、遠くから眺めるという構図からはじまっていたことを忘れてはなるまい。この「絶対の探求」にかわって、「黄金分割」で主張されていた「相対の探求」なるものが、その後、『復興期の精神』の全篇にわたってこころみられることになる。たとえば「極大・極小」などは、早くも、ずばり大と小の弁証法を扱っていたエッセーである。そこで花田清輝は、ガリヴァーの体験をめぐるスウィフトとドストエフスキーとの行きちがい——「大人と小人と普通人に関する紛糾《てんやわんや》」が、じつは「習慣」と呼ばれるものに、いいかえれば遠近法という制度に、彼らがとらわれていた結果にすぎないことを語っている。これはコラージュによる遠近法の攪乱をみずからの方法とした花田清輝が、視像のみならず価値における大小のヒエラルキーを、ついに相対化するにいたったことを記録する一篇だったといえるだろう。

そのひとつ前の「群論」には、コラージュにおける集合の観念が社会的な次元に拡大され、そこに顔のない「私」の顔の浮びあがってきた過程が示されている。例の有名な「すでに魂は関係それ自身となり、肉体は物それ自身となり、心臓は犬にくれてやった私ではないか（否、もはや「私」という「人間」はいないのである）」という一行にいたる過程である。そのことによって彼は「種々の個性が、かれを通して、互いに関係することができる」ようなコラージュ的人間であるところの、「組織者」の像に到達した。これが戦後になってからはっきりと自覚された、花田清輝の理想の自画像であることはいうをまたない。たとえば一九四七年の「眼の鱗」の「私が私のみる私であるとともに、君のみる私であり、さらにまた、誰か第三者――かれ或いはかの女のみる私でもあり、そういうさまざまな私が相い集って一個の私を形づくっており、いわば私とは、私の接触する人間の数だけある、実体のない、架空の存在にすぎない」という特異な自己表現が、エルンストの『百頭女』のそれに通じていることも偶然ではないだろう。

それはすでに戦前に書かれていた「現代のアポロ」という奇妙な一篇が、戦後になってから「指導者の肖像――コラージュ」と改題されるにいたった事情とも関連する。コラージュの文章家としての自覚は、あの「わたし」という特徴的なエッセーへの道をひらいてもいる。

そしてこのあたりから、望遠鏡をもった作家としての、花田清輝の本格的な歩みがはじまると見てよいだろう。「わたし」以後の重要な一篇として、「美しい山水画」(一九四九年)というエッセーがあることを思いおこそう。ここでは中国から渡来してきた山水画の構図が、つねに主山をとりかこむ群峰の描写というかたちで、農村共同体、官僚機構、自然信仰といったものを反映しつつ、「自然を恐れ、自然から逃れ、みずからの精神のなかにもぐりこむことによって獲得される視覚のスケールの小ささ」を示している――要するに自然のアナーキーからの逃避である、ということが語られている。ところでこれこそは、あの西田哲学からの脱出劇以来、花田清輝が一貫して敵視していた思考方法の比喩ではなかったろうか。こうしていわゆる日本的風景の否定者となった花田清輝は、彼自身の風景を求めてさまよいつづけなければならなかった。ある場合には西洋流の遠近法を逆用しつつ、またある場合にはその遠近法すらもコラージュによって攪乱しつつ、花田清輝の望遠鏡はフル回転することを余儀なくされたのだった。

その後の生涯にわたる意外な引用につぐ意外な引用、アナロジーの糸にたよる徹底したコラージュの方法を、単なるレトリックとして見ることはもはや不当であろう。それにしても、その方法を苦行にも似た論理の力業によってしか全うしえなかったことこそ、花田清輝の不幸だったかもしれない。しかし、数十年をへた晩年の著作において、彼の望遠鏡はひとつの幸福な眺望を見いだす。たとえば生前の最後の書である『日本のルネッサンス人』（一九七四年）の巻頭を飾った、「眼下の眺め」という感動的な一篇がそれである。そこには、あの西洋流の遠近法を知らなかった洛中洛外図の作家たちが、中国渡来の山水画のいわゆる「遠人」の法を超えて、ひとつの新しい遠近法にいたった次第が語られている。「漢画流の遠近法にこだわらず、ロング・ショットと共に、クローズ・アップを多用したところに、あらゆる洛中洛外図の独創性があるのではなかろうか」というさりげない一句は、花田清輝の長い自己探索の旅の到達点を示しているだろう。かつて西田哲学の旗を仰ぎ見ていた彼が、いまやほかならぬ日本の復興期のなかに、「眼下の眺め」を再発見したということである。そしていわゆる日本的風土ではない別の日本的風土を、ついにみずからの住むべき場所として獲得し、自由自在な民衆の「視点」の移動をともに愉しむことができた。

これこそ望遠鏡をもった作家にとって、幸福な晩年といわずして何であったろうか。もはやあの苦行にも似た論理の彷徨はない。かつてエルンストのうちに、そして西洋の遠近法の攪乱者たちのうちに出発点を求めたこの散文によるコラージュ作家の旅は、みごとにひとつの円環として閉じられることを得たのである。

★

さて、ここで澁澤龍彥その人を登場させないことには話にならないだろうし、この文章もコラージュとして成り立たないだろう。彼が花田清輝の継承者——ある点で否定をへたうえでの継承者であったことを、まずたしかめておかなければならない。じつのところ、澁澤龍彥の批評家としての出発点が、やはり散文におけるコラージュの発見であったように見えるのは興味ぶかい。処女エッセー集『サド復活』（一九五九年）の巻頭に置かれた一文「暗黒のユーモア——あるいは文学的テロル」は、マックス・エルンストよりもむしろアンドレ・ブルトンを手本とする、散文によるコラージュの特異なこころみであった。無数の「私」の集合による私の実現——強引な引用につぐ引用を、彼はもっぱら観念の操作によって生かそうとしているかに見える。そしてその過程で、花田清輝の先例がちらついていたことは想像にかたくない。

その後の澁澤龍彥はいつも、花田清輝を強引に同類として彼自身の側に引きよせ、「気質」の作家に還元しようとさえしている。けれども一方では、いわば王朝の交代といったような意識で、花田清輝に対していたのではないだろうか。その間の事情は、彼の初期の数少ない小説中の逸品、「陽物神譚」（『犬狼都市』所収）にうかがわれる。すなわち「その乳房が二つの焦点によって楕円の軌道を描く」孔雀神をあがめる王朝に対して、「求心的に一点を求めて凝集する」という「玉ねぎ」神をあがめるもうひとつの王朝の自覚である。楕円と円――この二項のコラージュをこころみることによって彼は、その後ひたすら自我の強化に向っていったかのように見える。

といっても、この作家が十年一日のごとく変化しなかったというのは俗説にすぎない。その生涯はコラージュをこととする作家――望遠鏡をもった作家にこそふさわしい、刻々に自己を探索する文章の歩みだった。たしかに最初の自己発見の書である『夢の宇宙誌』（一九六四年）以来、彼のコラージュをつらぬくアナロジーの糸は、すべてを「気質」に、つまり既知のものに還元するというかたちで保たれてきた。それにしても、澁澤龍彦は徐々に変ったのである。望遠鏡をもった作家の必然である大と小との弁証法の問題をあざやかに解いてみせた『胡桃の中の世界』（一九七四年）につづいて、一九七八年の『思考の紋章学』という労作――いわば花田清輝における『日本のルネッサンス人』に相応する書物が、彼の未知なる自己との遭遇をしるしている。

この本のなかで澁澤龍彦は、花田清輝の求めつづけたあの自在な視点の移動を、こんどはトポロジーの援用によって、ひとつの「入れ子宇宙」説に変換してしまう。その前提に『胡桃の中の世界』に語られるジャン・コクトーのアフォリズムとの出会い――「ある物体を大きいとか小さいとかいうのは間違いで、近いとか遠いとかいうべきだ」、つまり可視性をもっぱら距離の函数と考えることによって、大小の観念を消滅させようとする方法の発見――があったことは周知だろう。澁澤龍彦はこのように、自分専用の遠近法を仮設することによって、ある集合的な「私」の実現をはじめて可能にしたのである。

かつて「玉ねぎ神」をみずからの神として求めていたこの工人の歩みは、同時にまた玉ねぎの中心に隠された空虚への探索の旅でもあった。たとえば『思考の紋章学』のなかの感動的な一篇、「円環の渇き」におけるシモルグの寓喩を見るがよい。複数の「私」のコラージュ――「百頭女」のアナロジーでもあろう「三十羽の鳥」は、その長い彷徨のはてに、みずからの求めてきたシモルグなるものがじつは自分たち自身にほかならないということを発見し、「神への探索の旅は、同時にまた隠された自我の探索の旅でもあった」と悟る。それは同時に、「愛と、愛する者と、愛される対象との三位一体」を実現することでもあった。

すなわち、コラージュと、コラージュする者と、コラージュされる対象との三位一体を実現することでもあった、といいかえてよいだろう。これが『思考の紋章学』という書物自身の、そして澁澤龍彦という作家自身の、理想の自画像でなくて何であったろうか。自在に伸縮する彼の望遠鏡は、こうしてトポロジカルな「私」の眺望を獲得するにいたった。そのあとに発表される彼の淡々たる回想の書が、トポロジカルな望遠鏡をもった作家の必然として、『記憶の遠近法』と題されていることをあらためて想起する要があるだろうか。

もちろん、私は王朝の交代というようなこと自体に興味があるわけではない。むしろ、おなじくコラージュを方法とする者として、この二人の歩みに他人事でないものを感じてしまう、ということが出発点にあった。アナロジーについても同様である。それにしても、花田清輝における「眼下の眺め」の発見と、澁澤龍彦におけるトポロジカルな「私」の実現とを、よくいわれる「楕円と円」とか、「日本的風土からの隔絶」とかで片づけてしまうことは、もはや不可能であるように思われる。両者の方向はまさに、みずからをコラージュふうに解体したうえで、未知なるコラージュふうの綜合を求めて変容する「私」の描きだす文章の必然だったからである。それぱかりか、明治以来の日本の文章にとって最大の問題のひとつは、「引用」の方法にこそあったはずである。じつのところ、この国の近代の文学史なるものは、さまざまな望遠鏡を求めた文章家たちの歩みをしるしている。

ともあれ、コラージュを方法として選びとった人々の精神の位置は、「隔絶」によって得られる安逸どころではなかった。同時に、いささかノリの効きすぎているように見える私自身のこのコラージュもまた、玉ねぎの中心の空虚の上に成り立っているとご承知おきねがいたい。

一九七八年六月十日

『神聖受胎』再読

『神聖受胎』の初版は一九六二年三月二十五日、当時は西神田にあった現代思潮社から刊行されている。加納光於による装幀がいかにも瀟洒ながら、どこか激しい、ラディカルな感じをただよわせていた。定価は六百五十円で、かなり高かった。おそらく発行部数もそう多くはなかったのだろう。としても、あのころ澁澤龍彥の新刊書を待ちかまえていた一部の読者にとっては、忘れられないものになりそうな予感のある本だった。

個人的なことだが、当時二十歳そこそこだった私はこの本をすぐに買って読み、しばらくとりつかれた。大学二年次生は新宿の夜をさまよっては、出会うだれかれにこの本のことを喋った。耳を傾ける者は少なかったけれど、喋ることさえできればいいようなものだった。ところがそのうちに、おなじ新宿のどこかの酒場で、澁澤龍彥本人と出会ってしまったのである。彼はまぎれもなく彼自身としてそこにいた。もう喋る必要がなくなった。私はそのときはじめて、おなじくフランス文学を自分の一応の専攻領域とすることに決め、以来二十五年間、この稀な年長者と親しくつきあうという幸運を得た。十五歳という年齢差はやがて、あってなきがごときものになったように思われる。

その澁澤龍彦はしかし、今年の八月五日に亡くなった。もうひとつ個人的なことをいえば、あのとき私はユーゴスラヴィアを旅していて、彼の死を知ったのは数日たってから、真っ青なアドリア海をのぞむ真っ白なドゥブロヴニク、むかしラグーザと呼ばれたあの古い都市の古いホテルの一室でだった。目の前にくっきりと切りとられたように立ち、松の緑にふちどられている幾何学的な形をした白い大きな岩山を眺めながら、その日一日中、私はこの二十五年間について、さまざまな思いにとりつかれながらすごした。彼の何冊かの本が猛烈に読みたくなってきた。本の思い出は晩年の（と、いまではいわざるをえない）『うつろ舟』や『私のプリニウス』から『狐のだんぶくろ』や『玩物草紙』から、『ドラコニア綺譚集』や『城』、『思考の紋章学』や『胡桃の中の世界』へとさかのぼり、過渡的な『ヨーロッパの乳房』や『人形愛序説』や『黄金時代』をへて、最後に行きあたったのは『幻想の画廊から』でも『夢の宇宙誌』でも『黒魔術の手帖』でもなく、この『神聖受胎』だった。

それで九月に東京にもどり、四十九日に参じてからこの本を十何年かぶりに読みかえすことになったのだが、予想していた以上に引きこまれ、しばしば新鮮な感動の湧いてくるのをおぼえた。いまはいない二十五年前の大学生が反応しているということだけではなかった。晩年のいわゆる澁澤龍彦文学の完成度とはまったくちがう、あやしく不純なものが行間にどろりと流れはじめながら辛うじて固まっているような緊張した自己拘束的な文章が、また別の、ただしそれはそれとして澁澤龍彥以外のものではないだろう独特の完成度に達している。あえていえば、これがたとえ最後の本であったとしても、澁澤龍彥がどういう作家であったのかを、かなりのところまでわからせてくれそうな書物なのである。

そしてなによりも、二十五年前であろうと現在であろうと、この本はおもしろく読める。たとえば論理とか弁証法とかいった言葉が頻出することに注意しよう。のちにあまり使われなくなった澁澤龍彥の当時のキーワードだろうが、それらはただの固定観念としてではなく、生き生きと、なまなましく、文章そのものを拘束しながら、文章のなかで具体的に使われている。澁澤龍彥がとりわけ文章というものに自分を賭けていた作家（もちろん本来、作家とはそうあるべきものだろうが）であることもよくわかる。だからこそ、ここに扱われている種々のイデオロギーも、行間にどろりと滴りつつ凝固する異物をふくめて、いま生きているものとして読めるのである。

ここまでいってしまえば、私の個人的事情はどうでもよくなる。この本が出たとき澁澤龍彥は三十三歳だった。すでに訳著はいくつもあったが、エッセー集としては『サド復活』（一九五九年）、『黒魔術の手帖』（一九六一年）につづく三冊目だった。背景にはいわゆる安保闘争と、それの延長のように思えたもうひとつの歴史的・運命的な事件、サド裁判があった。幸か不幸か澁澤龍雄（本名）はその被告人だった。集中に「第一回公判における意見陳述」が収められ、しかもそのなかに「わたしは、この世で最もワイセツ意識の旺盛な人間は、検察官ではないかと考えています」などという一句が読めるような書物は、世界文学史上にも稀である。

とにかく臨場感の強い、人も羨むようなアクチュアリティーを約束されている本であり、またそうあることを期待されて出た本でもあった。ところが著者の「あとがき」にはこうある。「ここに集められている文章のなかで、サド裁判に関するものだけは、否応なしにアクチュアリティがあって、わたしには残念でたまらない。」

彼はのちに、「アクチュアルな事象については、なるべく発言しないことを信条にしている」（『黄金時代』一九七一年）とも書く。この種の言葉をどうとらえるかによっても、澁澤龍彥観は変ってくるだろう。超俗をきめこんで鎌倉あたりに隠棲する「異端的」文学者の述懐ととればとりあえず安心だし、わかりやすい。他方、この人は自分の作品について語る場合に、いささか照れるところがあったようだ。防禦のポーズもともなう。不用意な批評家だと、ほんとうはいくぶんかのズレを自己演出している彼の述懐や告白につられて、見当はずれの澁澤龍彥像をつくってしまったりする。一種のサーヴィス精神がはたらいていることも知らぬげに。

論理、弁証法のトリックにみちみちている『神聖受胎』は、当然、さまざまな逆転を用意していた本でもある。「サド裁判」に関する文章にいやおうなくアクチュアリティーがあって「残念」だというミスティフィカシオン（韜晦）の裏には、それをあえていうこと自体にじつは猛烈なアクチュアリティーがあるという読みも隠されている。それが澁澤龍彥のいう弁証法の要項のひとつだとさえいってよい。いたるところに逆転がしかけられている。一箇所だけ、すこし長くなるが、引用してみることにしよう。

「私がかれこれ七、八年前、はじめてサドの思想に接したのは、そう、かの一徹無垢な弁証法的精神アンドレ・ブルトン先生の手引によってであった。無差別な愛と無制限な自由の理念を説くブルトン先生は、サドと、フーリエと、フロイトと、マルクスとを直線で結ぶ独特な美しい体系を築きあげて、フランス文学史のみならず、世界の芸術の歴史を魔術的に転回せんとする一種の秘教団体をつくったのである。日本にも昭和初年にこの運動は流れ込んだが、残念ながら、肝心かなめのブルトン先生の思想は、その深遠さのゆえに、すっかり敬遠されてしまった観があった。学生時代、私はブルトン先生に完全にいかれていたらしい。現在は必ずしもそうではない。しかしいずれにせよ、この先生の手引によって、私の二十代後半が決定的に方向づけられたことは事実であって、以来、サドは私の脳中から片時も離れることがなくなった。まあ業みたいなものである。

とはいえ、もうそろそろ、いい加減にサドから足を洗いたいという気もしないでもない。もっとも、今度のような事件が起ると、却ってこの気持は急上昇して、またぞろ大作に取り組む熱意が勃然と湧いて来るのは如何ともしがたい人間の意地である。サドという作家は、人間の快楽の血を描くとともに、死と苦痛の誘惑が稀ではない社会、不正が依然として支配を続けている社会に生きる人間の、いわばジレンマをも併せ描いたので、その生き方は本質的に矛盾に直面した危機的な生き方であった。だから、われわれがサドの呪縛を完全に振りはらうことができるのは、おそらくヘーゲルの言った『精神の不安のなくなる歴史の終末』においてのみであろう。そんな時代は永遠に来ないという悲観的な人には、サドは永遠につきまとうだろう。現在が最高最善の時代だと信じている人だけが、したがって、サドを拒否し得る幸福な人種であるにちがいない。この幸福は、しかしどうやら道徳的白痴と同様である。」(「発禁よ、こんにちは」)

このように行きつもどりつする論理の展開が初期の文章の特徴のひとつであり、意外だが強度のアクチュアリティーを生んだツボなのである。まず「ブルトン先生の手引」をいい、日本の自称シュルレアリスムの未成熟を的確に(あくまで的確に)指摘したうえで、そのはるか先を行くかのようなふりをしながら、サーヴィス満点に俗な言葉の次元にもどってみせ、「まあ、業《ごう》みたいなものである」と逃げる。そこで「足を洗いたい」というので、もうそれですむのかと思っていると、「如何ともしがたい人間の意地」などという紋切型の言葉が入る。だがそのあとはちがう。ノンシャランな身ぶりが消えて、「ブルトン先生」を通じていやおうなく身につけざるをえなかった「道徳」、サド的な「イデオロギー」に裏打ちされた文章なるものについてのモラルが、行間にどろりと流れおちるものを食いとめながら、最後の数行を律してゆく。

もちろんのちの澁澤龍彥自身が「サドを拒否し得る幸福な人種」に変貌したなどと思ってはならない。「道徳的白痴」は一見したところ、かならずしも彼と無縁ではないとも思えるのだが、しかし彼の文章そのもの――生まれついて身につけていた論理・弁証法をつらぬく「業」――は、このときすでに、晩年の彼の文学世界の妖しさ、不可思議さ――透明な日本的安定を指摘されながらけっしてそこに落ちつくことはない異数性、いいかげんなふりをしてじつはすこぶる自己拘束的な、アクチュアルな緊張感に支えられてもいた仮の自己完結性、道徳性——をすら見通すものをふくんでいたように思われる。

だから『神聖受胎』はおもしろい。ユートピアと暴力、エロティシズムと弁証法、権力意志とノスタルジア、選別とアナロジー、神秘主義とアクチュアリティー、韜晦とシュルレアリスムが、またマルクスとエンゲルス、ニーチェ、フロイト、土方巽、スウィフト、ヘリオガバルス、サド、加納光於、ジュネ、ブルトン、トロツキー、山口二矢、フーリエ、等々、等々が、近未来の「道徳的白痴」につながるデジタルなカタログ文化に向ってではなく、澁澤龍彥の文章自体の現在へと収斂して、かつてなく広い眺望のもとに結合と離反をくりかえし、しかも浅草花屋敷の見世物小屋かどこかで時ならず「キヤキヤした」情緒のうちに渦巻いていたりもする書物。これは二十五年前の大学生の事情などどうでもよくなるような、むしろいまこそ味わわれてしかるべきエッセー集である。

澁澤龍彥の書物にはいつもなにかしら完成ということを思いうかばせるところがあった。彼が本来の古典的な意味での文章家・文章道徳家だったからだろう。最後の書は『高丘親王航海記』になってしまったが、航海ということが思えば彼のこころみつづけてきたことの中身である。『神聖受胎』がその出発点の近くにあったという事実をあらためて考えないわけにいかない。とにかくこの本のなかでも、澁澤龍彥は澁澤龍彥の文学をフルに生きていた。

一九八七年十月十日

ノスタルジア——一九七〇年代

黄金時代

澁澤龍彦は近著『黄金時代』(一九七一年)のなかで、サド裁判が「まさに六〇年代の十年間とぴったり重なった不思議な印象をうける」と洩らしているけれども、もとよりこれは私自身のいだいている印象でもあった。そればかりか、この本に収められている二、三のエッセーを読みすすめるうちに、澁澤龍彦という現象そのものが、六〇年代なるもののひとつの核として、なつかしく思いおこされてきたのである。私のたぶん属しているだろう一世代にとって、『サド復活』と『神聖受胎』の澁澤龍彦は、本人の意思はともかく、一種のアジテイターの位置を占めていたように思われる。私自身にしても、単なる趣味好悪から澁澤龍彦を読んでいたわけではなかった。かつて現実的な事柄の細部にまで、彼の言説を照らしあわせていた一時期が回顧されてくる。

むろん「アクチュアルな事象については、なるべく発言しないことを信条にしている」という彼のことだから、こんな言い方をすれば迷惑千万かもしれない。それでもなお、凡百の状況論的な発言を上まわって、ひたすら原型的思考をこれに対置しようとしていた澁澤龍彦の所説が、しばしば時代の核心をついてきたという事実を強調しておきたいのだ。昨年の『澁澤龍彦集成』全七巻の上梓によって、その事業は明らかにひとつのサイクルを閉じ、以後は坦々たる再編成の仕事に移っているという印象はあるにしても、彼に特有の先天的な見者としての目は、そうやすやすと失われることはないだろう。澁澤龍彦はけっして庭づくりに没頭しはじめたりするまい。原型溯行をこととする形象的思考が、いかがわしい教養主義に落ちつくことなく、現実への対処に稀な効力をさえ発揮していたという事態を、これからもひそかに長びかせてもらいたいものである。

じつのところ、二十世紀の思想を西欧に一望してみても、原型遡行者がこれほどラディカルな姿勢を保ちえた例といえば、アンドレ・ブルトンそのほか、ごく少数を見るにすぎない。「ただ、自分の気質に確信をもっているということが、いわば私の強味ではないかと思っている」と、彼は「魔的なるものの復活」(同書所収)のなかで述べているが、それが本当のことかどうかはともかく、自然にこういう言い方のできてしまう者は稀だろう。第一、気質におぼれている者ならば、このように自己をあっさり対象化することはできないだろうし、いわんや自己を一種の抽象的存在に仕立てて、普遍的理論の発条《ばね》とすることなど不可能なはずである。実際、澁澤龍彥の論調はつねに気質に由来する自発的な選択を基幹としているが、そのおもむく方向はけっしてトリヴィアルではなく、気質的密着とはほど遠い客観的・論理的な裁断である。

たとえば「この十年ばかりのあいだに、世界はあたかもサルバドール・ダリ氏描くところの時計のごとく、堅牢なその形体を徐々に喪失して、ぐんにゃりと溶けはじめたらしいのである」というのは、単なる比喩による感慨の表明にとどまらず、気質による反撥を敷衍しおおせているあっぱれな洞察だろう。この本のなかでは、ノーマン・ブラウンやジャン・セルヴィエの構想が、澁澤龍彥の筆を通して巧妙に要約しなおされ、より現実的な見通しへと転化されている。

思うに彼の形象的思考は、この「ぐにゃぐにゃ」でアモルフなるものに反撥しつつ、きわだった両極化の行程をたどるらしい。それでは他方の極にあるものは何かといえば、堅固にして透明な、確乎たる幾何学的外形を有する、一種の「結晶体」だということになるだろう。（機会を逸するといけないのでいっておくが、先ごろ彼が高橋たか子氏とともに上梓した邦訳書、アンドレ・ピエール・ド・マンディアルグの『大理石』は、稀に見る名訳だった。これは澁澤龍彥の気質に統御されたこの「結晶体」の投影ともいうべきもので、文章上、イメージ上の無定型が周到に排除されている。）

『黄金時代』を読んでいても、この「ぐにゃぐにゃ」なるものと、それを拒斥するような「結晶体」の理想との二項は、ときには母性原理対父性原理として、またユートピア対ミレナリスムとして、たえず彼の思考によびおこされていることが知られる。万国博覧会についても、アポロ11号についても、フリー・セックスの風潮についても、澁澤龍彥はつねにこの両極的な思考で対処している。

たしかにここ十年間、現象としてはさまざまなものがさまざまな変り方をしたけれども、その最たるもののひとつが性についての通念の変化であって、『黄金時代』にもこの点を回顧する傾向が見られる。かつて澁澤龍彥は他の二、三の論者とともに、生産の性から消費の性へ、快楽の性へ——という方向を主張していたものだったが、その観点はすでにあっけなく風化して、狭小な進歩主義的イデオロギーとしてのフリー・セックスに歪曲されつつある。こうした無定型化の風潮について、澁澤龍彥は「あらゆるユートピスムが母性原理をひたすら求めるから」だと裁断しているけれども、同時に読者には、社会的・歴史的な面での理解が求められるだろう。

つまりこのいかがわしい衰弱のイメージの摘発は、かつてサドやフーリエによって拡大された集団の性の観念を、個人の枠内にとどめ、結局は社会的に埋没せしめてきた何ものかについての暗示をふくんでいる。読者は十年前の『サド復活』や『神聖受給』から『黄金時代』までの変化をたどることで、この点をめぐる強力な論拠を得ることになる。

ところでチェスタートンによれば、真個の異端とは、みずからを対立者として措定する者ではなく、いわんやすすんで異端を自称するような存在ではないという。むしろすぐれて正統的であり、いわば星辰がその周囲をめぐる宇宙の中心であって、その自発的言説が他の一切を消去してもなお存続しうるといったような、そういう存在こそが真個の異端である。自己隔離者ではあるがかならずしも対立者ではなく、全体として正統的な探究を推しすすめようとしながら、自発的な結晶体の育成にあたっている澁澤龍彦は、この意味ならば異端だろう。おなじくシュルレアリスムの結晶体に魅かれてきた私としては、淡々としてさりげない『黄金時代』所収のエッセーについても、ノスタルジアをまじえながら、以上のようなオマージュをささげざるにいたった所以である。

一九七一年八月十五日

幻をつむぐもの

澁澤龍彦というと、すぐにつきまとってくる一定の印象があって、それはいうまでもなく、読者の協力のもとにかたちづくられてきたものだ。すなわち、姓と名からしてもすでに審美的かつ高踏的、異端的な空気を帯びてしまっていて、その言動はある孤立した高所に保たれており、その人格はある魔術的世界の中心に同化しているといったようなことが、彼自身そう見られるのを好んでいるかどうかはともかくとして、こんにちでは誰しもなんとなく認めている通念だろう。そういう人物がはじめてヨーロッパや中近東を旅してきて、その印象をもとにして編んだ『ヨーロッパの乳房』（一九七三年）と題する書物であるから、人は当然、「もうひとつの」基準にもとづいて選ばれた黒い秘密ルートかなにかを期待しつつ、これを繙《ひもと》くにちがいない。澁澤龍彦はなにかヨーロッパ文化史の穴場といったものを、文字どおり実地に発見して系統だて、読者の好奇心のために供してくれるのではあるまいか、云々と。実際、瀧口修造も帯文で評しているように、「ヨーロッパのもうひとつの人文地層をふまえた美学の書」となるべき運命を、いささか大袈裟にいえば、この本はあらかじめ背負わされているかのようである。

だが私の読後感をまずひとことでいってしまうと、この紀行は「発見」などよりもむしろ、著者にとってはすでに自明のことだった事象の「確認」のための日誌であり、しかも意外なことに、ここでは高踏的、異端的であるどころかいっそ「健全」とでも形容したほうがよいような、ふしぎにリラックスした無名の通行者としての澁澤龍彦の、ときにはあっけらかんとした自発的反応ばかりを印象づけられた。ただし澁澤龍彦以外の誰のものでもない、例の美学的な選別ということはあって、その原理は冒頭のエッセー「バロック抄——ボマルツォ紀行」で復習されているけれども、私のいっているのはそういう事後の定式化のことではなく、著者の「素顔」といった何かにかかわることである。

つまり旅行記という、原則として作者自身が主人公とならざるをえない物語のなかに、いままでになく生《き》のままの気質と性向がかいま見えている。それは狷介孤高であるどころか、親密で柔軟で融通無《む》礙《げ》な作家主体である。マッジョーレ湖畔の陽光のもとでも、プラハの暗い小路の奥でも、イスパハンのバザールの妖しい雑踏のなかでも、エル・エスコリアルの黒大理石の霊廟の前でも——どこでどんな事象に出っくわしても、とくに緊張したり発奮したりするでもなく、まるで百年の知己にでも会ったように自然な反応を示している、この不思議に身軽で透明な人物は、いったい誰だろう。持ち前のイノサンスによって周囲にやすやすと溶けこむことのできる童子だろうか。しかもその好奇心と食欲とにおいて健全そのものというほかはない、これはひとりの日本人の姿でもある。

私はさきに「意外」と断わったけれども、澁澤龍彦という現象に長く親しんでいる者の目には、このことはかならずしも意外なばかりではないので、実際、私のつくづく思うのに、この人物の本性には「貴族的」であるどころか、ほとんど「農民的」とすら形容したほうがよさそうな、安息の大地に結びついているところがあるようだ。このことを強調すれば逆説めくけれども、たとえばジュール・ミシュレの自然史やガストン・バシュラールの詩学が民衆的であるのと似た意味で、澁澤龍彦の宇宙誌は民衆的である。といっても、もちろんカンディード流に、あるいは林達夫流に、「庭を耕さなければならない」などとはけっしていわないまま、永遠の幻としての「庭」への憧憬を語りついでゆくということが、澁澤龍彦独特の旅の方式なのだろう。

こうした原型への変らぬノスタルジアの表出が、本書を「百聞」を超えた「一見」をさらに超えたものにしている。そんなわけだから、四角ばった知識人の西欧との対話とか、未知を前にしたよくある困惑とはほとんど無縁の、なつかしげな世界のぞきめがね、あるいは子どものための不思議旅行記のように、すこしも肩の凝らない書物である。どこへ行こうとも自明の理——とにかく、心地よくておもしろい旅。

いろいろと辻褄をあわせて書いてきたけれども、この心地よさがともかく先決で、私の場合、とくにリラックスできた収録エッセーはといえば、かならずしもヨーロッパの乳房ではない、新宿御苑や鎌倉の樹木についても記された、「巨木のイメージ」という一文である。その最後に回想されている、思いがけなくもライン河畔でめぐりあったという、白日夢のようにそそりたつ銀杏の大木のイメージは、なにげなく読みすごしたくもあり、また読みすごしたくもないひとつの隠喩だった。異郷の原産かと思っていたものがじつは農業国の大地にふかぶかと根をおろしており、ゆたかな実をつけた枝をのどかに打ちひろげているさまは、まさに存在のノスタルジアを生きる人、澁澤龍彦自身を思わせるのではなかろうか。

一九七三年五月二十日

遠近法について

私は澁澤龍彦の『思考の紋章学』（一九七七年）という書物に、ある画期的なものを感じている読者なのだが、それ以後に出た彼の本のなかでは、この『記憶の遠近法』（一九七八年）をとくにおもしろく読んだ。なによりも題名がいい。このさりげない命名には、記憶であれなんであれ、頭のなかのあらゆる観念の要素を視覚的なものに変換してゆくという、著者の一貫した姿勢が典型的に示されているからである。

そもそも遠近法といえば、澁澤龍彦の方法の要諦になっていた何かだろう。遠いものと近いものを共存させるひとつの方法——遠いものと近いものを対置しながら、両者に共通する本質をわがものにしてしまうアナロジーにもとづく方法――こそが、ここ二十年にわたる澁澤龍彦という作家の活動の、もっとも基本的な部分にあったのではないだろうか。

ただし遠近法といっても、それは遠いものをあくまでも小さく、近いものをあくまでも大きく描く西欧的なパースペクティヴでもなければ、遠いものをあくまでもぼんやりと、近いものをあくまでもくっきりと描く東洋ふうの遠近法でもないだろう。じつに澁澤龍彦の遠近法とは、ある比例とアナロジーの発見によって、遠いものも近いものも同等の大きさに、同等のはっきりした輪郭のもとに描くという、徹底した併置法のことである。そこには比例があるばかりで、縮尺がない。視覚の上であれ価値観の上であれ、大と小、優と劣といったように尺度は、原則として排除されている。およそ明確な輪郭をもち、共通の視覚的構造を呈している対象であればなんでも、アナロジーにもとづく望遠鏡の操作によって、ただちに視野によびおこされることを得る。

大と小、優と劣の階列はすべて遠近という距離のレヴェルにもどされてしまうから、それぞれの対象の正確な把握といったことよりもむしろ、共通の観念の抽出だけが問題になる。またそのように共通の観念を視覚的によびおこせる対象のみが、彼においては「よいもの」とされるわけである。

これまでのあらゆる著作のなかで、澁澤龍彦は古いものを新しいものに、西のものを東のものに、また子どもを大人に、動物や植物を人間に――つまり遠いものを近いものに――結びつける作業をつづけてきた。たとえば幼年時代の記憶であろうと、サドの小説のなかの出来事であろうと、それとも泉鏡花の小説のなかの出来事、「とりかへばや物語」のなかの出来事であろうと、そこに一定の比例とアナロジーが発見されさえすれば、彼にとっては「要するに、どっちだって同じなのである」（『思考の紋章学』あとがき）ということになる。だがいかに比例によって成り立つ世界だとはいっても、それはたえず望遠鏡を駆使して、クローズアップをくりかえす作業にのみ帰せられるものではない。アナロジーには中心が必要である。それらの比例を把握せしめるものとして、すべての個別的対象を超えたところにあるなんらかの普遍的な素質――あえていえば「類推の山」（ルネ・ドーマルの小説の目的地）のような、あらゆる価値の原基がなければならない。

この「類推の山《モン・アナログ》」が同時に「私の似たもの《モン・アナログ》」でもあるというところに、澁澤龍彦の特異性を見てもよいのではなかろうか。つまりあらゆる比例の把握のもとになるひとつの普遍的素質を、未知なる「私」として探究しつづけているということが、澁澤龍彦の一貫した傾向であるように思われる。

澁澤龍彦において、超越的なもの、神的なものの探索はつねに、隠された自己への旅にほかならない。このアナロジーの旅人にとって「すべての原因は、それ自身の結果の結果である」。この間の事情は『思考の紋章学』の印象的な一篇「円環の渇き」のなかに、あますところなく語られている。すでに触れたように、そこに語られている「シモルグ」の寓意は、一種の自画像を意図するものであったろう。

ところでアナロジーとは、個を超えようとする傾向あるいは衝動でもある。古今東西を通じて最大のアナロジー信奉者であったユートピストのシャルル・フーリエが、これをエロティシズムと同等視していたのも無理からぬことだった。差異よりも類似を、個別よりも集中を見ようとする精神は、愛するものと愛されるものとの一致を求めるだろう。そのような精神による著述は、たえず複数者の結合をめざすばかりではなく、どうかすると、それ自体として複数者の結合を体現してしまう――そしてついには一種の乱交状態を呈してしまうことを理想とする。それがフーリエのいわゆる「愛の新世界」である。

澁澤龍彦の唱えていたユートピア＝逆ユートピアも、エロティシズム＝死にいたる生の昂揚も、基本的にはこの線上でとらえられる。現に彼はエロティシズムを論じているばかりでなく、それ自体がエロティックでありうるような記述の場へと向ってきたのではないか。なるほどかつては「デウス・エクス・マキーナ」のごとく、とつぜん天上から降りきたった「機械仕掛のエロス」が、一挙に著述そのものを終らせてしまう（『機械仕掛のエロス』あとがき）といった傾向もあって、エロスはとりあえず憧憬されるもの、愛されるものにすぎなかったのだろう。ところがいまでは、エロスは「愛するもの」＝彼自身において、また「愛」そのもの＝彼の書物自体において、おのずから生きることを開始している。単なるエロティシズム論者から、文章におけるエロティシズムの体現者への進化は、おそらくトポロジーの発見とともになされたものである。

そのことを十全に示しているのが、最近の『思考の紋章学』という書物だった。私がこの本にある画期的なものを感じているといったのは、じつはこの点を称えてのことである。

「愛と、愛する者と、愛される対象との三位一体」（「円環の渇き」、同前）。これこそは澁澤龍彦という書物の、理想的な自画像にほかならない。『思考の紋章学』のなかでは、この理想がなかば実現されつつあることもうかがわれる。もはや「短絡」がなくなり、ひところの彼の文章の特徴だった紋切型の接続語もしだいに削減されていった結果、なにかしら晴朗で自然な、観念の乱交状態のきざしが見えはじめている。トポロジー幾何学として自覚されているこの本の方法は、だからつぎの仕事への期待をいだかせる。『記憶の遠近法』のような近著は、おそらくそのためのウォーミング・アップなのだろう。

そして『洞窟の偶像』や『機械仕掛のエロス』や『スクリーンの夢魔』といった旧作の集成は、そのような円環的精神の回顧ともいうべきものだろう。いずれにしても、つぎに期待される澁澤龍彥の書物は、その書物自体がその書物を追いもとめつつ円環をなしてしまうような、ひとつの宇宙模型のようなタイプの書物になるだろう。

一般に澁澤龍彥は、十年一日のごとく変化しない作家のようにいわれてきたけれども、私にとってはむしろ、刻々に自己を発見しつつある作家、まだ生長期にある作家であるように思える。彼において変化しないものといえば、強固なアナロジーの精神だけだろう。

そのように考えたくなるのは、あるいは私がちょうどまともに本を読むようになった二十年近く前にこの人物が登場したため、以来ほとんどつねに彼の本を発表の直後に読んでいるという事情のせいかもしれない。実際、初期の『サド復活』や『神聖受胎』のころには、「短絡」めいた強引な結合によるアナロジーの酷使が目立っていたし、『夢の宇宙誌』以後の準備期・過渡期には、常套語の濫発によって単調化が目立っていた――そんな変化の過程ばかりが気になることもあった。それにしても、いまではトポロジーの発見と円環の実現によって、そんな前駆症状も鳴りをひそめようとしている。だからこそ、いつも生長をつづけているこの作家の今後の活動に期待できるのである。

ではいったい、何が起ろうとしているのか。それはたとえば、遠近——西と東、大と小、古と新——の差異にばかり目を向けてきたように見えるこの国の世界観への、内からの治療がなされることを意味するのかもしれない、とだけいっておくことにしよう。

一九七八年八月五日

城と牢獄

城と牢獄とは、ほぼ同義の言葉である。

少なくとも十八世紀の作家サドにとってはそうだった。生涯のもっとも重要な期間を城と牢獄のなかで送ったこの聖なる侯爵の厖大な作品が、それ自体しばしば城すなわち牢獄を舞台としており、しかもその点にこそたぐいまれな特質をもっていたという事実は、すでに多くの論者、多くの読者の察知していたところである。

澁澤龍彦の『城と牢獄』（一九八〇年）という書物は、そのことの意味を問い、あざやかに解いてみせた同名のエッセーを巻頭に置いている。

ジャン・フェリー、ミシェル・フーコー、マルグリット・ユルスナール、ベアトリス・ディディエ、ロラン・バルト、モーリス・ブランショといった現代フランスの錚々たる論者たちの所説を援用しながら、サドの文学の本性をわかりやすく説き示しているこの文章には、どこか澁澤龍彦のうちなるサド研究者・フランス文学者の性《さが》を、時ならず蘇らせたかのような趣がある。もともと世界文学全集の解説として書かれたためもあろうが、論の運びには「もうわかっている」専門家に特有の、透明で淡々としたところが感じられる。

しかし、どこかがちがうようにも思われる。

澁澤龍彦のよき読者にとってはいうまでもないことかもしれない。ここには、ここにもまた、いわゆる専門家や研究者のおちいりがちな一義的客観性、無味乾燥な透明性とは明らかに異なった気分、呼吸、肌あい、――つまり、澁澤龍彦でしかないものの徴《しるし》が刻印されているのである。

彼はいつも――たとえ解説のようなもののなかでもいっこうに変らず――「私」を主語にして文章を書き、それでも客観性を保つことのできた稀有の研究者であり、作家であった。それはたとえばこのエッセーの第二行目から、早くも執筆主体としての「私」が登場していることだけをいうのではない。澁澤龍彦はどんな作家や芸術家、人間を論じる際にも、どこかに鏡のような装置をしかけていたように見える。彼にとって書くという作業は、多かれ少なかれ対象に自分自身を投影しつつ、自分自身を探ろうとすることでもあった。

「好きでない作家については、私はもともと文章は書かない」という彼のよく知られた信条は、この事実にも関連していることだろう。

とくにこのエッセー「城と牢獄」の場合には、対象はほかならぬサドその人である。しかもサドの作品の本質的な場、文章体験の場でもあった牢獄すなわち城が問題にされている。牢獄が城に裏がえる瞬間にこそサドの作家としての誕生を見ているこのエッセーは、同時に、澁澤龍彦自身における書くことの意味も暗示しているように思われる。

「世界が十分に広くないから、城の内部に我が身を限定しなければならないというのは、いかにも奇妙な論理のように見える。ただ、城の内部に凝集された無限の空間があると仮定することによって、初めて論理の筋は通るだろう。そういう空間で、どうやら初めてリベルタンは自分の欲望を十分に満足させることができるらしいのだ。」

どうも何かが匂う。少なくとも、かつて「アクチュアルな事柄」から身をひき、書斎という城のなかに閉じこもるふりを見せていた澁澤龍彦を知る読者にとっては、これは彼自身の過去の回顧ともとれる文章ではないだろうか。

そのことにかぎらない。ここに論じられているさまざまな主題――たとえばユートピアと旅、水と島、等々――は、どれもみなサドの文学にとってだけではなく、澁澤龍彦の文学にとっても本質的なものばかりである。

サドを語るとき、彼はしばしば彼自身の重要な何かを、彼自身の文学の出発点にあった何かをあらわにした。この本の「I」におさめられている他のサド関係のエッセーについても、ある程度までそのことがいえる。たとえばサドの生きた十八世紀という時代を、あざやかに説明してみせるようなとき、距離を置くように見えて、じつは距離がない。澁澤龍彦の文章作業の過程では、西欧の十八世紀の問題はいつも現在の日本に重ねあわされている。

たまたま「II」「III」に集められてきたように見える他の系列の文章はどうか。一見ばらばらな対象を扱っているようだが、かつて彼の選んだ夢想の場、城の内部での出来事を回顧しているという点で、やはり共通のものがあるといえなくもない。たとえば「III」のなかにめずらしく三篇も入っている翻訳をめぐる軽い文章などに、彼の書斎での作業ぶりが投影されているようにも感じられる。澁澤龍彥はどうやらこの目立たない書物に愛着をいだいていたらしい。なにげない、淡々とした感じが気に入っていたのかもしれないし、あるいはまた、城すなわち牢獄という年来のテーマを、久しぶりにうまく展開ができているからかもしれない。

いずれにしても、これほど「そのものずばり」の題名をもっている本については、もうひとつ、あらためて回顧しておくべきことがある。そもそも澁澤龍彥とサド侯爵との関係はどのようなものだったのか。

★

彼が現在の日本を代表するただひとりのサド研究者であり、翻訳者・紹介者であったことは誰もが知っている。たしかにそれ以前にも性科学上の紹介や怪しげな抄訳があるにはあったのだが、一九五六年に澁澤龍彥が最初の『マルキ・ド・サド選集』(彰考書院刊)の翻訳刊行を開始したとき、聖侯爵はこの国にはじめて生をうけ、その驚くべき相貌をあらわすようになった。

彼による翻訳と紹介が精妙でかなり本格的だったから、ということがひとつある。だがそればかりではなかった。サドは澁澤龍彦を通じて語りはじめたのだ。最初のエッセー集『サド復活』（一九五九年）を仔細に見てゆけば、澁澤龍彦自身の「城」が築かれてゆく過程を追うこともできるだろう。あのころの彼はおそらくいくぶんかサドにとりつかれ、自分からサドを体現してみようとする意気ごみさえ示していた。

そうでなければどうしてあのサド裁判（一九六〇―六二年）が持ちあがったりしたのだろう、と問いなおしてみることができるはずだ。

被告はもちろんサド自身ではなく「澁澤龍雄（本名）」その人だった。しかも、ただ二百年前の危険文書を翻訳紹介したから告発された、というだけではない。もともと『悪徳の栄え・続』（一九五九年）は抄訳だったわけで、原著の全体像までさかのぼって問題にされたのではない。実際には、サドをみずからのうちに復活させつつあった澁澤龍彦という存在自体もまた、告発されていたのではないだろうか。

裁判そのものは茶番めいたところがあった。それにしても、澁澤龍彦はその間に「城」を強化していった。その過程はたとえば『神聖受胎』（一九六二年）というエッセー集に読みとれる。澁澤龍彦は自分の書斎の扉を、サドにならって内側から封じようとしたのかもしれない。彼のブッキッシュな夢想の空間がひとつの完結した城という印象を呈しはじめたのは、二年後のエッセー集『夢の宇宙誌』（一九六四年）以後のことである。

そのうちに彼は有罪を宣告されたが、実際に「牢獄」につながれることはなかった。ただしそのこと自体が問題なのではない。彼は裁判所の居心地のわるい被告人席を、あるいはそこへ通わされていた眠たい日々を、象徴的な意味で、現代文明の課する一種の牢獄と感じていたことだろう。いやそれ以上に、彼らしいロマンティックな気分で、未来の牢獄生活くらいは夢みていたかもしれない。彼は夢想の牢獄の扉の内側から、官憲によってたまたまプレゼントされてしまった「閂《かんぬき》」を掛けてもいただろう。

「侯爵はさらに内側から、典獄の好意で取りつけてもらった掛け金を下ろすと、さて安心して机の前にもどってきて坐り、ふたたび筆をとり出した。」

本書の冒頭で、このジャン・フェリーの寓話めいた文章を「よく頭に思い浮かべる」と述懐しているのは、澁澤龍彦の「私」である。サドの作家としての誕生が、ほかならぬ澁澤龍彦自身のあらたな出発と重ねあわされている。

少なくとも、こんにち大多数の読者のうちにあるだろう「あの澁澤龍彦」として彼が生きはじめたのは、この「安心」以後のことだったのである。

他方、かつての『神聖受胎』にはつぎのような文章が読める。

「伊藤整氏の小説『裁判』によると、チャタレー事件の第一回公判で、伊藤整氏は検事と弁護士のやりとりを聞きつつ、胸がドキドキしたり、顔面蒼白になったり、あやうく被告席で脳貧血を起しかけたりしたそうである。わたしは今度、生まれてはじめて被告として法廷にのぞんだが、どうやら面《つら》の皮が伊藤整氏よりもはるかに厚くできているせいか、そんなことはただの一度もなかった。」（「不快指数八〇」）

そのあとでいっているように、これは「性格の相違、年齢の相違、社会的立場の相違など、いろいろな理由」によることかもしれない。事実、吉本隆明のいわゆる、天皇制とはじめてふっきれた戦後作家・澁澤龍彥の面目が躍如としている文章でもある。ただその前提には、城と牢獄の弁証法といやおうなく対決せざるをえない裁判の日々があった。こうした「面の皮」の厚さとノンシャランスは多分に生来のものであるだけでなく、裁判体験によって鍛えられていたいわば「安心」への姿勢をあらわしてもいる。

その後、二度目の『マルキ・ド・サド選集』（桃源社刊、一九六二年）を仕上げ、『サド侯爵の生涯』（一九六四年）や『サド研究』（一九六七年）を書き、ジルベール・レリーの『サド侯爵』（一九七〇年）や『サド侯爵の手紙』（一九八〇年）そのほかを訳出してゆく間に、澁澤龍彥の文学世界は見るからに安定した、無辺でありながらどこかに「閂」の存在をも感じさせるような「未開の城」として生長しつづけ、しだいに愛読者・愛好者をふやしていった。

★

『城と牢獄』と題されるこの目立たない一書が世にあらわれたのは、そんなころ、つまり、こんどは小説の世界に歩を進めようとしていた、もうひとつの出発を画するだろう時期のことなのである。

ところで澁澤龍彦とサドとは、似ていただろうか。これまで書いてきたところでは、あるいは類似点ばかりを強調しているように見えるかもしれない。だがかならずしもそうではなかった。なるほど澁澤龍彦は生涯を通じてサドとつきあい、一時はサドをみずから体現する使命さえ感じていた。といっても、そこに単純なアナロジーを自覚していたわけではない。少なくとも、たとえば本書のなかでジャン・コクトーや堀口大学への共感を語るときのようなやりかたで、サドへの共感を語ったことはただのいちどもない。だからこそ彼のサド論はおもしろい。

ふたたび巻頭のエッセーにもどろう。そこにはこんな文章も見える。

「旅行はそれ自体、一種の堂々めぐりであり、この堂々めぐりの輪はだんだん小さくなって、最後には一つの城に凝固してしまうかのような塩梅なのである。サド的世界では、欲望の渦巻の中心につねに城があると考えたらよいかもしれない。」

澁澤龍彦の最後の作品となってしまった小説『高丘親王航海記』（一九八七年）では、かつてのサド研究者の書にふさわしく、「欲望の渦巻の中心」にある旅行の目的地として、「天竺」が設定されている。だが、それはもはや城や牢獄と等しくはない。というよりも、城であろうと牢獄であろうと何であろうと、非ユークリッド幾何学的な位相をもつ不可視の目的地でしかなくなっている。

かつてあのゲーテに先立ってイタリアめぐりをしたこともあるサドにとって、旅行は「犯罪の反覆」のためにのみあった。「したがって旅行が多様であっても、サド的な場所はただ一つである。これほど多く旅行するのは、ただ閉じこもるためにすぎないからだ。サド的な場所のモデルはシリング、すなわちデュルセが『黒い森』の奥に所有している城である」と、巻頭の「城と牢獄」に引用されたロラン・バルトの文章は指摘している。ちなみに「閉じこもるため」のくだりに傍点を付したのは、澁澤龍彦自身である。

高丘親王の航海はこれとはまったく別のものになった。高丘親王は「閉じこもる」ことをいっさいしようとしなかった。その旅は城のような安定した空間に帰着するものではなかった。どこかへ帰ることさえ予定されてはいなかった。

これが牢獄とは無縁でありえた明るい人、高丘親王の旅のやりかたである。

高丘親王にとって、澁澤龍彦にとって、「城」は時間のなかに溶けゆくものでしかなかった。

一九八八年二月三日

晩年の小説をめぐって

『うつろ舟』

『唐草物語』（一九八一年）や『ねむり姫』（一九八三年）につづいて出た澁澤龍彦のこの短篇小説集（一九八六年六月）は、どこか夏向きの本だという感じがする。

八つの収録短篇はどれも日本の古い伝承の自由な変奏から成り立っており（あるいはそのふりをしており）、怪異、妖艶、珍奇、不思議のけはいにみちみちているが、といってかならずしも、いわゆる日本人的な情念やら思想やらによって湿らされることはなく、のんびりと明るく涼しげな風情をかもしつづけているのは、作者の資質のなせるわざだとでもいっておくほかはない。

まず巻頭の「護法」から見れば、鎌倉は長谷観音前の鰻屋の二階にあつまった悪たれどもの化け物ばなしに端を発し、一体の護法童子の木像がたまたま浮世に生を得て、『聊斎志異』そこのけの怪事をくりひろげる。主人公・彦七の寝ている間に、その体内から胃だの腸だのを引きずりだし、「臓腑の入れかえ」をはじめるくだりはなにやら不気味のようだが、すっとぼけてもいて笑いを誘う。最後には「蛙の卵のような、ゼリーのような半透明の円いもの」が出てくるのだが、これがじつは主人公の「たましい」にほかならなかった。

たましいをゼリー状の物体として見るこの箇所あたりに、この短篇集全体に通じるしかけを読めるかもしれない。つまり「霊魂」とかいう宗教的・神秘主義的なモティーフはおろか、「心理」をめぐる近代小説のルールともいっさい無縁なのだ。人間のたましいやこころをも、また人間という不透明な「存在」自体をも、なにやら玩具めいた涼やかな物体＝オブジェとして扱い、心理ならぬ「物理」を通して語りこなしてしまうこの方式こそは、かつて著者が長年にわたって、エッセーのなかで習熟していた文章術のたまものでもある。

集中、「髑髏盃」の主人公・高野蘭亭は、盲目であるにもかかわらず、買いあさったさかずきの意匠を愛でる。標題作「うつろ舟」の主人公・仙吉もまた、空とぶ円盤よろしく海上に出現した怪船のなかのふしぎな金髪碧眼の美女と、言葉ではない言葉によって交流する。見えないものが見え、聞こえないものが聞こえ、解らないものが解ってしまうこれらの物語のうちにも、「形」の作家ともいうべき澁澤龍彦の本領がうかがわれる。幻はかくしていつもスムーズに有形化し、そのままあえかな消滅の時を待つのみである。

どの作品もおもしろく読めるけれども、巻末の「ダイダロス」がとくにいい。鎌倉の浜に打ち棄てられたふしぎな巨船の内部を、その設計者だったはずの陳和卿がなぜか蟹に変身した姿で這いまわるうちに、自分ははたして陳和卿なのか、その主君・源実朝なのか、それともただ一介の蟹にすぎなかったのかと思いをめぐらす幕切れなど、人間のアイデンティティーまでも涼やかに宙吊りにしてしまう作者一流の優しさがあらわれていて、愉しくなる。

時期的にはもっとも古いこの作品を、あえて巻末に収めているという仕組に、著者のこれからの方向にかかわる何かが見える。

一九八六年七月十日

『高丘親王航海記』

これはゆたかな小説である。じつにいろんなものがぎっしりつまっているな、と思う。たしかに航海記は航海記なのだが、およそ航海記という形式にふくまれそうなありとあらゆる要素がしぜんに絡みあい、いわゆる航海記以上の、ひとつの大きな全体にまとめあげられている。たとえば綺譚、冒険記、修行話としての側面。歴史小説、あるいは教養小説としても読める側面。説話、博物誌、メルヘンなどの伝統を意識している側面。そして、そんなさまざまな側面を統合しつつ支えているのが、おそらく自伝としての性格、作者の自己探索の書としての性格である。

とはいっても、いわゆる私小説めいたところはまったくない。なるほどこれは作者の「最後の作品」であり、とくに巻末の「頻伽」の章は作者の死の直前——下咽頭癌の大手術をうけた半年後——に書きおえられ、主人公・高丘親王の、すでに予告されていた哀切な死を物語るものだった。死の予感だけならば、はじめからあったともいえる。そして喉《のど》の痛みというモティーフそのものが、これも手術後に書きおえられたひとつ前の章「真珠」のなかに、くっきりとあらわれている。そんなふうにして、たしかに作者の実体験と重なる部分をもっている作品なのだが、ただしその重なりぐあいがいかにも独特で、単純な私小説的解釈への還元をゆるさない。

おそらくかなりの程度まで、高丘親王は澁澤龍彦自身だといえるだろう。「ミーコ」と呼ばれているからといって三島由紀夫の影をそこに見たりするよりも前に、まずそのことを認めないわけにはゆかない。問題の最終章「頻伽」の記述に私たちが哀切なものを感じてしまうとすれば、それはこの両者——高丘親王と澁澤龍彦とのあいだに、なにやら非ユークリッド的とでも形容したくなるような、不思議にクールな「入れ子」式の関係が結ばれているからである。

高丘親王は虎にくわれて死ぬ。安展と円覚のふたりがその骨を拾う。「プラスチックのように薄くて軽い骨だった」というのだが、作者の死の直前に仕上げられた最終稿では、その前に「モダンな親王にふさわしく、」という、初出にはなかった一句が書き加えられている。そして、末尾に記された一行は、よりいっそうニュアンスに富んだものである。

「ずいぶん多くの国多くの海をへめぐったような気がするが、広州を出発してから一年にも満たない旅だった。」

ここで「気がするが」と述懐しているのは誰だろうか。この小説の場合、物語のいわゆる客観的な話者などではありえない。それならば、すでに死んでいるはずの高丘親王だろうか、それとも澁澤龍彦自身の「私」なのだろうか。おそらく、そのどちらでもある。このとき主人公と作者とは、たがいに「入れ子」の状態にある。旅も、目的地も、死も、「入れ子」だったのだ。夢のまた夢、そのまた夢のなかにはじめの夢がまたあらわれてくるといったふうに、つまり非ユークリッド的な宇宙のように、たがいにふくみあいふくまれあいながら、高丘親王と澁澤龍彦はこの小説の航海、文章の航海そのものを回顧しつつ、なお生きつづけているのだということになる。

なにか抽象的な話だと感じられるかもしれない。だが、そんな不思議な語りの主体があってはじめて、この航海記はどこか終りのない、閉ざされることのない、ゆたかな柔構造をそなえることができたのである。少なくとも作者・澁澤龍彦自身にとっては、これは「最後の作品」として完結にいたったものではなかった。つぎの長篇小説の構想がすでに示されていたから、というだけではなく、この航海そのものが、どこまでもひろがり増殖しうるものとして、実際に生きられ、体験されていただろうからである。

さて、すこし先まわりをしすぎたような気もするが、以上のことはかならずしも、この小説のわくわくするような発端の章、「儒艮」（初出では「蟻塚」）を読みはじめる妨げにはなるまい。

高丘親王は、子どものころに吹きこまれた「未知の国」天竺の魅惑とめぐりあうために、広州の港を発つ。これはむしろ、ふたたびめぐりあうために、再体験するために、といいかえたほうがよいかもしれない。なぜなら、親王にそのイメージを吹きこんだ永遠の女性とも見るべき藤原薬子――年齢をもたぬ、時間を超えた、たとえ死んでも別の人間のうちに、秋丸・春丸やパタリヤ・パタタ姫のうちにつぎつぎと蘇ることのできる薬子――は、すでに「息づまるような恍惚感」として、天竺の原体験を親王に与えてくれていたからだ。

この小説のなかでは、時間はいつもぐるぐるとまわることができる。したがって終りもない。

六十七歳に達していながら、彼自身もまた年齢をもたないかに見える高丘親王の、天竺をめざす航海の動機は、おもてむき、仏法希求であった。ところが仏教の概念は、すぐさま別のものに置きかえられてしまう。つぎのくだりはこの作品の自伝的性格の一端を示すものとして意味ぶかい。

「［……］親王にとっての仏教は、単に後光というにとどまらず、その内部まで金無垢のようにぎっしりつまったエクゾティシズムのかたまりだった。たまねぎのように、むいてもむいても切りがないエクゾティシズム。その中心に天竺の核があるという構造。」

たまねぎの比喩は、初期の小説『犬狼都市』のなかにあらわれて以来、澁澤龍彦にとって本質的なものだったのだろう。むいてもむいても切りがないのならば、中心はないに等しい。少なくともユークリッド幾何学的な意味での中心はない。中心は非在か、遍在かだろう。内部までぎっしりつまっていて、むいてもむいても切りがないエクゾティシズムとは、要するに、非ユークリッド幾何学にもとづく宇宙模型のような概念なのだ。高丘親王がその後くりかえしみる夢、くりかえし体験するデジャ・ヴュ、くりかえし立ちあう不思議な死と蘇生の現象も、そんな仕組に深くかかわってくる。

仏法希求の動機は早くもあやふやである。のちに「獏園」の章で、高丘親王は「ただ子どものころから養い育ててきた、未知の国への好奇心のためだけに、渡天をくわだてた」ような気がする、と述懐するけれども、じつはここにいう「未知の国」そのものが、広州出港の直後からすでにはじまっていたともいえる。儒艮があらわれる。鼻飲する越人だの、歴史も地理もわきまえない大蟻食いだのも登場する。「天竺」という未知なるものの核は、時間・空間の制約をはなれて、航海のあらゆる瞬間に身をもたげてくる用意があるらしい。

以後、じつに数多くの珍奇な動植物や人間や怪物や、それらにまつわる異様な出来事がつぎつぎと語られる。読者はかつて澁澤龍彥のくりひろげていた「夢の宇宙誌」をふたたび見る思いだろう。ただし、どこかがちがう。それらはすでに「夢の宇宙誌」どころか、のちの「胡桃の中の世界」をすら脱しているのではないか。

すべては流れゆくものだ。どんなに魅惑的な、とほうもない細部が目の前に立ちあらわれても、高丘親王はもう歩をとめることをしない。彼は空間よりもむしろ時間に従っている。

この小説の自伝的・回想記的な性格はここにも見てとれる。澁澤龍彥の文学は、かつて彼の好んでいた「庭園」のなかでの安息から、「航海」の時間そのものの驚異へと、すでに変質してしまっているのである。
私はあらためて、澁澤龍彦が死の直前まで、つぎの長篇小説の執筆の準備をしていたという事実を思う。『高丘親王航海記』の最終章の、初出時にはあった末尾の「完」の一字は、のちに削られている。

一九八七年十月二十二日

「庭」から「旅」へ

澁澤龍彥の最後の小説『高丘親王航海記』が単行本になった。あの美しいエッセー集『フローラ逍遥』が出てから、まだ半年もたっていない。そんな短いあいだに、彼の死があった。早すぎる死だった。生前からの自選著作集『新編ビブリオテカ澁澤龍彥』はいまも続刊中だし、旧作の多くはあらたに文庫本になって、書店の棚をにぎわしつつあるというのに。

一九五〇年代の後半以後、この作家・エッセイスト・仏文学者の及ぼしてきた影響は大きい。各時期に各世代の反応があった。サド文学の紹介者として、反体制的思想家として、いわゆる「異端的」文学・芸術の発掘者として、特異な文化史家・博物誌学者として、新しい思想・新しい文学ジャンルの導き手として、また、すぐれた日本語の書き手として――等々、澁澤龍彥が各時期にあらわしたさまざまな側面は、各世代の人々を愉しませ、鼓舞してきた。文庫本のかたちで、いちだんと若い読者層に迎えられるようになったのは、一九八〇年代に入ってからのことである。いまでは高校生や中学生までもが、澁澤龍彦の世界に親しみつつあるらしい。

だが最近になって、彼は小説をその活動の中心に据え、近代の日本文学にもまだあらわれたことのなさそうな、なにかすばらしく自由なエクリチュールの領域に踏みこもうとしていた。

咽喉癌の大手術をへて、退院後の短い期間に書きおえられたというこの小説＝航海記をいま読みなおしてみるとき、まず、そうした作者自身の歩みそのものが思いおこされてくる。幼年時代から「未知の国」への好奇心をそだててきた高丘親王は、そのいやしがたいエクゾティシズムの核にある「天竺」をめざして、貞観七年、唐の広州の港を発つ。主人公が実在の人物であるから、これは一種の歴史小説だともいえるだろう。それにしても、時間と空間の枠はやがてとりはらわれ、自由な、限定をこばむ作品世界がくりひろげられてゆく。

高丘親王の導き手でもあり、分身でもあると見えた女性・薬子が「天竺」に向けて投げた玉は、終幕近く、いちど親王の喉の奥に宿ってから、こんどはまた「日本」に向けて投げかえされる。ぐるりとめぐってもどってくるこの時空の環の構造こそ、この本の特異な自伝的性格をあらわしている。

じつはこの航海の過程そのものが、「天竺」を内包しているようにも思える。広州を出て、南シナ海、占城《チャンパ》、真臘《しんろう》、扶南《プナン》、盤盤、シンガプラ、スリヴィジャヤ、驃《ぴゅう》、南詔、ベンガル湾——といったふうに、こんにちの東南アジア一帯のどこへ行きついても、親王はきまってふしぎな動植物や人間や習俗や風景とめぐりあい、奇妙な出来事ばかりを体験する。儒艮《じゅごん》、大蟻食い、単孔の女、貘《ばく》、犬頭人、鶏足山、鏡湖、魔の海域、等々といった道具だては、以前から澁澤龍彦が好み、旧作のうちに散りばめていた珍奇なものたちの、回顧・蘇生のように見えるかもしれない。どうかするとこの広大な地域の全体が、「天竺」に到達する以前に、すでに一種の楽園、幻想庭園のようなものを実現してしまっているのではないか、と感じられてしまうほどである。（ちなみに作者はこの本の見返しページのために、自筆の地図をのこしてもいる。）

そういえば、一九六〇年代の忘れがたい書物『夢の宇宙誌』以後、澁澤龍彦の文学そのものがいわば大きな「庭」として、なにか母胎のように懐しい安定した空間として感じとられ、そのことが彼の意外な大衆性をも支えていた、という事情が思いおこされてくる。そうした点では、この小説はほとんど作者自身の文学世界を比喩する性格をもっている。

それればかりではない。もっと別の局面が用意されている。高丘親王はいつも先をいそぐ。一箇所にとどまらない。実際、この人ほどひとつひとつの事物にこだわりをもたず、空間の安息からも遠かった主人公もめずらしいのではないか、という気がする。どんなに珍奇なものに出遭っても、驚くべき出来事がおこっても、それらはなにか砂時計の砂のように、水時計の水のように、この人の前で、さらさらと流れ去ってゆくものでしかない。

高丘親王は、そして澁澤龍彦は、もっと大きな時間の夢のなかで、来たるべき新しい文学の夢でもみているのではないか——とさえ思われてくる。

夢から夢へ、夢のそのまた夢へと移り住み、めぐりめぐる時空のかなたに自分自身を追いつづけてゆくかに見える高丘親王は、澁澤龍彦の象徴的な自画像でもあったのだろう。

★

特異な共有地をつくることによって多くの読者を獲得していながら、いつしか「庭」の安息をのがれ、自己に出て自己にもどるべき探索そのものを生きようとしはじめていた澁澤龍彦は、結局、「旅」としての文学をその最後のジャンルとしたのだった。

「庭」から「旅」へ。終りのないこの航海の、主人公も、作者も、その間に死んでしまったわけだが、これはむしろ、何かのはじまりであったとも考えられる。

澁澤龍彦の影響は、もちろん今後におよぶだろう。これだけ広い仕事、はるかな旅をしてきた作家なのだから、その作品を、さまざまな側面から読み解いてゆくことが、今後に求められてしかるべきだろう。けれども同時に、彼の長くゆるやかな文章活動全体を、ひとつの航海としてとらえなおすことも必要になってくるだろう。

『高丘親王航海記』はまず、そんなことを考えさせる一書であった。

一九八七年十月二十五日

Ⅳ

パレルモ（イタリア）、植物園の怪樹フィクス・マグノリオイデス、1987年8月→P.26

澁澤龍彦と「反時代」

「反時代」というのはだいぶ前にはやった言葉で、いまあらためてそれを持ちだすのはどうもアナクロニズムだという気がしないでもありませんが、これは「國文學」編集部のあらかじめつけてしまっていた題名なんで（笑）、もう予告まで出ているようだから、いちおう、その線でしゃべってみることにしましょう。

そもそも澁澤龍彦は反時代的であるのかどうか、その「時代」というのが、いま、といった曖昧な言葉で日々くくられてゆくものを指すのだとすれば、彼はそんなものにあえて「反」を唱えているわけではないでしょう。むしろ「正」とか「反」とかいう概念のほとんど成立しえないところに、彼の文章は生きていると思います。それどころか、今と昔、西と東、大と小、遠と近、といった対立概念さえなくなってしまうようなところでがんばっているわけだから、本来、「時代」というような問題の立て方とは相容れません。そんな意味でなら、たしかに反「時代」であるとはいえるかもしれませんが。へんな理窟かな（笑）。

ただ、それがいわゆる「時代ばなれ」とはずいぶんちがう、ということは断わっておいたほうがいいでしょう。この人はむしろ「時代」をじつによく見ているんじゃないか、と思えることがしばしばあります。いまの読者には意外かもしれないけれど、ひょっとすると、生来の批評精神といったものをやむをえずそなえてしまっている人ではないのか。といっても、もちろん、政治的・時事的な問題について一家言もっている、というような次元のことではなくてね。なにぶんサド研究から出発した人ですから、サドのぶちこまれた牢獄ならぬ北鎌倉の書斎で、一見、時の話題とはまるで関係のなさそうなことを書いている。論壇や文壇にしゃしゃりでるようなことはしない。でもそれだけに、時代の現実とのあいだの緊張感は並のものじゃあないな、とも思えてくるんですね。いや意外に、時の流れにコミットした文章も多いですよ。かなり酷薄に、底まで見通しちゃった感じをダンディズムにくるんで、防禦したうえで、やむをえず出してくる批評家の本性。

澁澤さんの出発点というと、二十代なかばに発表したジャン・コクトーの『大胯びらき』（一九五四年）かな、これはちょっと伝法で、独特の大衆小説ふうの口調をとりこんだかなりうまい翻訳。それからしばらく、おもに翻訳家としての活動がつづいていたけれど、やはり大きかったのは、彰考書院版の三冊本『マルキ・ド・サド選集』（一九五六年）でしょう。当時の読者の証言というかたちでいえば、僕が高校一年のとき、一九五八年だったか、神田あたりの本屋に行くとこの三冊本がたいていありましたね、売れていたからなのか、売れのこっていたからなのか（笑）。あるいはすでにゾッキ本になっていたのか、わからないけれど、わりと簡略な装幀で、背にサド、サド、サドとある。訳者が澁澤龍彥。この画数の多い名前は印象的でした。こちらは澁澤さんと十五歳ほど年が離れています。それでまだ拾い読みの段階ではあったけれど、なにか予感が走ったということはある。まあ、それが当時、さほど一般的な反応だったかどうかはわかりませんが。

それで数年後に現代思潮社から『悪徳の栄え』の正・続二巻が出て、続の巻だけ「発禁よ、こんにちは」となり、例のサド裁判がはじまる。この事件がいわゆる安保闘争と重なったことは、偶然のようでもあり必然のようでもありましたけれど、むしろ予兆的な事件だったわけでね。澁澤龍彥はジャン・コクトー先生ならぬアンドレ・ブルトン先生にみちびかれて、お白洲でもじつにみごとな、一貫した態度をとることができた。そこいらの批評家にはまず味わえないようなかたちで、いわゆる「時代」との緊張関係を設定されてしまったのでしょうね。生来の批評家としての澁澤さんの本性の一面は、現代思潮社からあとで出た『サド裁判』上下二巻という激しい本とその解説のなかにもうかがわれます。まあ、これもやむをえないからやっているんだという感じが一貫していて、ナマの心情に訴えたりしないところがよかったんですけれど。

他方そこにいたる過程の文章がまとめられて、一九五九年に処女エッセー集『サド復活』（弘文堂）と、すぐあとの『神聖受胎』（一九六二年、現代思潮社）が出ます。僕が大学に入ったばかりのころかな、『サド復活』はすでにゾッキ本になっていたようで、神田のあちこちに積まれていた。おなじシリーズの大岡信さんや清岡卓行さん、飯島耕一さんや江原順さんなどのエッセー集もいっしょにありました。

これはまあ処女作にふさわしい過激な本でしたね。いまいったおなじシリーズのほかの本とくらべてみても、圧倒的に視野が広くて、厳粛で、剛直で、反体制的エネルギーにみちみちていました。いい本です。当時としてはわかりやすかった政治主義、状況主義、教養主義などの言説にまったくおちいることのない、アナーキーが明確な外形を与えられてピリピリと反「時代」を告げはじめているような、一種つっぱった文体でね。これとサド裁判前後のエッセーをまとめた『神聖受胎』とをつなげて読んでいけば、澁澤龍彥の批評精神といったものの原形がわかるでしょう。もちろん、のちのプッツン「隠者」みたいなポーズの原形も見える。それでもラディカリズムへの陶酔を覆いかくしがたいところがあって、貨幣の両面みたいに、極端なものが表裏をなしていた。だから『サド復活』『神聖受胎』という二冊の本については、もはや細部の引用など必要もないほどまでに、あからさまな「反時代」だったわけです（笑）。

吉本隆明だったと思うけれど、『神聖受胎』の書評のなかで、天皇制から自由になったニッポン戦後思想のひとつのあらわれとして、澁澤龍彥を認知したものがありますが、これはかなり納得できるとらえかたでした。当時、意外かもしれないけれど深沢七郎、それに花田清輝との関連を思いうかべたりしたものです。

証人としての資格があるかもしれないので、ちょっと遅れてきた同時代人である僕自身のことをさらにいえば、この本を読んだ時期か、こちらはサドではなくブルトンやフーリエをやろうとしていたころに、偶然、新宿西口のある酒場で、澁澤さんとはじめて出会ったわけです。一九六三年、僕が二十歳の若造だったとき。三十代なかばの澁澤さんというのは、予想していたとおりじつにおもしろい人、魅力的な人でした。あまり話しこんだりはせずにときどきアッと叫び声をあげるとか、人目もかまわず軍歌をうたうとか（笑）、そんなぐあいにひそかなコミュニケーション、というかおつきあいがその後二十五年間くらいつづいているんだけれども、そう簡単にはなつかしく回顧できないところもある。とくに彼の文章にあらわれる作家人格との短絡はひかえたいと思いますしね。とにかく、不思議な作家です。

よくいわれるように書斎に閉じこもっているようでいながら意外に世間知もあって、それならば俗なのかというと断乎厳格をつらぬいているという、あるいはのんびり、ゆったり、うららかにやっていながらじつはとほうもない緊張感に支えられているといったような、結局、彼一流の文章道徳みたいなものが作家生活に無理なく反映しているというか、じつはこちらも似たような方向をめざしている気がしていたから、ますます不可思議で魅力的な観察対象として、この先もずっとつきあい、見つづけることになるだろうと思わざるをえなかった。いま入院中だからといって、けっして消える気になどなってほしくない。なにか鍵みたいなものを握ってしまっている現代の怪人のひとりでもあるわけですから。

というようなことは、僕の私的心情も重なっているようですけれど、もちろん、澁澤龍彥の作家人格というのは彼の文章そのもののなかにしかありえないわけで、それがじつはかなり誤解されている面もあるのではないか、と思う。彼がいたるところにふりまいてきた知識や観念や情報の累積としてのいわゆる「澁澤龍彦ランド」ドラコニアと、彼の文章行為そのものとがかなり混同されているような気もする。ルートヴィヒ二世とかペトリュス・ボレルとか明恵上人とかアルフォンス・ラスネールとか、貝殻とか花火とか自動人形とか、両性具有者とか畸形とか霊媒とか、そういう彼のとりあげてきたものたちの系列化、集合としてのみ澁澤龍彦の世界を理解納得してしまったとき、じつは彼の文章の特異なありかたそのものが見えなくなってしまう、ということもあるのではないか。

シブサワ神話シブサワ伝説もいいけれど、いや、本人もそれをつくる気があって結局そのことに成功してしまったともいえるからしょうがなくもあるけれど、彼の文学とは要するに彼の文章なのであってね。これはけっして「ランド」というような空間的安定を呈しているものではありません。彼においても、あるいは彼の場合とくに、文章が時間として生きている、ということをあえて強調してみたいわけです。

★

いま澁澤龍彦の文章がかならずしも空間的安定を呈するものではない、といいましたが、これは通念とは正反対かもしれません。だいたい彼の世界は十年一日のごとく変らないように思われていたわけですが。たしかに空間的安定を求めてはいます。でも、それはあくまで求めているということであって、彼自身がそのまま体現しているわけではない。ある時期にスタイルやジャンルを確立しおおせて、あとは「気質」にもとづく「芸」のみ、というようなことで余生をおくる従来の芸術家像と、彼自身とを区別しておかなければならないと思う。なるほど彼は「芸」も大好きで、コクトーやプルーストから谷崎や花田にいたるまで、ひとしなみに讃美する論拠はそのあたりにもあるようですけれど、だからといって彼自身がもともと「芸」の作家であるかというと、どうもそうは思えないわけです。林達夫でも深沢七郎でもいいけれど、彼の「偏愛」の的になる作家はだいたいアイデンティティーのはっきりした人でしょう。

ところが、こんなことをいうとまた意外かもしれないけれど、澁澤龍彦自身にその傾向があるというふうには思えません。なにかにつけて「私は……な人間であるので」とか、「私のような気質の持ち主は……」とか、紋切型の自己規定を読者に先んじて挿んでしまう例のやりくちというのは、一種の照れというか自己防禦でもあって、実際は「私」が誰であるのか、その私である「誰か」につぎの変貌のきっかけを与えなければ気がすまないような欲動の表現、あるいは潜在意識の露呈だったのかもしれません。時を追って彼の文章を読んでみれば、かならずそんなトリックが見えてくるのではないかと思います。

つまり澁澤龍彦というのは、日々変化しつつある作家だということです。変化というより成長、生長といったほうがいいかもしれません。彼はいまも生長期にあるのでしょう。最近作『高丘親王航海記』（「文學界」連載）の最終回「頻伽」の章の末尾に「完」の文字が記されていたとしても、それはたぶん「完」どころではないんです。というのは近代日本文学にもめずらしい「私」「自我」のありかたがここに文章化されつつあるのだから。心理とか人間関係といったものがぽーんと抜けおちている、というか、おそろしく無邪気で健康で前近代的な主体のくりひろげる説話ふうの物語です。もちろん、それはかなり前から予見されていた一段階かもしれません。生長とは生来のものがゆっくり露呈してゆく過程でもあるわけですから。

『サド復活』から『高丘親王航海記』まで、刻々ときざまれてきた文章主体、澁澤龍彥の「自我」の航海というのは興味津々たるものです。その文章のうちに「変化なき安定」を見るのは無理なんで、むしろなにか、こんな時代に運命的に「私」を問うことになってしまった怪人物、特殊な貴人の変身の過程をそこに見るほうが自然でしょう。澁澤龍彥の文学についての美しい誤解は、過程を度外視したところに生まれるのだと思います。

話をもとにもどせば、サド裁判前後には『黒魔術の手帖』『毒薬の手帖』『秘密結社の手帖』といった本を書いていたし、『世界悪女物語』『女のエピソード』とか、『エロスの解剖』『ホモ・エロティクス』『エロティシズム』なんてのもありました。でも、いわゆる澁澤龍彥ランドのイメージを固定してしまった決定的な書物といえば、一九六四年に美術出版から出た『夢の宇宙誌』だったでしょう。現代思潮社の「白夜評論」という一種アナーキズムふうの雑誌に連載されていたエッセーを換骨奪胎したもので、いま読んでも、じつにおもしろい本だと思う。図版もいいし、いたるところに罠がしかけてあって、読者との関係をあらかじめ秘密結社みたいに設定しようとする仕草に、彼の「私」の特徴がすでにあらわれています。

最近べつのところに書いたばかりですけれども、たとえば「私」の趣味嗜好をくりかえし羅列しながら、それが「私たち」という同志志願者へのコケットリーをともなっていて、つまりパラドクサルな「反時代」の姿勢のうちに、どこかしら安逸への誘いをしかけていたということです。つぎの年に出た悪名高い『快楽主義の哲学』、あの「現代人の生き甲斐を探求する」という不似合な副題をもったカッパ・ブックスの一冊が、それをフォローしました。時代の現実を離れて、大きなお母さんのふところにもどりたいというような気分を、麻薬のように正当化してくれる面があって（笑）。人呼んで「私設博物館」。うしろめたいままに安逸を保証してくれる物あるいはイメージにみちみちた空間の喜びをふるまう美少年祭司、といったような伝説が、いまでも澁澤龍彥にはまつわりついているようですね。

それこそが最大の誤解かもしれないと思いますが、澁澤さん自身、多分にそれをオルガナイズしたがっていたところもあって、つまり、本人のせいでもあったわけですが（笑）、この「生き甲斐」を保障してくれそうな私設博物館長のイメージに、いまも一部の澁澤ファン、澁澤マニアたちは魅きつけられているのかもしれない。ありとあらゆる不思議なもの、奇抜なもの、異端的なものに市民権を与えているようでいながら、同時にうしろめたさ、背徳の気分はちゃんとのこしておいてくれる妖しい文章。『夢の宇宙誌』がいわゆる「反時代」の拠点に見えたのは、そんな事情からでもあるでしょう。それでも「時代」そのものはせっせと変ってゆく。高度成長期ニッポンの万物商品化、情報化、カタログ化現象が行きわたるにつれて、両性具有も自動人形もサディスムも快楽主義も、イメージとしては無害なもの、あたりまえのものになっていったわけです。

でも、だからといって澁澤龍彦自身があたりまえのもの、無害なものになったということではありません。そうなったのは彼のとりあげていた物やイメージだけなんで、それらをとりあげる文章そのものが無害、あたりまえになったわけではまったくない。なぜなら物やイメージに対する彼の立場は、もっぱら物やイメージへの愛を語るということであって、それぞれの物やイメージをいま、「時代」のなかに位置づけるというようなことではないんだから。じつは物やイメージがカタログ式に大盤ぶるまいされる近い将来の動向について、澁澤龍彦は『夢の宇宙誌』のなかですでに、かなりのところまで予見していたように思えます。この間の事情は文章の微妙な揺れを通じても察知できるところでしょう。

それでまあ、『夢の宇宙誌』以後、少なくともベストセラーのひとつになった『快楽主義の哲学』以後、澁澤龍彦は多くの読者に支持されはじめましたが、そのうちに一九六〇年代をすぎて、一九七〇年代のはじめに出た『黄金時代』（一九七一年）という目立たない本、このエッセー集が、「時代」の推移を括ろうとしています。ここ十年間に、世界がサルバドール・ダリの描く時計のように、形体を失ってぐんにゃりと溶けはじめたということをいう。形体への愛を標榜していた作者自身は、とっくのむかしに時間との密通を開始していました。「黄金時代」という題名がすでに意味深長ですけれど、集中に「ユートピアと千年王国の逆説」という一章がありますね。このあたりに、ダリの時計のようには空間化できない時間の軸が入りこんでいて、のちの澁澤龍彦の文章の時空があらかじめ構想されていたのではないか、と思います。

その後『偏愛的作家論』や『悪魔のいる文学史』や『胡桃の中の世界』、『人形愛序説』や『貝殻と頭蓋骨』の出るころから、澁澤龍彦批判の文章が目につきはじめますね。典型的なものに、かつて「反時代」的でありえた彼の文章世界が、いま、「時代」の要求にぴったり合致してしまった――それどころか「時代」に追いこされて、かつての雄々しさを失ってしまった、というような論旨です。いみじくも、「澁澤龍彦はすでに死んでいる」と書いた批評家もいたりしました。いずれも「時代」が好きな人たちなんでしょうけれども、おもしろいのは、じつはその人たちも澁澤龍彦を愛していたということです。というか、かつて澁澤龍彦「ランド」に入場してかつてない喜びを味わっていた人たちが、そんな自分の過去をちょっと反省して、「時代」の変化のほうに批評の視点を移そうとしたということかな。そこでも依然として「私設博物館」が問題になっています。一部の愛読者・マニアたちと批評家たちとは、結局おなじように「私設博物館」の館長のイメージに引っかかっていたようなわけで、澁澤龍彦の文章そのものの時間的推移と展開、「自我」の運動と進化については無関心だったかもしれません。

他方、『夢の宇宙誌』あたりに触発されたと自称して、その後「学問」を志した若者たちもいたようです。ちょうど「知」を好むという時代現象があったわけで、そこではなにかにつけて系譜が問題になりました。誰と誰がどのようにつながるとか、物、イメージ、観念のとらえかたが「通底」するとか、その発見の過程に心おどるところがあるとかいって、系譜の確認そのものに喜びをおぼえる傾向。それはたとえば一枚の絵を見ても、そのものと向きあう自己をたえず問題にしてきた澁澤龍彦の姿勢とは違います。物たち自身よりも、それらをどのように系列化するかという「知の冒険」の身ぶりのほうに関心が向いていたので、その軽便なやりかたからすれば、澁澤龍彦もまた彼らの「知」の文脈に入るというような感じ。それも誤解、というか「時代」の趨勢だったのかもしれません。でも、そんなにわかりやすく計量できる物やイメージばかりであったのなら、澁澤龍彦はどうしてこんなに長いこと、無邪気な読者もしたたかな読者をもまきこみながら、それらへの愛を語りつづけることができたのだろうか。この人はむしろ、イメージと向いあう人間の自我の可能性のほうを考えていた。かつて彼の「私」は「私たち」に転化しうるものだったにしても、結局、「時代」のなかではどこか孤立している、というような印象をとどめることになったわけです。

一九七七年に『思考の紋章学』という本が出ていますが、これは重要なものです。正統とか異端とか、今とか昔とか、東とか西とか、当然のようにわれわれのうちに居すわっている「二項対立」の思想を大胆に相対化して、なにやら曖昧な、奇妙奇天烈な「私」の探究におもむこうとした書物ですから。この本のなかに、シモルグという鳥の寓話が出てくるでしょう。探しもとめて飛び立って、旅から旅のはてに、けっきょく自分自身の姿を見いだしたという鳥たちの物語です。二十代なかばに翻訳家として出発して、「時代」との緊張関係を保ちながら生きてきた澁澤龍彦の文章行為そのものの似姿が、そのなかにうつしだされていると感じないわけにはいきません。彼はしばしば、鳥の姿をとるんですよ（笑）。

もともと寓意の好きな人だったけれど、自分の文章を寓意的に物語る傾向もあるわけです。似た例として花田清輝を思いうかべることができますが、花田が楕円なら澁澤は円、というのが誰にでもわかりやすい比喩でしょう。楕円とは二つの焦点があって「関係」をあらわす文章、円とはその「関係」なるものをなくしてしまう文章。というよりも、すべての関係が「私」という現象のうちにとりこまれてしまうような、一見安定した、のんびり・うららかな世界を想起させます。

事実、澁澤さんの文章は無葛藤、無制約。「他者」がはじめからいなくて、「自我」の運動に組み入れられてしまうような世界ですから、ある意味では単調で、同義語反復の印象がある。それでいてこの円は生長しているのだからおもしろい。彼自身の好む図形による比喩を借りていえば、澁澤龍彦とは円の中心にいることを決意した「自我」でしょう。もちろん円というのはしばしば閉ざされた安定を意味するから、ここでも誤解を生じやすいけれども、宇宙模型みたいなイメージを援用すれば、かつては円の中心に近い境にさまざまな物やイメージが密集していて、それだけで自立できるものに見えた。「気質」とか「ダンディズム」とかの支配する閉ざされた博物館あるいは書斎として。

ところが彼は望遠鏡をもっているんで、もっと遠くの、密度のうすい外の世界を見ている。宇宙は円周が遠ざかるにしたがって疎になる。かなたに見える物の姿は、高速度で視界から遠ざかる幻のようなもので、さだかには定着しえないわけです。自分自身のうしろ姿のようなものが見えてくる。それを求める過程は、それ自体が楽園なのではなく、むしろ楽園への旅というかたちをとる。

楽園幻想というのはおそらく「時代」の産物です。澁澤さんはそんな「時代」を長いこと予見しつづけていたのかもしれないけれど、そろそろ楽園自体はどうでもいいという感じになっていたのではないか。時間に空間をとりこむジャンルとしての「旅」のほうが、彼の文章には似あっていたわけでしょう。いま連載中の『高丘親王航海記』は、だからおもしろい。この連作小説を読んでいると、同時に、「ユートピアと千年王国の逆説」というナマな宣言を発していた、十数年前の澁澤さんが思いうかんできたりします。

★

ところで雑誌「國文學」からの注文では（笑）、近代日本文学における澁澤龍彥の位置、というようなところへ行くべきかもしれませんが、その場合にも、そう簡単に系譜を持ちこむことはできないと思います。『偏愛的作家論』（一九七二年）から『マルジナリア』（一九八三年）あたりまで、すこしずつ増補されてきた作家論ふうのエッセー集もあって、明治以後の作家たちがアナロジーで引きよせられていますが、そこに扱われている作品それぞれが澁澤龍彥の起源につながっているわけではありません。影響関係というような平板なとらえかたもそう効果的ではない。彼の最近の小説を読んでいると、日本の古典文学に取材しているということだけではなく、近代文学のかかずらわってきた「自我」や「心理」や「状況」といったものが蒸発してしまって、ほとんど作者のいない説話のような次元に到達しつつあるような気がするんですね。

最近では、僕は『うつろ舟』や『私のプリニウス』のようなものが好きですけれど、アイデンティティーを求めつづける作家がアイデンティティーの消えさる瞬間に向って長い航海をつづけている、という感じがあります。すでに円周、というかこれは宇宙模型のようなものだから、その外に点滅する物たちの数も少なくて、寂しい。そんな寂しい境にある物たちが、のんびり、ゆったりと、うららかな春の海に浮んでいるかのように見えがくれし、やがて通りすぎてゆくありさまが、この作家の文章のいまの感じです。

説話、昔話、おとぎばなしにも似ている。目的の王国というのかな、なにかフェアリーの予言にしたがって、いっさいの出来事が起るべくして起る。くっきりと、心理の枠組をとりはずされて、晴れやかに点綴されてゆくわけですね。『高丘親王航海記』の最終回に「完」の一文字がつけ加えられたとしても、この美しい点綴状態というのはまだ先があるという気がします。

これはまあ「時代ばなれ」ではあるのかもしれないけれど、同時に「近代文学ばなれ」でもあるわけで、そんなことが簡単にできるはずはないという人がいたとしても、とにかくいま、澁澤龍彦の文学はそのようなものとして続行しています。『高丘親王航海記』の最終回は「頻伽」の章ですが、これはじつになんとも、うららかで切ないものだなあ。ミーコ、親王のまわりにいる従者たちが一所懸命、いろんなことをいう。もともと生身の心理などない紋切型の存在たちだから、紋切型のことしかいわないわけで、ミーコが死ぬときだけ、「泣きに泣いた」とか、盛りあがりを見せたりします。

でもこの一篇のすばらしさは、こういう取巻きや妖花ラフレシアその他もろもろではなくて、パタリヤ・パタタ姫の再登場にありますね。まるで万能の看護婦さんのようなパタリヤ・パタタ姫が、僕は大好きです（笑）。高丘親王、ミーコは死んでしまうけれども、これは一時の眠りなんでね。パタリヤ・パタタ姫はもうほとんど、鏡のなかの「自我」にかかわる不死の象徴のような風格を身におびて、病室の彼に寄りそっているのではないでしょうか。

インタヴュー、一九八七年五月二十一日

澁澤龍彦とシュルレアリスム

「澁澤龍彦とシュルレアリスム」という問題の設定は、当然可能でしょうし、重要なことだと思います。彼はシュルレアリスムの文献を長いことよく読んでいたわけで、のちのち「日本のシュルレアリスム」なんてことがいわれるようになるとすれば、ひょっとして戦後のもっとも重要な人物のひとりに挙げられるかもしれないと、僕はひそかに考えているほどです。

ひとことでいいますと、澁澤さんのシュルレアリスムというのは、文字としてはアンドレ・ブルトンのそれだったと思う。もちろんほかのシュルレアリストについても、ある程度は書いています。けれどもたとえばアラゴンとかエリュアールとか、レリスとかプレヴェールとか、それから日本ではあまり知られていないけれど、バンジャマン・ペレとかルネ・クルヴェルなどを個々にとりあげて書いたことは、ほとんどありません。アントナン・アルトーについては多少書いているし、ルネ・ドーマルなども好きだったということはあるけれど、少なくとも彼が出てきたころ、日本でわりあいよく読まれていたエリュアールやアラゴンやプレヴェールについては、ほとんど、いや、ひとことも語っていないのではないかという気がするくらい、はじめからブルトンを通じてのシュルレアリスムだったように思う。

美術のほうではたくさんの画家について書いていますけれどね。エルンストやマグリットにはじまって、デルヴォーやベルメールやスワーンベリ、バルテュスやレオノール・フィニやピエール・モリニエあたりにいたるまで、シュルレアリスムの系統に入る画家たちを日本に紹介するという彼の役割は、長いあいだ大きかったわけです。でも、それもほとんどがブルトンの紹介によって知ることになった画家たちですから。『幻想の画廊から』や『幻想の彼方へ』を読んでいくと、いたるところにブルトンが嵌めこまれているなという感じが、当時からはっきりあったものでした。

ただ、澁澤さんにとってのシュルレアリスムがまずブルトンだったというのは、日本では一種逆説的で、かなり特殊なことだったわけです。戦後になってから、一九五〇年代以後ですけれど、シュルレアリスムは、ふたたび日本の若い知識人の関心を惹きはじめました。澁澤さんの世代は、戦後にヨーロッパの文学や芸術の研究を再開したわけですが、そういう若い学者とか詩人たちが集まっていっしょに本を読んだり、シュルレアリスムについていろいろ語りだした時期がありました。ところが澁澤さんは、そういう流れには加わっていなかったようです。

当時の日本の「シュルレアリスム研究会」などの資料を読んでみると、奇妙なことに、ブルトンの名前はとくに正面きっては出てこない。むしろエリュアールでありアラゴンであり、プレヴェールであり、あるいはアポリネールであって、しかも彼らの詩作品のほうに関心が向いていました。ブルトンも詩人ですが、たいていの場合、いわゆる理論家として扱われています。それも結論からいえば、詩を易しく書くための「自動記述」という方法を編みだした理論家、というふうにとらえられがちだった（笑）。そこではアンドレ・ブルトンの理論なるものも、テクストのまともな読解を通してではなく、はじめからわかりやすくパックされたかたちで援用されることが多かった。たいがいフロイトの影響云々からはじまり、夢や無意識などの常套句、それから客観的偶然とはどういう意味だとかいった個々の概念の紹介があって、あとはマルクス主義との関係を説いて終ってしまう、といった傾向、これはいまでもあります。

おもしろいことに、そういう過程で当時の若い論者たちは、ブルトンは難しいとか、こわいとかいう反応をしてるようです。こわいというのはたとえば、すぐに仲間を除名するとか（笑）。それからなによりも文章がおそろしく難しい、とっつきにくいとかいって……。そういうぐあいで、意外にブルトンは日本に根づかなかった。いまでもある程度はそうです。二十年以上前にはじまった人文書院の『アンドレ・ブルトン集成』も、まだ半分しか刊行されていませんし（笑）。

★

ところが澁澤龍彦ただひとりは、そのころからアンドレ・ブルトンに深くのめりこんでいたようです。シュルレアリスムというものの扱い方も、日本の通例とはかなり異なっていて、彼がシュルレアリスムを論ずるときには、これは初期のエッセーに多いけれども、夢とか無意識とかいう言葉があまり出てこない。自動記述の問題はときおり出てくるけれど、それも詩作の方法としてではなく、思想の核心として出てくるわけです。自動記述を用いて詩を書いた人などという文学史的紹介とは無縁のところで、アンドレ・ブルトンのテクストそのものに立ちむかい、それをせっせと読み解いていた青年の経過報告として出てきたのが、彼の初期のいくつかのエッセーだったといえるでしょう。そういうところにも、僕などは打たれたんですね。

シュルレアリスムへの関心は、僕自身にも早くからありまして、澁澤さんの『サド復活』などは十代の終りに読んでいます。この本をふくむ弘文堂の「現代芸術論叢書」には、シュルレアリスムを扱うものがほかにもいろいろ入っていたけれど、ブルトンを正面から論じたのは『サド復活』だけのように思えました。当時はシュルレアリスムについての文献がほんとに少なくて、せいぜいクセジュ文庫とか、それから現在ではあまり資料的価値のないモーリス・ナドーの『シュルレアリスムの歴史』など、お定まりの文学史的概要を装ったものしかなかった。それでもそこに嗅ぎとられる想念にはラディカルなものがあったので、一時期、かなり多くの人が好んで読んでいました。いわゆる安保闘争の前後など、一気にそれが政治の言語に転換されたりもして、ブルトンのトロツキズムとか、スターリン批判の部分が政治的文脈に組みこまれて読まれ、若い連中を鼓舞したこともあったけれど、澁澤さんの本は、そんななかでも非常にユニークな存在だったように思えます。

澁澤さんは旧制高校を出てから二年浪人して大学に入って、そのころにはフランスの本をせっせと読んでいたようですが、当時の友人たちの回想によると、他人とはちがう本を好んでいたといわれますね。事実そうだったでしょう。つまり、そのときそのときの流行で本を選ぶタイプの青年ではなかった。それもわざと流行をはずすのではなくて、はじめから——彼は一種「愛の思想家」ですから——自分の愛するものへの直感がはっきりあるんですね。それで、おそらくかなり長いこと、モダニズム系の作家をずいぶん読んでいたのではないかと思う。ジャン・コクトーをはじめ、ポール・モーランとか、ピエール・マッコルラン、ジュール・シュペルヴィエル。シュルレアリスムに近い人では、フィリップ・スーポーやジョゼフ・デルテイユなどを、意外に早く読んでいたと思います。そういうところから、ある日、ブルトンと向きあうことになったのではないか。最初がどの本だったかはわからないし、それはどうでもいいことでしょうけれど、いちばん大きかった出会いは、彼自身がいろんなところで書いているように、『黒いユーモア選集』ですね。

多くの人がブルトンを読んで鼓舞されて、世界各地で運動のごときものが起ったわけですが、それでも『黒いユーモア選集』から入った人というのは、かなりめずらしいのではないかと思います。その点がまた僕には興味ぶかいことだった。『黒いユーモア選集』の増補版がサジテールから出たのは一九五〇年ですから、その当初から彼が読んでいたとすれば、二十二、三歳のころですね。ただ、それからしばらくして書かれた「撲滅の賦」などの初期小説には、まだモダニズムの影響も強い。具体的にブルトンの影響があらわれるのは、「聲」とか「未定」などの雑誌に創作を載せたり、いろんな翻訳を寄稿するようになってからです。たとえばアルフォンス・アレーとか、ジャン・フェリー、シャルル・クロ、それからペトリュス・ボレルとか、すでにそこでは『黒いユーモア選集』を読んでいたことがわかります。彼の選ぶ作家が、すっかりアンドレ・ブルトンと似てきている。一九五〇年代後半あたりのことです。

それで一九五九年に『サド復活』が刊行されるわけですが、この本は一個のサド論としても重要だし、いろんな意味でおもしろい本だったんですけれど、同時にひどく難しい本でもある。論理の展開にかなり飛躍が多くて、行きつもどりつする部分もあるし、当時の彼自身の内面のもやもやしたものがふっと洩れたり……つまり明晰で平明な、のちのいわゆるシブサワ文体とは異なるスタイルで書かれた処女エッセー集ですね。それと、さらにめずらしいことに、これは彼の著書のなかで唯一、人名索引がついている本なんで、その登場人物名でいちばん多かったのはブルトンでしょう——サドは別として。僕が学生時代にこれを読んで直観的に思ったのも、ここにはブルトンが棲んでいるな、ということでした。

『サド復活』の冒頭には「暗黒のユーモア——あるいは文学的テロル」という長いエッセーがありますが、あれは明らかに『黒いユーモア選集』の凝縮版です。澁澤龍彥版「黒いユーモア小選集」になっていて、それがいかにも昂揚した独特の弁証法的な文章に組みこまれている。サドを中心に、たとえばペトリュス・ボレルとか、グザヴィエ・フォルヌレとか、シャルル・フーリエなども、ここではじめて彼のなかで位置づけがこころみられたエッセーです。ただ、ふしぎなことに初出がわからない。おそらくこの本のための書きおろしではないかと思うんですが。しかも、その後の『澁澤龍彦集成』などでは、これが削除されてしまっている。つまり、一種の「宣言」ともいうべきこのエッセーを、のちに彼は隠そうとしたわけですね。いずれ別のかたちで、とか思っていたのかもしれないけれど、それについて彼はいっさい触れていませんから……。

とにかくこの本を何度か読みなおして、僕がいまだにおもしろいと思うのは、「暗黒のユーモア」なんです。澁澤龍彦の一面が、ここではっきり確立されていたように思えるんですね。

★

彼がブルトンをどういうふうに読んでいたのかは、ちょっと説明しにくいけれども、ある程度まで僕が彼と共振するようなかたちで読めた部分——というか、僕は澁澤さんのブルトンの読みに当時ほぼ賛成だったわけですが——は、要するに、まずテクストとしてのブルトンとつきあっていたということです。簡単にいってしまえば、研究者がアカデミックな業績づくりのためにするようなタイプの仕事ではなくて、まったく自分自身の必要から、アンドレ・ブルトンと闘っている。ブルトンの文章というのはなんとも難しいわけですよ、それがブルトンが日本で敬遠されていた理由のひとつらしいですけれど。澁澤さんも『神聖受胎』の「発禁よ、こんにちは——サドと私——」という有名な文章のなかでいってますね。無差別な愛と無制限な自由の理念を唱えたブルトン先生は、あまりにその思想が深遠なために日本では敬遠されてしまったのだと。ちなみに、この「ブルトン先生」という表現にも、彼のブルトンに対するかかわりかたが暗示されているようでおもしろい。つまり敬愛する一方で、辟易している面もあるわけです。ブルトンは厳格すぎるでしょう、ある意味で。澁澤さんの都会人的な軽さや柔軟さとはやや異質ですね。ブルトンはブルターニュで育った一種の「野生人」ですから。その点ではコクトーなどのほうが彼にはぴったりくるわけです。

アンドレ・ブルトンという作家が、僕らにとってなまなましく迫ってくる部分というのは、まず文章そのものなんです。ひとたびブルトンの文章のなかに入ってみて、それが通じるような人間でないとわからないところがあるようですけれど、ほんとうに日本語になりにくい感じがする。だからといって支離滅裂でもなんでもなくて、猛烈に論理的で、シンタクスもむしろ正統的に成り立っています。フランス語の慣用句みたいなものが満載され、しかも挿入句がやたらに多くて、なにかひとことといってまとめなおすといったようなことがなくて、たえず前へ前へと運動をつづけてゆく文章。しかもそれを解読してゆくと、むいてもむいても切りがないような気がしてくる。アンドレ・ブルトン自身のよく用いる表現では、たとえばたまねぎのエグゾティシズムの核心ならぬ「中心のない花の中心」なんて言い方、邦訳では傍点がつきますが、不思議なイタリック体の使い方。そういう部分を錬金術的な寓意でみずからとらえなおしたりもするわけですが、それまでのフランス文学の明晰を旨としてきた合理主義的文体がユークリッド的文体だとすると、ブルトンのは非ユークリッド的な文体なんです。

澁澤さんはブルトンについて書くときに、そういう点について、既成の通念にたよって要約しようなどとはしませんでした。なぜならテクストというのは、それを体験しつづけているかぎり、未知のものをはらんでいるはずです。ちょうど未知の大洋を航海するようなものですね、テクストを読むという作業は。ブルトンにかぎらず、彼は生涯を通じて、幾人かの作家とそのようにしてつきあってきたのだと思う。サドもそうですし。これは「私」が「私」に反応するというかたちのかかわりかただといえるかもしれません。つまり、彼の「私」は、自分に似た「私」をいつも探している。私に似たもの、モン・アナログ（類推の山）というか、似たものとのあいだに一種の愛が成り立って、そこで共生することができる。そういう種類の才能の持ち主だったのではないかと思います。

あるいは、「変換」の才能という言い方もできますね。外国の文献をもとにして、それを日本語に変換する。ほとんど翻訳作業のようにして自作の小説ができあがってしまうとか、エッセーでもそうですね。彼のエッセーには、しばしば下敷きがあるんだけれど、それはかならずしも盗んだということではなくて、ふしぎな共生が成り立っているんです。愛といってもいい。フーリエのいわゆる情念引力、アナロジーだといってもいい。いささか神秘めかして聞こえるかもしれないけれど、澁澤さんの文章を考える場合には、そのあたりがとくに重要なポイントになると思います。

『サド復活』と『神聖受胎』というのは、サド裁判の第一審をはさんで、二冊が対になっているという印象があります。その後の澁澤さんとはちがって、当時の大学闘争ともある意味で深く関係しているような、一種のイデオローグとしてのシブサワ像――なにしろ黒っぽい作家で、澁澤龍彥を読む人々といえば、たいていなにか蒼ざめていて、黒装束で、黒メガネで（笑）、といったような時代があったんですが、そういうある時期の澁澤さんの側面がよくあらわれている点でも、重要な本だったわけです。そのうちの『神聖受胎』の終りのほうで、アンドレ・ブルトン先生のお世話になって云々と述べていますね。サドを教えられたのもブルトン先生からで、一時はシュルレアリスムにとりつかれていたけれど、いまはかならずしもそうではない、肝心のサドについても、そろそろ足を洗おうかと思っているが、でもまあ、しょうがないからやるんだ、というような言い方をしている。ですから「ブルトン時代」というのが澁澤さんにあったとすると、それはおそらく一九五〇年代から六〇年代前半までだったのではないかと考えられます。

★

このあたりで、もうすこし具体的な話をしましょうか。僕自身、ちょうどそのころから澁澤さんとの個人的な交友関係が生まれていたので、サドやフーリエやブルトンのことをはじめ、いろんな話をしたものです。そういうとき、彼はすぐに書棚から本を持ちだしてくるんですが、とにかくしょっちゅう出てくるのが、一九五〇年代のシュルレアリスムとその周辺の文献でした。彼の本の買い方はかなり組織的で、まずサドの全集を出したジャン＝ジャック・ポーヴェール、この出版社の本はたいてい持ってました。それも直接ポーヴェールに注文したりしていて、僕もつられておなじようなことをやった（笑）。それからポーヴェールに近い出版社、パリミュグルとかロール・デュ・タンとか、エリック・ロスフェルドとか、当時の仏文学者はめったに買わないか、名前もあまり知らないようなパリの小さな版元ですが、そういうところから直接、本をとりよせていたんです。サジテール版の『黒いユーモア選集』も、そんなふうにして手に入れた一冊かもしれませんが、この本の装幀を彼はとくに好んでいた。渋いピンクの表紙に、人形みたいにオブジェ化されている収録作家それぞれの顔写真がコラージュされているやつです。

ほかにもいろいろ記憶にのこっている本があります。いずれも五〇年代までのものですが、たとえば「燈台叢書《ファール》」というシリーズにふくまれる――これもブルトンが編集していたんですが――モーリス・フーレの『ローズ・ホテルの夜』という不思議な小説など、当時、澁澤さんは翻訳してみたいとかいっていました。それから「変身叢書《メタモルフォーズ》」というガリマール書店のシリーズに入っているジャン・フェリーの『メカニシアン』。これも澁澤さんがよく引く本ですね。やはりブルトンが序文を書いている。それからジョゼ・コルティ書店の出版物、これにもブルトンの関係していた本がいろいろある。それからもっと古いところでは、アルニムの小説集とか、ウォルポールとかアン・ラドクリフとかマチューリンとか、あるいは『ニールス・クリムの地下旅行』とか。そういうものをせっせと読んでいましたね。僕なんかもまだ学生だったけれど、競って読んだりしたものです。

それと、いまいった「変身叢書」のなかには、ブルトンの『狂気の愛』があったわけです。その『狂気の愛』は、六〇年代にはもう手に入らない本でした。当時ブルトンが日本であまり読まれていなかった理由のひとつには、入手できる本が少なかったということもあります。一九六八年の五月革命のころになって復活してきたようなもので、以来すこしずつ再版が出はじめたというのが実情だから、『狂気の愛』のようにとても重要な作品でさえ、それまでは手に入りにくい状態だった。澁澤さんは当然この「変身叢書」版で読んでいました。彼の第二のブルトンの書といえば、この『狂気の愛』だったかもしれません。『シュルレアリスム宣言』とか『ナジャ』のことはさほど語っていないですね、好きだといっていたけれども。彼がブルトンに関連して引きあいに出すのはまず『黒いユーモア選集』で、もうひとつは『狂気の愛』にかいま見られるような、その愛と美の観念だったようにも思えます。

とくに『黒いユーモア選集』というのは、澁澤さんにとって何だったのか。これはブルトン自身にとってあの本がどういうものだったか、ということにも重なるでしょう。のちに日本でも大勢の訳者による翻訳が企画されましたけれど、あのとき彼や僕は加わらなかった。なぜかというと、あの本はアンドレ・ブルトン著であって、編ではないからです。それを複数の訳者が登場作家ごとに分担して訳すなんていうのは、ちょっとおかしいのではないかと、話していたものです。あの本はブルトンの序文にはじまって、過去から引いてきた四十数名の特異な作家、おもしろい作家がつぎつぎと紹介されてゆく。そのひとりひとりについて、これもブルトンによる序言のようなものがついているわけですけれど、それらを通して読むと、要するにそこに出てくる人たちが、全部アンドレ・ブルトンの自我と関係しているように見えてくる。ブルトンというのは非常に特殊な、匿名的というか、ほかの人間と共生できる「器」のような「私」をもっている作家だったわけで、いわば過去のさまざまな声が、ブルトンを通じてこちらに語りかけるような感じがする。さっきもいいましたが、澁澤さんの自我にもそういうところがありますね。

実際、さまざまな過去の文学者、思想家、芸術家たちを、彼は同時代の人間のようにとらえて、発掘・紹介するというよりも、彼らとともに生きつつ、現代によみがえらせることができた。ある人にとっては、その全体がいわゆる澁澤龍彦ランドみたいなものに見えたかもしれないけれど、彼自身にとっては、それは自分と似たものの集積です。つまり、過去のなかに現在を見いだし、現代のなかに過去を見いだすといった方法によって、既成の文学史的通念をくつがえすようなかたちで、独自に過去を活性化させることができた稀有な人物、それが澁澤さんでしょう。その点、「ブルトン先生」と共通しているんですね。

ブルトンの本のなかでも『黒いユーモア選集』はちょっと特殊ですけれど、ブルトンの「器」めいた自我というものの極端な例が、文学の面ではこれで、それから美術の面では、『魔術的芸術』という本があります。これはいまでも簡単には手に入りません。おそろしく大きな書物で、ブルトンの戦後の代表作のひとつなんですけれど、ジェラール・ルグランとの共著ということで軽視されているのか、あるいはとにかく図版が多くて面倒な本であるためか、もろもろの事情でいまだに再刊されていません(のちに再刊——河出書房新社から全訳が出た)。初版は限定本だったので、そもそも日本で読んでいる人がどれだけいただろうか。ブルトンの美術論としては、ほかに『シュルレアリスムと絵画』の増補決定版もありますが、それと晩年の『魔術的芸術』との二冊が、澁澤さんにとって、美術の面における『黒いユーモア選集』にあたっていたと思います。

★

ちなみに澁澤龍彦はシュルレアリスムを評して、「フランス文学史のみならず、世界の芸術の歴史を魔術的に転回せんとする、一種の秘教団体」(『神聖受胎』)なんていっていましたけれど、これは彼自身がやろうとしていたことの手本かもしれなかった。たとえばのちの『悪魔のいる文学史』にいたる系列とか、『幻想の彼方へ』とか『幻想の肖像』とか、あるいは短文の翻訳の引用だけで成り立っている『澁澤龍彦コレクション』(全三巻)のようなものまでふくめて、一連のアンソロジーふうの本があるでしょう。文学・美術の過去からいろいろなものを拾いだし、巧みに紹介してゆくといったタイプの本。あれはいわゆる入門紹介書によくある、「もうひとつの文学史」の見取図でございい、というたぐいのものとは違います。ある種の好事家がやるような、好みのものをカタログ式にならべてゆく本がありますね、読者がそれを参考にしてコレクションするとか(笑)。もちろん、そういうふうにも澁澤さんの書物は利用できるんですが、本来はすこし違う。むしろ彼の自我の展開として読まれるべきものでしょう。

一九六四年に『夢の宇宙誌』という画期的な本が出て、彼の方法はある意味で固定されるわけですが、その過程でもブルトンの『黒いユーモア選集』や『魔術的芸術』がきっかけを提供していたのではないか。それはどういう方法かといえば、過去をして過去を語らせる。現在につぶやかせる。歴史的な位置づけといったことではなく、現在なにがおもしろいかをずばり語ろうとする。一部の読者にとって、そのやりかたはいかにも新鮮に見えたんですね。

またそのために、彼はいわゆる学者の世界からますます離れていったのかもしれません。なぜならアカデミズムというのは、多かれ少なかれ未知のものを既知のもので説明することを選びます。研究者としての位置を保有するために、もっともらしく過去をコンパクトにまとめて提出するとか。近代に確立したとされる合理主義・実証主義の弊害だったかもしれない。そのために学問であれ研究であれ、あるいはジャーナリズム経由の啓蒙活動であれ、一定の型があらかじめ与えられていたようにも見える。それがだんだん崩れていったのが六〇年代です。

あのころから世界的規模で、学生たちの動きが活潑化しましたね。日本でもそれが進行していたわけですが、その過程で僕らが求めていたものは何かというと、ひとつには、文学史とか美術史とかにしばられた制度的な言語の解体であり、なにかもっと新しい表現が可能なのではないかという漠然とした期待、そういう手さぐりの状態であのころ生きていたという気がする人も、かなりいるのではないかと思う。ただどういうわけか、やっぱりそれは流行に終ったという面もあるんです。一方では政治的言説に置きかえられていってしまうという、よくあるタイプの幕切れ。もちろんそれだけではないけれども。

それでシュルレアリスムにしても、フランスの五月革命の前後がそうだったし、日本でも当時は一部でよく読まれていたわけですが、それも扱いやすくまとめられたスローガンとして定着していったような気がします。テクストと共生し、そこから新しい言語を生みだしてゆくような作業へは、かならずしも高まっていかなかった。それで気がついてみたら、また流行の時代です。なにか新しい思想が登場すると、それをコンパクトにまとめて代弁しようとする新しがり屋というのはいつでもいるわけで、つぎからつぎへ最新のものが売りに出されます。

おもしろいのは、たとえば僕などシュルレアリスムをずっとやってるわけですが、そうすると「まだやってるの」とかいう人もいるわけ（笑）。シュルレアリスムになぜかこだわってる文学者がここにいるとか、「こだわる」なんていうこれも流行語を使ったりして。そんなのは日本のジャーナリズムの習性の一部だから、僕はいわれてもべつになんとも思いませんが。それでもそうやって、シュルレアリスムは終ったことにしちゃって、終ったからいまごろやっても無意味だということにはならないはずなのに、そういうふうに決めちゃうというのは、これもやっぱり政治的言説ですね。

六〇年代後半以後、そういうことがなんだか多くなってきて、気がついてみると、みんながコンパクトな案内書ばかり持ち歩いているような時代になっていた。それから知らない間に、文学の翻訳というものも減ってきました、売れないということで。効率の時代ですから、現代の小説なんて、たとえばフランス文学の場合、いわゆるマイナーなものはあまり紹介されない。ときたま思想の流れをわかりやすく展望するような特集が雑誌で組まれたり、シュルレアリスムにしても、カタログやマニュアルみたいな本がいろいろ出てくるわけです。巻末にシュルレアリストの名簿があって、アイウエオ順に生没年が載っていたりして（笑）。そういうふうに、テクストそのものと向いあわずにすましてしまう、なんだか不思議な時代になったようです。

★

一九七〇年代に入るころから、日本もずいぶん変ったとかいわれます。万博後の高度成長期になって、知らないうちにどんどん再編成が進んで、体制化が進んできた。その過程で澁澤さんは、飽きてくるわけです（笑）。自身がなまなましくありえた時期が過ぎさったということを、彼はもう察知していましたから。そのころ出た本に『黄金時代』がありますが、これはあまり触れる人もいない目立たない本だけれど、意外に重要なポイントになっているでしょう。あの本を見ると、六〇年代への反省があらわれる。つまり幻想とか、ユートピアとか、デカダンス、オカルト、といったことを自分はずっと語りつづけてきたけれど、それはもうやめようと思っていると。

あのなかに「ユートピアと千年王国の逆説」というおもしろいエッセーがあって、これはジャン・セルヴィエの『ユートピアの歴史』を読んだときに書かれ、それを下敷きにしているものですが、要するに、自分はユートピアというものに期待をかけすぎていたということを、そこで告白しているわけです。彼はシュルレアリスムのこともユートピア思想と結びつけていましたから。サドにせよフーリエにせよ、シュルレアリスムにせよ、一種のユートピスムだという解釈が彼にはあった。その発想自体、当時としては新しかったんです。学生時代の僕など感銘をうけましたけどね、そこまで見通している先人がいることに。

ただしフーリエにせよ、サドにせよ、シュルレアリスムにせよ、それらが一種のユートピスムであるとして、澁澤さんがまず興味をもったのは、その過激さだったわけです。逆ユートピアはユートピアであるという『神聖受胎』のテーゼもあって、そういうふうにユートピアを過激な思想として扱ってきたけれど、じつは、ユートピアとは単なる保守志向であり、精神の衰弱にすぎないのではないかという考え方が、このころに芽ばえてきたわけです。それにともなって、もうユートピアなどといわないようにしようと、彼は宣言する。

澁澤さんという人はときどき宣言します。世のなかの動きに過敏に反応して、「これからはもうこんなことはいわないぞ」とか。実際にはその後もいうんですけれど（笑）。そんなふうにして、すこしずつ変っていくわけです。不思議な人ですね。

一見、澁澤龍彦ランドのようなものが定まっていて、拡大再生産で、いつもおなじものが自動販売機みたいにぽんぽん出てくるように見えたりするけれど、じつはそうではないんで、彼ぐらいまともに変化して、変化のたびにそのことを自分で明らかにしていた人物もめずらしいと思う。逆説的に聞こえるかもしれないけれど、そういうところがあります。

それで七〇年代から、彼はいわば読者を巻きぞえにしたかたちでのユートピア国の建設を、きっぱりと放棄する。一方ではアクチュアルなことどもについては今後いっさい発言しないとか宣言して、いったん閉じこもるわけです。自分の理念のおもむくがままに書きたいと洩らしたりして、『胡桃の中の世界』や『思考の紋章学』などの世界へ向ってゆく。ところが、それらのなかにもユートピア論が入っているんですね。『胡桃の中の世界』に収められた「ユートピアとしての時計」というエッセー。そこで彼は、時計がユートピアであるということから時間の観念をとらえて、われわれの時間は、完全に管理されたユートピアの時間になっているとと指摘する。われわれの組みこまれている現代の高度テクノロジー社会というのは、時計なんですね、彼の隠喩によると。それはつまりユートピアが実現されているということなんで、ユートピアとは本来、実現された現在への固着なのであると。それならばそうでないものは何か。自然の時間がある、と彼はいう。機械時計というのは、時間を人工的なものに変えてしまう恐るべき発明品であり、自然の時間というのはそれとはまったく別に、無秩序に流れゆくものとしてある――そんなふうに展開していますけれども、この論旨は近ごろ翻訳が出た、ジル・ラプージュの『ユートピアと文明』を下敷きにしています。

そして興味ぶかいことに、澁澤さんの文章自体もまた、空間的にきちっとまとまった世界から、しだいに不定形に流れてゆくようになっていった。晩年に近づくにつれて、水のイメージが彼の作品のなかによく出てくるようになりますが、そのこととも関連しています。『思考の紋章学』にしても、平明で典雅で、思考の紋章があざやかに浮き彫りにされていると思う人もいるかもしれませんが、実際にはあの文章はずいぶん崩れています。ある種の自由がそなわっていて、どんどん先に流れてゆく。たとえば『夢の宇宙誌』のころのように、空間的な文体できっちりと構成された自己完結的世界をかたちづくるというのではなく、つねに流れていて、話もあちこちに動いて、結論など出ない。そういう文章のタイプに向っていた時期だと思う。だから当時すでに、今後は小説の世界に行くだろうということが読めたわけです。

実際、最後の『高丘親王航海記』にいたると、ほとんどなにひとつこだわるところがなく、先へ先へと進んでゆく展開。さまざまな不可思議のイメージが出てきても、それをとくに描写しようともしない。高丘親王がそれを見て「つくづく驚いた」とかいって（笑）、それでおしまいで、またすぐに先へ行ってしまう。僕の表現では、前にも何度か書いていますけれど、要するに旅の「時間」に同化しようとしたんです、彼の文学というのは。

★

おそらく七〇年代の前半というのは、澁澤さんにとって、ある点でもっとも大きな変化の時期だったでしょう。それまでは自分がブッキッシュな人間、書斎型の人間だと思っていたし、そう書きもしたし、読者もまたそう思いこんでいた時代がずいぶん長かった。それが七〇年にはじめてヨーロッパ旅行をした。あれが大きかったと思う。旅行などまったくといっていいほどしない人物だったのが、あれ以来、ひとりの旅人になってしまったわけですから。ただ、それはたまたまそうなったのではなく、彼の文学の必然として、あらたに旅人として出発することになったのだと思います。もともと彼には旅人の気質があった。初期の「エピクロスの肋骨」などの作品を読んでみても、かならずしも空間に閉じこもるタイプの人間ではなかったことが感じられます。

それ以後の過程でおもしろかったことは、一九七六年に僕が責任編集をたのまれて、「ユリイカ」誌でシュルレアリスムの別冊特集をやった。あそこに載った澁澤さんの「シュルレアリスムと屍体解剖」（一九七七年の『洞窟の偶像』に再録）、これがまたふるった文章でした。まず自分は「ブルトン先生」にどれほど世話になったか、ということからはじまる。『黒いユーモア選集』は自分にとって特別の意味のある書物で、この本の耽読を契機にフランス文学史に対する見方が一変した。現在進行中の自分の仕事でさえ、この本の影響下にあるのかもしれない——というふうに、もろにブルトンを称えています。ところがおしまいのほうで、昨今、シュルレアリスムに関するなんの発見もない、くだらない書物や発言が目立ってふえてきている気がすると、とつぜんいいだします。シュルレアリスムもついに文学史に組みこまれてしまったのだろうか、やれやれだと。すでに引きうけてしまった翻訳——これは『黒いユーモア選集』と『魔術的芸術』の序論のことです——はなんとか完成するしかないが、これを最後に自分は当分シュルレアリスムについて発言することをやめたいと思う、とかいって、最後に「私はサドのように、たとえ血まみれになっても、屍体解剖よりは生体解剖をすることを好む人間だ」と、かっこよく居なおっている（笑）。

すごくおもしろい文章ですね。自分のそれまでの仕事をブルトンと関係づけて述べておいて、最後にとつぜんこうなる。

唐突ですが、ランボーについてブルトンがいったことを思いだします。ランボーというのはブルトンにとっても、シュルレアリスム全体にとっても、かけがえのない先人だった。それだけに、ランボーをめぐるアカデミックな研究の多くが、ブルトンにとっては腹立たしいわけです。五〇年代でしたけれど、ランボーの未知のテクスト「精神の狩猟」が発見されたという事件があった。結局、へたな贋作にすぎなかったんですが、それが本物だというランボー学者のお墨つきを得て、本として出る寸前まで行っていた。それを見てブルトンは、そんなものはニセだと一目でわかる、と切りすてました。つまりアカデミズムは実証とかなんとかいってやっているけれども、そんなもんじゃない――この言い方は澁澤さんに近いわけですが――、そんなもんじゃなくて、肝心なのは「愛だ」というんですね。ランボーのテクストを愛する人間には、本物かどうかは一目でわかることだと、ブルトンは過剰に反応しています。

澁澤さんの場合も、ちょっとそれに似ていますね。「シュルレアリスムと屍体解剖」という問題のエッセーは、読み方によっては、自分はシュルレアリスムそのものがいやになっちゃった、というふうに見えるかもしれないけれども、いま僕が要約したかぎりでも、そうではありません。シュルレアリスムについて最近くだらない研究が多くなって、うんざりだと。そういう手合といっしょに発言したくないと（笑）。たしかにあのころから「シュルレアリスム読本」みたいなかたちで、入門解説書のたぐいがいくつか出たり、ツァラにせよ、アルトーにせよ、レーモン・ルーセルにせよ、なにやら坦々とした文献研究のようなものの対象になりはじめていました。もちろん優れたものもあるけれども。それに翻訳も質が高くなかった。いまでもある程度そうですけれども（笑）。そういうことに彼は腹を立てているわけで、事実、彼はシュルレアリスムについての発言を、その後しばらくひかえるようになりました。小説が多くなったから当然ともいえますけれども。

とはいっても、じつはその後もなにかにつけてシュルレアリスムを語ってはいる（笑）。たとえば美術について書く場合など、あちこちでブルトンがちらつきますから。下咽頭癌で入院する直前まで書いていた「文藝春秋」誌の連載『裸婦の中の裸婦』でも、シュルレアリスム直伝の美術観がその基底にはあるんです。

ただ範囲はひろがって、かならずしもブルトンを引かないでも彼の美術論は成り立つようになっていたし、それからいろいろと新しいものが入ってきました、彼のなかに。たとえば『機械仕掛のエロス』とか『太陽王と月の王』とか、『魔法のランプ』とか『華やかな食物誌』とかいったさりげないエッセー集に入っているものでも、すこしずつプレテクストの裾野をひろげている。ほんとうによく本を読む人でしたから。それにその読み方も、いわゆる知識として利用するためだけではなく、愛しつつ読みすすめていたということがあるでしょう。

★

そんなわけで、たしかに七〇年代の後半あたりからシュルレアリスムについての発言は減ってきましたが、ただ、さっき引いた文章のなかでも、自分はいまだにその影響下にあるかもしれないといっていますね。澁澤さんは、一度いいといったものは絶対に支持する、という人です。これには僕も共感できる。たとえば、ある作家を猛烈に支持してきたのに、しばらくしたらつまらなくなった、この作家はもうだめだとかいいだしたりするのは、じつはかなり傲慢なわけで。自分が選んだということは、つまりそれは自分の一部なんですよ。

澁澤さんはその後、シュルレアリスムから離れたところまで行ったとも思えるけれど、ただ、晩年の小説の世界についても、けっして若いころのシュルレアリスム体験を裏切っているわけではありません。これは僕の持論なので、ぴんとこない人もいるかもしれませんが、たとえば『ナジャ』の冒頭に「私とは誰か」という一句があるように、シュルレアリスムは「私」というものを問いなおした運動です、全体として。近代の、十九世紀的な自我というか、対象と別個に存在しうる主観というものへの信頼、ひとつの枠組のなかで安定を得ている自我みたいなものへの信頼がなくなったところに生きるのがシュルレアリスムです。

「自動記述」がそうですね。自分が書くというのは、何者かが自分を通じて書いてることだという言い方をするけれども、それはたとえば、文化が自分の手を通じて書いているのだともいえるわけです。けっしてフロイト的な意味での個人的な無意識だけではない、むしろなにか集合的な、匿名の自我についての感覚がシュルレアリスムにはあって、事実それを体現する作家たちがどんどん出てきた。そしてブルトン自身に、そういう傾向があったわけです。

それで澁澤さんの小説の場合も、日本の、ひょっとしたら幻想にすぎないかもしれない「近代」というもののなかで、いちおう栄えてきた小説になじみの自我、私小説的なものもふくめて、人間の心理や主観が中心になるような、いわゆる近代小説的な自我を、一気に吹きとばそうとしている小説です。ほとんど中世的な自我といってもいいくらい、あっけらかんとしていて、個人などというものがそこでは問題にならない。説話的自我といいかえてもいいでしょう。出没する物たちの世界が眼前にくりひろげられてゆくだけで、主人公の心理なんてものは入ってこない。けれども別の意味では、澁澤龍彦の自我は紛れもなくそこに反映しているわけです。

もちろんそれは小説だけのことではないんで、早くから澁澤さん特有のジャンルになっていた逸話集とか綺譚集のようなもの、それと博物誌に類する著作にしても、おなじような道すじを通ってきたように見えます。たとえば六〇年代の『世界悪女物語』や『異端の肖像』から、七〇年代の『妖人奇人館』や『女のエピソード』あるいは『東西不思議物語』や『幻想博物誌』といったたぐいのもの、そして晩年の『ドラコニア綺譚集』『私のプリニウス』『フローラ逍遥』などにいたる二、三の系列を追ってみると、やはり彼の「私」なるものの、ふしぎな変貌のあとをたどることができるでしょう。「入れ子」式に説話のなかに組みこまれてゆく「私」を超えた何者かへの誘いが、あちこちにひそんでいる――そんな気がしてしまう。

ですから、澁澤龍彦の自我そのものがじつに特異なものであり、あえていえばわれわれにとっても新しい。彼はいろいろと変貌を重ねてきたけれども、大きく揺らぎつつあるこの時代にあって、僕らがうずうずしながら探しもとめている何か、そういうものに確実にかかわっている文学の一形態を、最後に遺して死んでいった。そう思えば、彼はまだ生きているということにもなるでしょう。澁澤龍彦とは未完の作家、未来の作家であるといってもいい。文学史上の位置づけなんて、現在ではとうていできない。けれどもこれから読みなおしが進んでゆく過程で、いろんな新しいものを見つけだせるような作家だと思いますね。その出発点に、アンドレ・ブルトンが影を投じていたと――そんなふうにとらえてみたらどうでしょうか。

ふつうシュルレアリスムについてよくいわれる、ある種の定式――ミシンと雨傘とか、デペイズマンとかコラージュとかオブジェとか、夢だとか無意識だとか客観的偶然だとか、そういったコンパクトなカプセル入りの概念だけで、澁澤龍彦を説明することはできないし、もちろん澁澤さん自身もそれをしていない。ただ文章体験として、ブルトンを通過した人であるということはすぐわかります。それがじつはシュルレアリスムをこの国で再体験し、生きなおしたということにもなるのではないかと思う。日本でシュルレアリスムが、詩はともかく散文の領域で、こういうかたちで文章化されるというのは、めったにないことだった。それはいわゆる夢とか幻想とか、フェティシズムとかの次元ではありません。シュルレアリスムとは、もともとそういうものではないんだから。文章体験の問題でしょう。

その過程でいろいろなものが出てくるわけで、その出てくるものが豊かだったということが、シュルレアリスムの良さでもあった。そして澁澤さんを通じてシュルレアリスムを読むかぎり、これはもうすでに終ったものだとか、乗りこえられたとか――乗りこえられるということは、要するにシュルレアリスムを一種のマニュアルとしてとらえ、近代の「文脈」とやらに編入しようとするからですが――そういうものではない。ある意味で文学というのは絶対ですから、歴史の「文脈」を拒んでしまうところもあるわけで、シュルレアリスムはそれを求めていた。

澁澤さんのやってきたことも、おなじ意味でそんな「文脈」を脱けてきた、なにか新しいものの予感であったと考えてみたい。ニーチェの予見した「愉しい知識」「新しい科学」のようなものを、僕はそこに感じているといってもいいでしょう。

インタヴュー、一九八八年四月十四日

#『澁澤龍彦考』あとがき

澁澤龍彦という作家・人物は、いまから二年ほど前、一九八七年の八月五日に亡くなった。

そのとき遠い旅先にあった私にとって、この年長の友の訃報はつらかった。しばらく風景ばかり眺めてすごした。それから旅にまた旅をかさねて、地中海ぞいの町々をさまよいあるいた。

一か月後、身近な世界にもどってきた。すぐに北鎌倉の彼の家をたずねた。部屋の空気はほとんど変っていないように思えた。いまは黒い額のなかにいる彼と向きあいながら、長いあいだ、龍子夫人と話をした。

彼女は、澁澤龍彦について、いろんなことを書いてほしいといった。生前の彼自身からも、書け書け、といわれていたことを思いだした。そんなすぐには、とためらう気持がのこっていたが、できるだけそうしたい、と答えた。私はそのときすでに、饒舌になりかけている自分を感じていたのかもしれない。

それから一年半ほどのあいだに、多くの原稿の注文をうけた。いろんな雑誌や新聞で追悼特集のようなものが組まれたり、旧著の再刊を機に、書評や巻末エッセーが必要になってきたりしたためである。私はできるだけ断わらないようにした。そしてその間、つねになく饒舌でありつづけた。

といっても、とくに計画的に書いていたわけではない。そのときそのときの気分で、さまざまな角度から、澁澤龍彥の書物と人物についての記憶をよみがえらせるというこころみを、断続的にくりかえしていたにすぎない。

そしてその結果、こんなふうに、一冊の書物の世界をつくるような文章の集積が、自然にできあがってしまったのである。

河出書房新社からこの本の出版を求められたのは、一九八八年のはじめだったと思う。

最初はしぶしぶと、だがまもなくその気になって、私はそれぞれのエッセーに手を入れなおしていった。だいぶまえに書いた二、三のものや、インタヴューもつけ加えて、彼の死の直後における私自身の澁澤龍彥「考」をまとめるという作業は、今年の八月四日、つまり、彼の三回忌の前日に完了した。

★

もともと、いつかは彼について一冊の本を書くことになるだろう、と思ってはいた。なぜなら私にとって、澁澤龍彦は、戦後にあらわれた作家たちのなかでも特異な位置を占める、重要な、魅力的な存在として映っていたからである。

彼の文章の新しい展開が予想されるようになった一九七〇年ごろから、そんな思いはきざしていた。私は彼の仕事のうちに「庭」ではない「旅」を見はじめ、以来、いつかはその行程をたどりなおしてみたいと考えつづけていた。

それにしても、その機会がこんなに早くおとずれるなどとは、思ってもみなかったことである。宙吊りや引きのばしはもともと私自身の方法に属する。もっと遠くから、客観的に、それものんびりとやってみたい仕事ではあった。けれども澁澤龍彦自身の「旅」が中断されてしまい、それゆえに私の追跡行の日程が早められてしまった以上、その経過を、こんなかたちで示さざるをえなくなったわけである。

つまりこれは私にとって、多かれ少なかれ早すぎる本だということでもある。第一、澁澤龍彦の早すぎる死がなければ、おそらく書かれることのなかった多くの文章をふくむのであるから。

しかもそのいくつかには、いささかプライヴェートな心情が入りこんでいるように見える。その点がやや残念だといえなくもない。

それでも一方では、いやおうなくつきまとってきた一種の臨場感のゆえに、この本は特異な生命を帯びることになったともいえる。私自身、ここでは彼と並行して「旅」のようなものをくりひろげているわけで、いくぶん個人的なその過程があってはじめて、どこかしら切実な澁澤龍彦像がうかびあがることになったのではないか、という気がする。

そして結局、これもまた批評の書であることには変りがないだろう、と考えられるようになった。少なくとも、対象と向きあい、対象を愛することによって対象の構造を共有しつつ明らかにしてゆくという私の方法は、意外に一貫して守られているように思われた。

私はいつか、もういちど、別の澁澤龍彥「論」を書くことになるかもしれない、といまも予感しつづけてはいる。だとしても、だからといって、本書がそのための準備作業にとどまるということではないだろう。これはあくまでも、ひとつの世界である。その構成についてはいささか工夫をこらす必要があり、それなりの苦労がなかったわけではないが、とりあえず、一冊の書物をつくるという作業はここに終ったのである。

★

早すぎる本の感はあったが、これをまとめる作業はゆっくりと進んだ。その間に、もっとも敬愛する詩人・吉岡実氏の助言を得ることができたのは、思いのほかの喜びであった。氏は装幀もお引きうけになり、いくぶん私的な趣の書物にしたいという私のひそかな希望を容れたうえで、古典的ともいえるような澁澤龍彥のイメージをまとわせてくださった。そのことについて、ここに感謝をささげておきたい。

それから、もちろん、河出書房編集部の内藤憲吾氏にも。とくに巻末におさめた五十音順の著作目録・索引は、すでに予告されている『澁澤龍彥全集』の担当者である氏の作成になるものだ。これまでになかったこの資料のおかげもあって、本書は、澁澤龍彥の重層する書物世界への、あらたなイニシエーションの役割をはたすことができるだろう。

一九八九年九月六日

追記——右記のように、『澁澤龍彥考』初版の装幀は、吉岡実氏によるものである。氏は日本を代表する詩人であるだけでなく、優れた装幀家でもあり、編集者でもあったのだが、この本が出てからわずか三か月後の、一九九〇年五月三十一日に亡くなった。『澁澤龍彥考』はおそらく、氏の最後の装幀作品である。ここにこの謝辞を加え、あらためて故人を偲びたい。

二〇一七年七月三日

略伝と回想　増補エッセー集

ストラスブール（フランス）、大聖堂の大天文時計の下部、2013年

澁澤龍彦略伝──「幻想文学館」展のために

はじめに

澁澤龍彦(一九二八―八七)が亡くなってから、今年でちょうど二十年になる。その間に『澁澤龍彦全集』『澁澤龍彦翻訳全集』も完成し、読者の数はいよいよふえるばかりである。

一般にフランス文学者として知られる作家だったが、著述領域はその肩書をはるかに超えて、文学・芸術批評から文明論、博物誌や紀行、翻訳、さらに監修や雑誌編集まで、広大で多様でしかもたがいに通じあう、独特の魅惑的な文学世界をかたちづくっていた。

一九五〇年代に十八世紀の大作家サド侯爵の紹介者・翻訳者として世に出て、処女エッセー集『サド復活』でも注目された澁澤龍彦は、六〇年代にはいわゆるサド裁判を闘いながら、美術・舞踏・演劇などの先鋭な表現者たちと交友し、『黒魔術の手帖』『神聖受胎』『夢の宇宙誌』『幻想の画廊から』などによって、新しい文化の流れをみちびくようになった。

七〇年に最初のヨーロッパ旅行をおえてからは、『偏愛的作家論』『悪魔のいる文学史』などで東西の文学を渉猟し、『胡桃の中の世界』『思考の紋章学』などで自由な博物誌的エッセーの領域をひらく一方で、『ヨーロッパの乳房』などの紀行書や、『玩物草紙』『狐のだんぶくろ』などの回想記をものした。またヨーロッパや中近東だけでなく、国内の旅行をくりかえし、日本の古典や説話の研究をつづけたのもこのころである。

八一年の『唐草物語』が、あらたな小説世界への船出となった。説話と博物誌の入りまじる短篇小説集『ねむり姫』や『うつろ舟』は、美しい文体と綺想で読者を魅了し、『フローラ逍遥』『裸婦の中の裸婦』などのエッセー集も、文学の領域を豊かにひろげている。

八六年に下咽頭癌の宣告をうけ、声を失った澁澤龍彦は、大手術を終えてからも休まず執筆をつづけ、長篇小説『高丘親王航海記』をついに完成させた。癌が再発して再入院し、八月五日、病室で読書中に、五十九歳で逝去したのだった。

★

東京に生まれ、埼玉・東京・神奈川でくらしたこの作家の生涯は、さほど波瀾に富んでいたわけではないが、どこかひとりの貴人の長い航海を思わせる。六〇年代には異端といわれもしたが、七〇年代からは旅と自然に親しんだ。自身の過去に目を向けて、「昭和の子供」の凛々しい素顔をあらわすこともあった。

実際、この博識・明晰で透明な自我の器をもった作家の著作には、昭和という時代が反映してもいる。幻想、記憶、不思議、そして自然、宇宙。この広大で特異な文学世界は、私たちの生きてきた時代の——そして私たち自身の——鏡になってもいるだろう。

黄金時代の記憶

「私のこれまでの人生は、昭和二十年以前と以後によって、はっきり二つに分けられていると称して差支えないだろう。昭和二十年以前は、いわば私の子ども時代、黄金時代である。昭和二十年以後は、いわば私がおとなになった時代、自我を確立した時代である。〔……〕戦時下の生活がどんなに不自由かつ苦しいものだったとしても、昭和二十年以前、つまり私の黄金時代は、私にとって光りかがやいている。」(『狐のだんぶくろ　わたしの幼年時代』)

澁澤龍雄(本名)は、昭和三(一九二八)年五月八日に東京の芝区(現・港区)高輪に生まれ、埼玉県の川越をへて、東京の駒込に近い滝野川区(現・北区)中里で育った。父は埼玉の名家・澁澤家の出で銀行家、母は高輪に屋敷をもつ実業家の娘だった。龍雄は長男で、のちに三人の妹（幸子、道子、万知子）が生まれている。

幼年期には町の自然に親しみ、また児童雑誌「コドモノクニ」で武井武雄や初山滋などの童画や童謡に魅かれた。漫画の『のらくろ』や『タンク・タンクロー』も愛読し、やがて山中峯太郎や南洋一郎の冒険物語に熱中するようになる龍雄少年は、当時の唱歌にある「昭和の子供」そのものだった。

表面は豊かに見えもした昭和初期の文化や風俗が、この「記憶力抜群」の少年の目と耳にくっきりと焼きついていた。そんな「黄金時代」の記憶の泉がもしもなかったとしたら、のちの作家・澁澤龍彦（筆名）は存在しなかったにちがいない。

川越の沼や森、ドイツの飛行船ツェッペリン号の記憶、家族でよく行った銀座、母方の祖父の住んでいた鎌倉の海岸、上野の科学博物館、昆虫採集や動物図鑑、アニメーション映画、双葉山の六十九連勝、六大学野球、ベルリン・オリンピックの放送……だが日本軍の大陸への侵攻、国連脱退、そして太平洋戦争の勃発とともに、時代状況は急速に悪化していった。

その間、滝野川第七尋常小学校をへて、東京府立五中（現・都立小石川高校）へ進学。旧制浦和高校に合格した昭和二十年の四月には、米軍による東京大空襲に遭い、一家は焼けだされた。中里から鎌倉へ逃れてのち、父の郷里の血洗島《ちあらいじま》（現・埼玉県深谷市）へと疎開した。

八月十五日、終戦の放送を当然のことのようにして聞いた十七歳の高校生は、やがて文学書に耽溺し、自分でも書くことをめざすようになっていった。

「昭和二十年以後は、新生日本の発展とともに私自身も大いに自我を拡大した時代、つまり具体的にいえば文学的生活をしたり恋愛をしたり仕事をしたりした時代であるが、その色調はどう見ても暗澹としている。〔……〕むろん、それは私がおとなになったからにほかならぬ。すでに黄金時代は遠く失われていたのである。」（同前）

サド裁判まで

終戦後、澁澤龍雄はフランス語を学び、堀口大學の詩や小説の訳文に魅かれて、ジャン・コクトーなどの原書を読みはじめた。一家は鎌倉市小町の借家へ移った。

一九四八年に旧制浦和高校を卒業したが、東京大学文学部の受験に失敗し、近所に住むフランス映画の字幕翻訳家・秘田《ひめだ》余四郎の紹介で、東京築地の新太陽社にアルバイトで入る。「モダン日本」誌などの編集を手つだい、編集長の吉行淳之介とよく飲み歩いた。久生十蘭などの作家についたことも大きかった。

二年後に東京大学フランス文学科に入学。アカデミズムにはなじめずにいたところ、五〇年に出たアンドレ・ブルトンの『黒いユーモア選集』増補版の原書とめぐりあい、衝撃をうける。「澁澤龍彦自作年譜」の一九五一年（二十三歳）の項には、つぎの事実だけが記されている。

「シュルレアリスムに熱中し、やがてサドの大きさを知り、自分の進むべき方向がぼんやり見えてきたように思う。」（『澁澤龍彥全集12』補遺）

鎌倉在住の学生たちと集い、小笠原豊樹（詩人・岩田宏の本名）らと同人誌「新人評論」などの活動を開始する。五四年に短篇小説「サド侯爵の幻想」を試作したときに、はじめて「澁澤龍彥」という筆名を用いた。

同年、コクトーの小説『大胯びらき』の邦訳でデビューする。岩波書店に校正係の職を得、翌年にそこで矢川澄子と出会った。小説「撲滅の賦」などを発表したが、肺結核を病んで苦境に立つ。さらに父が急死し、埼玉県血洗島の澁澤家の大きな屋敷が解体・移築されるにいたったことは、一時代の終焉を象徴する出来事だった。

だが五六年には、邦訳『マルキ・ド・サド選集』全三巻の刊行開始。まだ面識のなかった三島由紀夫の序文を得て、日本初のサドの専門家として世に認められ、以来、さまざまなエッセーや短篇小説を発表する。十八世紀の「呪われた」大作家サド侯爵の過激な文学作品を現代によみがえらせ、シュルレアリスムにもつなげようとする大胆な論考の数々は、五九年に最初の著書『サド復活　自由と反抗思想の先駆者』にまとめられた。

同年末に上梓したサドの邦訳『悪徳の栄え・続』が「猥褻文書」として押収され、訳者の澁澤龍彥と版元の現代思潮社社主・石井恭二はまもなく起訴されて、六一年、いわゆる「サド裁判」の日々に突入する。

これをきっかけに澁澤龍彦の名は広く知られるようになり、精力的な執筆活動と、若い先鋭な文学者・芸術家たちとの交流がはじまった。いよいよ六〇年代の開幕である。

新しい思想と芸術

一九六〇年代の前半、澁澤龍彦の著作活動はめざましかった。サド裁判を前にしてサドの思想と表現を鮮やかに論じた『神聖受胎』や、呪術・錬金術・占星術・カバラなどを紹介した『黒魔術の手帖』など。マニエリスムふうの短篇小説集『犬狼都市』には綺想が横溢していた。

あたかも安保闘争の季節である。いわゆる「表現の自由」などではなく、サドに固有の反権力・反国家の立場をつらぬこうとする被告側の発言は、反体制派の学生たちにも支持された。世紀末のデカダンスを体現するユイスマンスの長篇小説『さかしま』の邦訳につづいて、六四年に名著『夢の宇宙誌』が刊行されたとき、澁澤龍彦の影響力は一部で決定的なものになった。

この本は玩具や自動人形や天使や「驚異の部屋」など、非正統的な美術史・文化史の逸話をつらねているエッセー集だが、同時にラディカルな思想書としても読めた。労働よりも遊びを、生産よりも消費を標榜するその論旨は、旧来の芸術観をくつがえそうとするものだった。

このような著作が前衛芸術に影響を及ぼさないはずはない。翌六五年には暗黒舞踊（のちに暗黒舞踏）派の公演「バラ色ダンス　澁澤さんの家の方へ」が催されたが、土方巽と大野一雄の両性具有めいたデュエットの舞台に、美術の中西夏之や横尾忠則なども加わったこの公演は、『夢の宇宙誌』の著者にささげられたものだった。

土方巽との出会いは五九年にさかのぼる。まず三島由紀夫を介してだったとされるが、この同年生まれの不世出の前衛舞踏家との交友に、澁澤龍彥は運命的なものを感じており、以来すべての公演を見つづけた。土方巽のほうも同様で、朋友のおそらくすべての著書を読み、たえず対話をかわすようになった。

東京の目黒にあった土方巽の稽古場と、鎌倉の澁澤龍彥宅の二階の居室と。この二つの拠点を中心に、若い文学者・芸術家たちが集まった。すでに親しかったインド哲学者の松山俊太郎、画家の加納光於や野中ユリ、あらたに知った俳人の加藤郁乎、画家の池田満寿夫、谷川晃一、詩人の吉岡実、富岡多恵子や白石かずこ……さらにドイツ文学者の種村季弘、詩人の高橋睦郎、画家の金子國義、人形作家の四谷シモン、そして疾風のようにあらわれた劇団状況劇場の唐十郎なども加わり、澁澤龍彥の周辺には新しい創造のエネルギーがみなぎった。

「おそらく私の六〇年代は、土方巽を抜きにしては語れないであろう」（『華やかな食物誌』）と、のちに澁澤龍彥は回想したものだったが、ここではこういいかえることもできる。「おそらく私たちの六〇年代は、澁澤龍彥を抜きにしては語れないであろう」と。

血と薔薇のころ

一九六六年八月、澁澤龍彥は北鎌倉の新居へ移った。山腹の瀟洒な洋館で、書斎からは庭とその周辺の自然が広く見わたせる。仕事の環境はととのった。新書版の『快楽主義の哲学』がベストセラーになり、豪華な美術書『幻想の画廊から』も好評を博するなど、経済的安定を得た時期だったが、六八年には離婚し、しばらく母と二人ずまいになった。

同年に新雑誌「血と薔薇」の責任編集を引きうける。美術担当は堀内誠一。十一月から隔月で三号まで出したが、事情あって身をひいた。それでも本気で遊びながら編集をし、内容にも意匠にもラディカルな姿勢をつらぬいたので、反響は大きかった。

図版を贅沢に使い、特集には三島由紀夫の発案になる「男の死」写真集、吸血鬼、自慰器械、拷問などもとりあげて「エロティシズムと残酷の綜合研究誌」を銘うっていたが、とくに「インファンティリズム（退行的幼児性）を讃美する」（「「血と薔薇」宣言」、『澁澤龍彥集成Ⅲ』）という編集方針が澁澤龍彥らしかった。大学闘争や大阪万博論争などを背景に、とことん「遊ぶ」構えのようにも見えた。

六九年十月になってサド裁判の最高裁判決がようやくくだり、澁澤龍彥と石井恭二とは有罪・罰金刑を宣告される。翌月に前川龍子と結婚。おなじ辰年でひとまわり若いこの妻を迎え、生活にも著作にも新境地を求めていた。そのころ草した一文「私の一九六九年」にはこうある。「いずれにせよ、観念こそ武器だと思っていた私たちの六〇年代は、いま、ようやく終ろうとしている」(『澁澤龍彥集成Ⅶ』)と。

実際、翌七〇年には方向転換にそなえはじめていた。『澁澤龍彥集成』全七巻によってそれまでの仕事をまとめ、六〇年代の澁澤龍彥像を過去の枠におさめたのだった。

この『集成』であらたに多くの読者を得たが、著者本人は八月末、妻とともに初のヨーロッパ旅行に出る。書斎派のイメージの強かった澁澤龍彥にしては意外なほどの長旅で、ほぼ二か月間に十か国をめぐり、観念ではない実体と出会う体験をした。

没後に公刊された旅のノート『滞欧日記』を見ると、はじめは既知のものの確認をくりかえしているが、やがて未知のものに遭遇して驚いたり、自然の感覚を再発見したりしている。何かが目ざめたのかもしれなかった。

帰国後すぐ、三島由紀夫の割腹自殺の報に接する。うすうす予想していたことだったが、この公私にわたる恩人の死は澁澤龍彥にとって、まさに「観念」の時代の終焉を意味した。いくつかの追悼文や回想にも、そのことがうかがわれるだろう。

ともあれ、そこからはじまるのはもうひとつの季節、旅と博物誌の、回想とオブジェの一九七〇年代である。

旅・博物誌・回想

一九七〇年にこころみたはじめてのヨーロッパ旅行は、澁澤龍彥にひとつの転機を用意した。それまで書物でしか知らなかった風物や作品をまのあたりにして、見方が変ったり、未知の驚異に出会ったりしたことばかりではない。旅そのものが夢と渇望のよすがになったのだ。

最初の紀行書『ヨーロッパの乳房』に寄せた推薦文のなかで、瀧口修造はいう。「「百聞は一見に如かず」の氏がついに「一見」の書を書いたのである」と。その後につづく『城』や『旅のモザイク』でも、この「一見」が重ねて語られ、旅行エッセーは澁澤龍彥の著作の一領域になる。

ヨーロッパへは七四年、七七年、八一年にも行った。七一年には中近東への短期取材旅行に出ている。そればかりか国内の旅行もたびかさなり、以前には考えられなかったことだが、旅人・澁澤龍彥が誕生していた。

旅先でたまたま出会う事物に魅かれた。北イタリアのパドヴァでは「絵のある石」を買いもとめ、クレタ島のクノッソスからは大きな松ぼっくりを拾ってきて飾り棚に置いたし、紀州の施無畏寺《せむいじ》からは「明恵さんの羊歯」(『記憶の遠近法』)を持ちかえって庭に植えたりした。自然物への関心は博物誌への愛につながる。古代ローマのプリニウスの『博物誌』の新しいフランス語版をはじめとして、七〇年代の澁澤龍彥の書物の旅は、まず古今の博物誌の渉猟というかたちをとった。

七四年の『胡桃の中の世界』について、あとがきでは「リヴレスクな博物誌」だという。さらに七七年の『思考の紋章学』については、文庫版のあとがきで「博物誌ふうのエッセーから短篇小説ふうのフィクションに移行してゆく、過渡的な作品」だと回顧している。博物誌から小説へとこのように変化していった作品の系列こそ、著者自身のもっとも大切にしていたものだった。『幻想博物誌』では博物誌に説話がまじりあい、『東西不思議物語』では説話に博物誌がまじりあう。晩年の『私のプリニウス』や『フローラ逍遥』にいたって、博物誌エッセーは独自のジャンルへと高められることになる。

自伝的な博物誌と見てよいものに『玩物草紙』がある。ここでは虫や花や星、男根やピストルや地球儀やカフスボタンといったオブジェから、幼少期の思い出がよびおこされる。回想エッセーの系列は『記憶の遠近法』などをへて、やがて『狐のだんぶくろ』に到達する。

旅は空間の移動にとどまらない。回想記もまた時間をさかのぼる旅になったのだ。

東西の作家たち

澁澤龍彥の文学批評は独特だった。一九七二年にはエッセー集『偏愛的作家論』が出ているが、一見して風変りな題名である。偏愛とは偏《かたよ》って愛すること。ただし偏奇にということではない。すべての愛は何かを偏って（他と区別して）愛することなのだから、これはつまり、ただ愛する作家たちについての本だった。

独特だというのは、まさに好きな対象についてのみ語る批評だったからである。自分が何を好むかを述べ、なぜ好むのかを分析する。かならずしも個人的な事情ではない。広い視野から客観的に分析がなされるとき、著者の好みは普遍化して読者に共有される。そのようなかたちをとりながら、澁澤龍彥の批評は愛を前提としていた。

作家別にならぶ目次を見ただけでも、当時までの読書傾向や影響関係が読みとれる。明治以後の十九人のうち、長く愛読していた古典的な作家は泉鏡花、谷崎潤一郎、日夏耿之介あたりだが、増補版で南方熊楠、岡本かの子が加わる。青年期に私淑した石川淳、堀辰雄、稲垣足穂、埴谷雄高、花田清輝、林達夫のうち、サド裁判の特別弁護人になった埴谷雄高、『夢の宇宙誌』をささげた「魔道の先達」稲垣足穂とは親しく交遊したし、石川淳や林達夫とはのちに知遇を得た。

三島由紀夫には別に一書『三島由紀夫おぼえがき』を贈っている。野坂昭如とはその三島の死をめぐって対話をした。吉行淳之介はアルバイト編集者時代の先輩である。

詩人は瀧口修造、安西冬衛、鷲巣繁男、増補版で吉岡実。大衆小説・推理小説の江戸川乱歩、久生十蘭、夢野久作、小栗虫太郎、橘外男。増補版で中井英夫も加わり、澁澤龍彥自身を基準とする日本文学の一系譜があらわれてくる。

他方、系譜化への志向は外国文学についてのほうが強く、このことではアンドレ・ブルトンの『黒いユーモア選集』の影響が大きかった。同年の『悪魔のいる文学史』に登場する小ロマン派や世紀末作家などは、すでにそのブルトンの紹介していた人々で、さらにサドと、ブルトン自身もまたそこに加えられている。

翻訳活動もめざましく、サドをはじめとしてユイスマンス、ビアズリー、ジャリ、コクトー、バタイユ、ジュネ、ピエール・ド・マンディアルグ、ポーリーヌ・レアージュ、等々が星座をかたちづくってゆく。のちの『澁澤龍彦コレクション』全三巻のように、古今の作品の引用断片だけで三巻の本をつくってしまう仕事など、澁澤龍彦にしか考えられないものだった。

七七年からは「世界文学集成」という数十巻におよぶプランを練っている。既成の批評やアカデミズムの枠を超えて、「もうひとつの文学史」を構想する試みである。この企画が没後に親しい友人たちによってほぼ再現されたときには、『澁澤龍彦文学館』という総題を与えられた。

説話から小説へ

一九七七年、パリ近郊アントニーに住む堀内誠一にあてた手紙のなかで、澁澤龍彦はつぎのような告白をしている。

「〔……〕このままの状態がつづけば、やがては小説でも書くより以外には行き場がないんじゃないか、と思うようになってきています。〔……〕自分を追いつめるということは、スリリングなものですね。自分が他人のようにも見えてきます。」（『旅の仲間』）

小説をふたたび書きだすという決意がいつ生まれたのか定かでないが、すでにこの時期に「行き場がない」と感じていたことは見のがせない。「自分を追いつめる」という言葉も意味深長だ。べつだん悩み苦しんでいたわけではないにしても、澁澤龍彥にはいつも変化を自覚しつつ、新しい道を探しもとめる傾向があった。

すでに二十代で達者な短篇をいくつか書き、三十代のはじめには処女小説集『犬狼都市』を刊行していたが、五十近くになってあらたに芽ばえた小説への渇望のうちに、初期への回帰という志向はなかった。自分を他人のように見る目はいつも客観的だった。

紀行、博物誌、回想などにかかわる当時の著作が、なにか新しいフィクションの方向へむかっていたことはたしかである。それとともに読書の旅も視野をひろげ、とくに日本と東洋の説話の大海へと進んでいた。綺譚の渉猟が実際の旅行体験とあいまって、晩年の小説世界を用意していた。

八一年には『唐草物語』が、八三年には『ねむり姫』が、八六年には『うつろ舟』が出る。どちらもさまざまな典拠をもつ短篇小説集だが、現代日本に類を見ない、不思議に自由で晴朗な、透明な器を思わせるような作家主体の出現を告げている。

澁澤龍彥の生活はその執筆にささげられた。書斎にこもって昼夜逆転、ほとんど人と会わず、電話にも出ない。ようやく書きあげても、親しい友人とだけつきあい、たまに散策や小旅行に出るというひそやかな日々だった。

以前から喉に異状を感じていたが、近くの病院では原因をつきとめられずにいた。八五年になって、はじめての長篇小説『高丘親王航海記』の不定期連載が開始される。九世紀に実在した貴人を主人公にして、自伝的なモティーフも盛りこんだ新しい試みであり、早くから読者の注目を集めていた。

一九八六年九月、東京の慈恵医大病院で、下咽頭癌と診断される。入院後に気管支切開をほどこされて声を失い、以後は筆談しかできなくなった。

十一月に癌切除の大手術。年末に退院し、痩せほそった体で執筆を再開した。二月には『高丘親王航海記』の「真珠」の章を書きあげ、あとは最終章をのこすばかりとなった。

旅のおわり

一九八七年、澁澤龍彦の卓上カレンダーの四月二十日の欄には、自筆でこう書きこまれた。「深夜になって「高丘親王」完成す」と。龍子夫人の手帳にはこうある。「ものすごく具合悪い中、完結した」と。ふたりは抱きあって喜んだという。

真珠を呑みこんで病を生じ、すでに死を予感していた高丘親王は、みずから虎に食われることを選ぶ。死の場面は描かれていない。あとで骨が発見されるだけだ。決定稿には「モダンな親王にふさわしく、プラスチックのように薄くて軽い骨だった」とある。

「モダンな」親王は作者自身に重なる。喉の病はもちろんだ。真珠を呑みこむくだりも、幼年期に父のカフスボタンを呑みこんだという出来事を想起させる。病室の澁澤龍彥は「呑珠庵《どんじゅあん》」なる号を思いついた。号の出典はすでに小説そのものではなく、自分自身のこれまでの体験である。

高丘親王は天竺への旅の途上で死んだ。結語にはこうある。

「ずいぶん多くの国多くの海をへめぐったような気がするが、広州を出発してから一年にも満たない旅だった。」

澁澤龍彥が再入院して癌の再発を告げられたのは五月八日、五十九歳の誕生日のことである。その後も病室で仕事をつづけ、つぎの長篇小説『玉虫物語』を書くための資料などを読んでいたが、七月十五日に再手術。だが癌を頸動脈から剥《は》がすことはできなかった。

最初の入院から一年にも満たない八月五日の午後、ベッドで読書中に頸動脈が破裂し、死去。遺体は北鎌倉の自宅に運ばれ、六日に通夜、七日に鎌倉東慶寺で葬儀。百箇日に鎌倉浄智寺に納骨された。いまも澁澤家の庭からは、その墓が見はるかされる。

『高丘親王航海記』の単行本は二か月後の十月に刊行された。多くの雑誌が追悼特集を編んだ。翌八八年には『澁澤龍彥全集』が企画され、友人の文学者四人が編集委員を依頼された。

その『全集』の刊行がはじまったのは一九九三年である。全二十二巻・別巻二巻におよぶ本格的な個人全集として、九五年六月に完結した。

つづいて『澁澤龍彥翻訳全集』全十五巻・別巻一巻も、一九九八年に完成。ひとりの作家の翻訳作品をすべて収録するという前例のない企画だったが、翻訳そのものを好み、文学の重要な一分野と心得ていた澁澤龍彥にはそのことがふさわしく、また不可欠でもあった。

この作家が亡くなってから、今年でもう二十年にもなるというのに、読者はいよいよ増すばかりである。

二〇〇七年七月十四日

折々のオマージュ

澁澤龍彦氏のいる文学史

澁澤龍彦の存在は早くから知っていたほうだろうが、本格的に読みはじめたのは二十歳になるころで、アンドレ・ブルトンの『黒いユーモア選集』をかたわらに置きながら、まず『サド復活』にとりかかったのだと思う。二種の劇薬を同時に投与されたようなもので、その後の一時期、もっぱらこの二冊の手引で書物を読みあさるようになった。

なんといったらよいのか、それまでは隠秘・曖昧であることに意味を見いだしていたさまざまな界域と観念が、つぎつぎに暴きだされ、明確な形のもとに編成しなおされてゆくような体験である。

私はジグザグの旅程を描いてゆく途上で、澁澤龍彥になじみの作家たちと出遭うことをよろこびとしていた。それどころか、いまもって彼を通じてしか会えない顔があり、読めない本があると感じているほどだ。そんなわけで『サド復活』の手引は私にとって大きかった。この本は十年近く前、過去探索の完璧な先例として映ったのである。

もちろん、いわゆる文学史などはくだらない。それにしても、教化や対立に奉仕しない自発的な存在によって、ある精神の系統が選ばれ、論理の風土に併合された場合、驚くべき磁力が生じるということを実感したのはこのときだ。それは嗜好の次元ではなく、可能性が啓示だった。合い鍵だと信じるものを使って、私はひとつひとつ秘密の扉をあけていったが、いつもそこには澁澤龍彥の影があったように思う。

アルベール・ベガン氏やマリオ・プラーツ氏の見取図のあちこちにも、澁澤龍彥氏の通った跡がのこっていた。ルネ・アロー氏やロベール・アマドゥー氏による神秘の再現法とつきあううちに、おそらく彼らの隠秘をもってしては想像もできない、東方のこの賢者の魔術公開の幅の広さに気づくことになった。

「ユートピアの恐怖と魅惑」から「ユートピアと千年王国の逆説」にいたる十年間の状況の変化も切実だった。私は及ばすながら自己流の探査をつづけた末に、ふたたびシュルレアリスムへ戻ってきたようだが、その間、あちこちに姿を見せる澁澤龍彥氏のおかげで、どれだけ示唆や確信を与えられたか知れないのである。

だが個人的事情はどうでもいい。ここでいいたいと思うのは、澁澤氏の十年間の活動を通じて、これまで不在と見えていた領域が感受できるようになったこと、要するに、「もうひとつの文学史」が可能になったということだ。私はたとえば『サド復活』から『悪魔のいる文学史』にいたる系譜のうちに、氏の仕事のとくに安定した一面を見ている。

いつも驚くのは、澁澤氏のエッセーに固有の換骨奪胎というか、パラフレーズというか、こちらが原典に見いだせなかった側面や不定形な部分に、一挙に明確な形と意味を与え、観念の連絡をあらわにしてしまう才腕である。氏の翻訳がすべて名訳に感じられることも、この現象と関連している。氏の自発性において、過去の無数の声が呼びあつめられ、共通の魂をあらわしながら、精神界の再磁化をもたらすのである。

以上のように、私にとって澁澤龍彥を読むという体験には、氏自身のかつての旅程を追ってたどるような不純なところがあったかもしれない。あとは出会うのを待つばかりになっていたが、その機会は思いがけず早く訪れた。二十歳ではじめてお目にかかってから数年後、以前の鎌倉小町のお宅に伺って、古ぼけた揺れうごく階段をのぼり……たちまち世界が豊穣になるのを感じたものである。

もうひとつの文学史どころのさわぎではない。以来、あらたな読書と交遊の体験がはじまったはずなのだが、それを書くにはまだ早すぎるような気がする。私はいつか書くだろう。

一九七〇年九月

「ねじ式」の思い出

一九六八年の初夏だったが、北鎌倉のお宅へ招ばれて行ったとき、澁澤さんは一冊の雑誌を手にして、開口一番「これすごいね！　見たかい？」といった。なつかしい「ガロ」誌の増刊号「つげ義春特集」である。巻頭に発表されていたあの名作「ねじ式」の最初のページをひらいて見せ、ひとしきり感想を語ったものだった。

私は当時（いまもそうだが）漫画をよく読んでいたし、「ガロ」にも親しんでいたので、当然つげ義春には早くから注目していて、「ねじ式」の出現にも驚きおぼえていたところだった。澁澤さんのほうは漫画の読者ではなかったが、誰かが持ちこんできて勧めたこの作品を一読して、さすがに驚嘆し、まずそのことを伝えたかったらしい。

一読といま書いたけれども、一見、とあらためるべきかもしれない。なぜなら澁澤さんはそのとき、もっぱら最初のコマの絵の妖しさと不思議さにとらわれていて、超現実的な物語の展開にはさほど反応していなかったからだ。それどころかこの特集号に載っていたほかの再録作品、たとえば「紅い花」などに私が話題を向けてみても、ほとんど関心を示さないのだった。

ということは、「ねじ式」の第一コマをまず絵として見て、戸惑い、驚き、そのまま驚きっぱなしになったというような按配である。

周知のとおり、「ねじ式」は異様な海岸のシーンからはじまる。上半身裸のへんてこな青年が波打際へもどってきたところで、背後の海には焼跡のような黒い棒っ杭が立ちならび、上では巨大な飛行機が低空飛行している。へんてこな青年は左腕を右手で押さえているのだが、キャプションによると、それは「メメクラゲ」なる生物に左手を刺されたためらしい。

澁澤さんはその画面に惹きつけられていて、「何だろう、このへんな雰囲気は！」「タッチが異様じゃないか！」「こんな飛行機、どこから発想したんだろう！」「メメクラゲとは何なんだ！」というふうに、笑いと叫びをまじえて話がすすんだ。

「ねじ式」には継続するひとつの夢が描かれているが、かつて見ない奇天烈《きてれつ》な場面展開と、不条理なイメージの表現と、タッチの不気味な迫真性を通じて、いやおうなく読む者の夢想に重なり、一種の共有地をつくってしまうところがある。まさに超現実だ。澁澤さんも自分の夢想と対応させていたらしく、とくに大空襲のときのB29を思わせる飛行機が記憶の底からふたたび飛来して、コラージュのように斜めに嵌めこまれているかのような画面上部の空には、不意をつかれ、恐怖さえ感じていたようだった。

「あるんだよな、こういう感じが……」といったようなことを、くりかえし呟いていたのを憶えている。

「メメクラゲ」についても盛りあがった。「メメクラゲ、いいねえ！」と笑いながらくりかえす。メメクラゲなんて生物は実在しないけれども、でも実在するということにしたくなる。その後、「メメクラゲ」がじつは漫画の元原稿にはなく、匿名をあらわす「××クラゲ」だったものが偶然こう誤植されたにすぎないと判明したけれど、それでもなお――というか、それだからこそいっそう、「メメクラゲ」は謎の生物のように思われてきたものである。すばらしい。

澁澤さんはもともとこういうオノマトペのような、意味不明のオブジェのような言葉や名称が大好きだった。童謡のドンジャラホイとかギンギンギラギラとか、生物ならキツツキとかタンポポとかオシツオサレツとかいうような不思議でかわいい呼び名によく反応する。「メメクラゲ」はみごとにそのツボに嵌ったようだった。

それでその場は盛りあがったが、それっきりで終ってしまったことが惜しまれる。つげ義春のほかの作品について話が出ることもなく、そもそも読んでいなかったのかもしれない。

澁澤さんの好奇心の対象はさまざまだったが、意外にジャンルが限られていたようで、六〇年代に演劇や美術におとらず新しい動向を示していた漫画については、ついに読んだり買ったりするにはいたらなかった。漫画といえば戦前の幼少期に愛読していた『ノラクロ』や『タンク・タンクロー』などで時間がとまってしまっていて、戦後の漫画は杉浦茂や手塚治虫から「ガロ」や「コム」あたりまで、ほとんど知らずに終ってしまったのではないかと思われる。

ただ一度だけ、同時期の白土三平の『忍者武芸帳』に触れたことがあったけれども、あれは大島渚の再構成した同名の映画についてであって、その後に白土三平の作品そのものに親しんだ形跡はない。澁澤さんは漫画についてはストイックだったのかもしれない。

北鎌倉のお宅の書庫には必要な蔵書しか置いていないので、もちろん漫画の棚などはない。ただ一冊、「ねじ式」の入ったつげ義春の作品集がまぎれこんでいるだけだ。この驚くべき超現実的な漫画について、エッセーのひとつでも書いておいてほしかったと思うが、そこにはなにか言葉にあらわしがたい、幼少期以来の個人的記憶にかかわるツボがあったのかもしれず、そう考えておくほうがおもしろいという気もしている。

一九八七年十月

中井英夫さんの「薔薇の会」

一九八二年五月、世田谷区羽根木の中井英夫さんのお宅で「薔薇の会」という催しがあり、近所に住む私と妻も招ばれて行った。澁澤龍彦夫妻と出口裕弘氏はすでに来ていた。まもなく武満徹夫妻があらわれ、さっそく庭先でお酒になった。

中井さんの若いアシスタントたちによる凝ったツマミ料理がつぎつぎに供され、縁側の奥から古いシャンソンのレコードが聞こえていた。庭の一角は小ぢんまりした薔薇園で、さぞ丹精こめていたのだろう、赤・白・ピンクの薔薇が咲きそろい、優しい香気を漂わせていた。

けれども酒がまわりはじめるころには、薔薇を愛でる客はほとんどいなくなった。

そこへ吉行淳之介氏が遅れて登場した。赤い薔薇の花束を抱えてきたのだが、満開の薔薇園を見て驚き、「なんだ、薔薇の会というから薔薇を持ってきたのに、咲いているじゃないか！」というようなことを口にしたので、大笑いになり、それをきっかけに談論風発した。

澁澤さんはずいぶん飲んでいた。というか、当時からなんとなく酔いの早くまわる傾向があったように思う。いきおい話はエスカレートし、武満さんや吉行さんもそうなった。彼らに共通する戦後の焼跡時代の話などいろいろ聞いた。

年長の中井さんは加わらなかった。主人としては薔薇にちなんで優雅なパーティーを予定していたのだろうが、そうなりそうになかった。どうも人選をあやまったということか。すでに澁澤さんを中心として、インファンティリズム（幼児的退行）の輪が生まれはじめていた。

武満さんは澁澤さんと初対面に近かったはずだが、ほぼ同世代であり、青年期の体験にも共通するところがあったのか、意外にウマが合っているようだった。若いアシスタントの男性が知ったかぶりで軍歌を論じだしたとき、澁澤さんが叱咤するという一幕もあり、その結果、ということだったかどうか、軍歌がはじまった。武満さんも夫人とともに加わり、当然ながら歌はうまいしレパートリーも広いので、澁澤さんは気をよくして、時ならず六〇年代に舞いもどったかのような、記憶力競争みたいな陽気な歌合戦になった。

現代音楽家の武満さんに軍歌は似あわない気もするが、じつは戦後のポピュラーな音楽から出発した人で、歌ならなんでも来いというような構えがあった。私は瀧口修造を通じてすでに知りあっていたが、一度だけ、たまたま富山の小さなバーでカラオケをやったことがある。東野芳明さんや澁澤孝輔さんもいて、まだ原始的なカラオケ器械が設置されていたせいでそうなったわけだが、当時のポップスでも歌謡曲でも、武満さんはちゃんと合わせて歌いこなしていたので、さすがだ！　と思ったことがある。

ただしカラオケ好きだったわけではないだろう。私だってそんな機会でもなければやらない。澁澤さんもカラオケは嫌いだった。歌詞を見ながら歌うなどもってのほかだという。歌詞を憶えていて歌うからこそ歌なのだという。歌は一時代の記憶そのものだから、人が集まって交遊するとき、世代によって歌う歌は違うし、歌を通じて共有される郷愁も異なるが、その郷愁を共有する時間こそ肝心だということだろう。

澁澤さんの場合は十七歳で終戦を迎えた世代なので、幼少年期の軍歌は郷愁にふくまれていたわけだが、とくに好きだということではないし、そればかり歌っていたのでもない。レパートリーは戦前の童謡や唱歌とか、戦後のジャズやシャンソンや歌謡曲やロシア民謡や革命歌とか、あるいはオペラのアリアとか、かなり広いジャンルにわたっていて、ただ懐かしいというよりも、それぞれが時代の記憶をよびさますきっかけだったのだとも思える。

もちろん酒になれば記憶力競争のようなインファンティリズムが発動するので、聴く人によっては挑発的にとられるかもしれない軍歌も出る。挑発も楽しめるようなメンバーがそろってはじめて、笑顔の軍歌合戦になるのだろう。イデオロギーなど無関係である。

武満さんはそんな共有地に入って楽しめる人だったし、そもそも偉大な現代音楽家が軍歌をうたうというミスマッチがおもしろおかしいので、その場はいやがうえにも盛りあがった。澁澤龍彥と武満徹の二人が軍歌で意気投合しているという歴史的（？）場面に居あわせて、共有地のない私も大いに楽しむことができた。

中井さんも最初はそうだったかもしれない。ただし大正生まれで一世代早く、軍人になって苦悩したことのある中井さんの場合、軍歌はまったく違う記憶につながってしまうらしい。だから歌には加わらずに、インファンティリズムを傍観して苦笑しながら、吉行さんや出口さんや女性たちと話していたのだが、私に対しては「あなたも文弱の徒ですよね？」と、ひそかに同意を求めてきたことを憶えている。

澁澤さんと武満さんのレパートリーは広大無辺のようで、武満夫人もそれに加わり、軍歌のインファンティリズムがひとしきりつづいた。吉行さんは先に帰り、出口さんは中井さんの相手をしていたが、夜もふけてくると、隣近所から苦情電話があいついだので、会場は屋内の座敷へ移された。あるじの中井さんは頭痛がするとのことで、二階にあがって寝てしまったために、この「薔薇の会」はお開きとなり、全員、上機嫌で帰途についたのだった。

予定は多少くるったにしても、こんなめずらしい機会をプレゼントしてくれた中井さんにはお礼の言葉もなく、以後も近所のよしみでときどきお会いしていた。澁澤さんについてはいうまでもないだろう。中井さんを先人として敬愛し、インファンティリズムもおそらく共有できるだろう年長の友として、その後も朗らかな交友関係を保ったにちがいない。

澁澤龍彥のインファンティリズムというのは、かつて責任編集をした雑誌「血と薔薇」の「宣言」で標榜していたもので、彼の一貫した姿勢でもあり思想でもあった。行動にあらわす場合には仲間が必要だが、たまたま武満さんという逸材と出会い、その夜はもうひとつの薔薇園が生まれたかのように、親密で愉快で味わいぶかい光景を現出した。

いまもその夕べを忘れられないでいる。

一九八七年十月

澁澤家の飾り棚

「むろんわが家にも多少の美術品や稀覯《きこう》本がありますが、飾り棚に並んでいるのは、彼が長いあいだに拾い集めた、ほとんど価値のないような物です」と、澁澤龍子さんは語りはじめている。『澁澤龍彥との日々』のなかの「わが家のオブジェ」と題された一節である。

澁澤龍彥が五十九歳の若さで亡くなってからもう十八年になる。計四十冊におよぶ『全集』と『翻訳全集』も完成し、若い世代をふくむ熱心な読者が生前にもましてふえているようだ。それも稀なことだが、さらにいっそう稀なことに、北鎌倉の山腹にある澁澤家の客間兼居間のこの飾り棚（ガラス戸つきの古風な洋箪笥）の内と外には、あるじのいない現在も生前のままに、「わが家のオブジェ」たちが生きつづけている。

かつてイラクの古代遺跡から持ちかえったという石のかけら、クレタ島のクノッソス宮殿跡で拾ったという大きな松ぼっくり、パリのマロニエの実、竹富島の「星の砂」、湘南海岸の美しい貝殻など、自然物とその残骸が多い。玉虫の殻や動物の骨、それに模造の頭蓋骨まである。こわれた時計、古い独楽《こま》などの人工物も。

そういえば誰でも子どものころに、そうした不思議な物たちに心ひかれ、身辺に集めていたことがあるのではなかろうか（さすがに模造頭蓋骨は違うだろうが）。

澁澤龍彦はしかし、世の常のコレクターだったわけではない。飾り棚に集まっている物たちは、いわゆる「流通価値」のほとんどない、龍子さんによれば「ガラクタ」ばかりである。だが「どんなガラクタでも彼の目を通すと、不思議な輝きを帯びてくるのです」という。

そこがまさに「オブジェ」である。用途や価値のきまっているショーズ（品物）ではないただのモノ。そういうモノ、物体の帯びる不思議な輝きを、澁澤龍彦の思い出とともに、龍子さんは淡々と語りつづけている。

★

龍彦と龍子という、ひとまわりちがいの辰年だから名前も似ていたこの夫妻には、性格は正反対だがどこかしら共通点もあったらしく、二十年近い結婚生活のあいだに、子ども同士のような独特のコンビネーションが生まれていた。『澁澤龍彥との日々』はその間の機微を伝えていておもしろい。なかでもとくに微笑ましく思われるのは、おそらく澁澤さん直伝の「オブジェ」をとらえる目が彼女にもあることだった。

ふつうにはなんの役にも立たない自然物やガラクタ、不思議な形と色と質感をもった物体への夫の愛着を、ともにくらすあいだに——さらに没後にも——すこしずつ共有するようになり、いまでは彼女自身、ひとりでそれらにかこまれた生活を悦びとしている。そのありさまがいかにも愉しげで、しかも切なく感じられてくる。

澁澤龍彥が亡くなったのは一九八七年、いわゆるバブル経済時代のさなかだったことを思いおこそう。あのころの日本ではよく「物があふれかえっている」といわれたもので、ある程度はいまだってそうだろう。けれども、それらの「物」は本来の意味でのモノ、物体、オブジェではなかった。実際にはなにもかも情報化されて、商品カタログなどに記載され、「流通価値」になりはててしまっている品物たちの氾濫にすぎなかった。その間に肝心のオブジェが見えにくくなってゆく状況は、もちろんこんにちにも及んでいる。

北鎌倉の山腹の家にこもって執筆をつづけていた澁澤龍彥は、そんな時代と社会の動向を見こしてもいた。だからこそオブジェたちの境遇を思い、慈しみ、意味も用途をもたないその世界を守ろうとしていたのだと読むこともできる。

★

ここで思いうかんでくるのは、もうひとりの先人、あの瀧口修造のことである。「流通価値のないものを、ある内的要請だけによって流通させる」（「物々控え」一九七〇年）という決意のもとに、無数のオブジェたちの集積をつくりあげていたこの詩人・芸術家の書斎のコレクションの全体が、いま「夢の漂流物」として集めなおされ、世田谷美術館をへて富山県立美術館に展示されている。

美術品も稀覯本も、カタログ記載の品物も、「かわいいグッズ」も、こんにちでは「鑑定団」にゆだねられ、等しく商品としての価格を帯びてしまう。その一方で自然物や、用途を失ったガラクタや廃品などは、しだいに不思議な輝きが薄れてゆき、多くは廃棄される運命にある。そんな時代を見通して「流通価値」と縁を切り、無償の贈り物という別の流通方法を選ぶことになった瀧口さんの晩年が、部分的に澁澤さんと重なって見えてきたりする。

子どもの標本箱の延長のような澁澤家の飾り棚の上には、その瀧口修造から贈られた自家製のオリーヴの実の瓶詰も置かれている。マルセル・デュシャンの仮装女性名からとった「セラヴィ農場」のラベルを貼ってあるこの「ノアのオリーヴ」は、澁澤家では何十年も蓋を空けられることなく、ノアの方舟の出航の時を待っているように見える。

澁澤さんの飾り棚はある点で、瀧口さんの反語的な「オブジェの店」を受けついでいる。七〇年代にさかのぼる彼のエッセー集『貝殻と頭蓋骨』や『玩物草紙』や『記憶の遠近法』などを見れば、そんな印象の源にあるものが見つかるだろう。

澁澤龍彦は「観念の人」である一方、「オブジェの人」という側面があった。観念とオブジェは彼のなかでしばしば行き来するが、少なくとも日常生活のなかに、具体物としてのさまざまなオブジェが欠かせなかったことはたしかである。

★

私は久しぶりに北鎌倉へ出かけて、龍子さんとともに飾り棚のオブジェたちを見て愉しむばかりでなく、ドングリやムカゴを拾いに山道を歩きたいものだと思ったりする。

二〇〇五年六月

三冊の本——『フローラ逍遙』『玩物草紙』『胡桃の中の世界』

この八月五日が澁澤龍彦の十三回忌だった。もうそんなに経《た》つのか、と驚く人も多いだろう。本屋へ行けばたいてい著書がならんでいるし、若い読者も年々ふえていて、故人をなぜか親しげに「澁澤さん」と呼んでいたりする。

五十代までの肖像写真しかないこの作家のイメージは、いまも近所のかっこいい博識のおじさんかお兄さんなのかもしれない。

夏の好きな人だった。生前を偲びながら北鎌倉の小路を歩いていると、百日紅《さるすべり》や時計草の花が目にうつる。博物誌ふうのエッセーを本領のひとつにして、古今東西の文献を渉猟し、動物・植物・鉱物のことを書きつづける作家だったが、一方ではそういう身近な事物、とくに植物を愛でていたことも忘れられない。

『フローラ逍遙』は美しい花々の絵で飾られた晩年のエッセー集で、二十五種もの花を語っているのだが、珍奇な花、高級な花などはいっさいふくまれていない。すべて身辺にたまたま咲いていた花、旅で出会った花、幼少期に親しんでいた花ばかりである。例のとおり博引傍証もあるけれど、語りはゆったり・のんびりしていて、郷愁のトーンがそこはかとなく心に沁みる。

以前の『玩物草紙』にも「花」という章があった。好みの花はタンポポだと打ちあけている。一九六〇年代の過激な作家像からすれば意外かもしれないが、一歩すすんでいる愛読者にはよくわかるだろう。ことさらに優美でもなく華麗でもなく、象徴解釈や衒学趣味などからも遠そうなタンポポという野草は、形が単純で幾何学的なうえに名前もかわいい。澁澤さんのオブジェへの好みはそういうものだったのである。

この本のタイトルは「玩物喪志」をもじったもので、自身の「オブジェ愛」を幼少時の回想につなげているのだが、そのようなオブジェ愛の発露は『胡桃の中の世界』にはじまっていた。石や卵や貝殻、時計や球体や庭園などについて自由に淡々と語る文体が、『思考の紋章学』をへて、のちの小説を用意することになった。胡桃のなかの小宇宙に閉じこもるように見えながら、はるかな時空の旅を夢みているような幸福な書物だった。

北鎌倉の時計草のむこうに、いまも澁澤さんが佇《たたず》んでいそうに思える。時計の文字盤とよく似たこの不思議な夏の花も澁澤さんは大好きで、『フローラ逍遙』ではそれにまつわるさまざまな見立てと象徴に触れている。そのようなアナログ（類推）思考をつらぬいているからこそ、この三冊はいまでもなつかしく、しかも新しい。

二〇〇九年八月

アンスリウム

アンスリウムの切り花とはじめて出会ったときには、不思議な感銘をおぼえたものである。真っ赤なハート形の大きな花は、まるでペンキを塗られたかのようにてらてら・ペカペカとしていて、一見、自然の生物だとは思われなかった。

付け根から長く伸びている白っぽくて細い円筒状の部分（じつはその先端のとがったところが花で、真っ赤な花に見えるものは一種の飾りにすぎないらしい）にも、蠟《ろう》のようなつるつるした質感があるので、全体としてはほとんど造花に近い印象をうけた。

だがもちろん、自然物を模倣している人工物などではない。その反対で、人工物を模倣している自然物（！）に見えるというところに、この花の一種異様な魅力がある。

人工物を模倣している自然物というものには、なにやら倒錯的な美が宿っているかのようで、南米コロンビア原産のこの植物がヨーロッパへ輸入されるようになった十九世紀末のころ、フランスの作家ユイスマンスの注目を惹いた。アンスリウムはこうして、彼の特異な長篇小説『さかしま』に登場することになる。

「デカダンスの聖書」と呼ばれもするこの小説の主人公デ・ゼッサントは、パリの郊外に隠れ家めいた邸宅をかまえ、耽美的で頽廃的な好みのままに、各室のインテリアをしつらえてゆく。

そこに飾るのにふさわしい花のひとつとしてとくに選ばれたのが、ほかならぬアンスリウムだったのである。

「これは交趾支那《コーチシナ》の「畸形陽根《アモルフォファルロス》」と同じ科に属する植物で、魚用ナイフの形をした葉と、黒ん坊の傷つけられた手足のような、切傷だらけの黒い長い茎とを有《も》っていた。デ・ゼッサントは欣喜雀躍《きんきじゃくやく》した。」（澁澤龍彦訳――ルビの一部は引用者が補っている）

現在のアンスリウムとはすこし違うようにも思えるが、「アモルフォファルロス」という科名がいかにも面妖でおもしろく、怪しい異形の美を彷彿とさせる。

澁澤龍彦がこの邦訳を発表した一九六二年当時の日本では、まだあまり見かけない植物だった。そのせいもあってか、訳すときには苦心したとのことである。

その数年後に鎌倉の澁澤家へ招ばれて行ったとき、たまたまハワイ産のアンスリウムが何本か手に入ったので、私はそれを贈り物に持参した。

澁澤さんは欣喜雀躍した。まがまがしい科名とイメージがぴったり一致したのだろうか、彼はアンスリウムとはいわず、「アモルフォファルロスだ！」と叫んだ。

それから四半世紀たって、亡くなる一年近く前の一九八六年秋、入院中の澁澤さんを何度目かに見舞ったとき、私はまたこの花を持参した。

咽頭癌に冒され、すでに声を失っていた澁澤さんは、紙に鉛筆の走り書きで、こんどは「おぼえているよ。アンスリウムだ！」と書いたのだった。

二〇一一年七月

「澁澤さん」

作家の呼び方にもいろいろある。たとえば三島由紀夫なら「ミシマ」と呼び、稲垣足穂なら「タルホ」と呼ぶことが多いだろう。澁澤龍彦の場合には、かつての愛読者は「シブサワ」とか「タツヒコ」とか、人によっては「シブタツ」などと呼ぶことが多かった。

ところが最近では事情が異なるようだ。昨年来、没後二十年を機にさまざまな展覧会がひらかれているが、私はそのうちいくつかの監修と図録の執筆を担当して、十回ほど講演をし、観客との歓談と交流をくりかえしているあいだに、気のついたことがひとつある。若い愛読者——とくに女性たちのほとんどが、澁澤龍彥のことを「澁澤」や「龍彥」ではなく、「澁澤さん」と呼んでいたのである。

もちろん年配の読者やマニアふうの若い読者には、あいかわらず思いをこめて「シブサワ」とか「タツヒコ」とか呼ぶ向きもあったが、かなり軽めの「澁澤さん」のほうに新鮮さを感じた。なぜなら、作者自身はもう二十年も前に亡くなっているのに、いまでも生きている人のように親密に呼びかけたくなる何かが、その著作にはそなわりつつあるのではないか、と思えたからである。

この感覚は明らかに、生前の澁澤龍彥につきまとっていた「異端」とか「暗黒」とか、「アンダーグラウンド」とか「ダンディー」とかの紋切型からは遠い。一九六〇年代には薄暗い密室に閉じこもり、一部の「すすんだ」読者を誘いこむ教祖的人物と思われかねなかった作家のイメージが、いつのまにか崩れ溶け、なにかもっとひらかれた晴朗な作品世界が——身がまえずに入ってゆける透明な器のような作家人格が——あらわになってきた、ということでもあるだろう。

じつをいうと、澁澤龍彥の亡くなった半年後の一九八八年五月に、私は「澁澤さん」という題名の長い一文を草している。最初のモノグラフィーとなった『澁澤龍彥考』（一九九〇年）の冒頭に入っている長めの回想エッセーなのだが、そこではまず作家「澁澤龍彥」と人物「澁澤さん」とがどのようにつながっていたのか——結局はおなじものに向っていたのではないか、という問いを投げていたものである。

作品にも人物にも変化がおこるのは当然のことかもしれないが、澁澤さんはとくに自覚的にその変化を生きようとしていたのだと思われる。六〇年代には「異端」や「密室」を自己演出していたし、七〇年代には旅行と回想と博物誌の領域に遊び、八〇年代には小説の航海をはじめていた。そして最後の長篇『高丘親王航海記』では、「澁澤龍彥」と「澁澤さん」とが溶けあうかのような、独特の想像の旅を実現したのだった。

そういえば彼の口癖のひとつに、「私事を語らない」というのがあったけれども、実情はむしろ逆で、澁澤さんくらい自分のことを語りつづけていた作家はめずらしい。ただ、その「私」のありかたと語り口には、他には見られない特異な客観性がそなわっていた。なにか透明な器のような人格をもつ航海者・博物渉猟家。いまでは晩年のそんな不思議な作家イメージが、「澁澤さん」という呼びかけを誘っているのではなかろうか。

★

私が澁澤さんとはじめて出会ったのは一九六三年のことで、当時の私はまだ二十歳の学生、澁澤さんは三十代なかばの気鋭の作家・フランス文学者だった。あのサド裁判の被告でもあったので、それにふさわしいコワモテの人物を予想していたものだが、印象はほぼ正反対だった。屈託やこだわりとは無縁のさっぱりした気性で、話が早い。陽気で単純で率直で、酔えば子どものように手をふりながら歌をうたう。まさに「澁澤さん」だったが、こちらは若造なので、文章では「澁澤龍彥氏」と書いたりしていた。

以来二十四、五年間もつきあい、作品の深化と変貌に立ち会ってきたのだが、人物の印象のほうはほとんど変っていない。むしろ、六〇年代の作品では「澁澤龍彥」を演じていた人物が、その後の作品を通してしだいに「澁澤さん」に近づいてゆく過程を見ていた、というような気がする。亡くなってさらに二十一年、その間に『澁澤龍彥全集』も『澁澤龍彥翻訳全集』も完成してしまったいま、あらためて「澁澤さん」のイメージが一般化されてうかびあがってきたのかもしれない。

澁澤龍彥はすでにこんにち、その生涯と作品の全貌をふりかえりながら親密に言葉をかわし、対話したり相談したりできるような作家になっているのだろう。だからこそ、没後二十一年をへても読者がふえつづけ、展覧会がいくつもひらかれるような事態にいたったのだろう。

二〇〇八年二月

『裸婦の中の裸婦』について

澁澤龍彦は、一九八六年の三月号から一年間の予定で、「文藝春秋」誌上に連載をはじめた。題して『裸婦の中の裸婦』——古今の美術作品のなかから、好みの女の裸体像を十二点だけ選んで、それぞれについて好みのことを書きつづるという、たいていの物書きなら一度はやってみたいと思うような、それでも結局は澁澤龍彦しかずばり適任の執筆者がいそうにないような、いかにも興味津々たる企画だった。

そして事実、これはすこぶるおもしろい読みものとなり、好評を得ていた。

私自身も目を通す機会が多かった。澁澤さん、やっているなと思った。のんびり、ゆったりしていて、軽くて、啓蒙的なところも、鋭い文明批評的なところもちゃんとあって、いかにも彼らしい、円熟した文章のいとなみであるという気がしていた。

なによりも、それぞれの美術作品を、じつによく見ている、そのうえでじつによく読み解いていると感じた。澁澤さんの文章の根本のところには、しばしば「見る」という行為がある。まず対象と向きあって、すみずみまで見わたして、肝心のものを見ぬいて、それからまた自分にもどってきて、観念の操作を再開する。そのときすでに、観念はイメージとぴったり合致している。澁澤さんの対象の読み方は、いつも、「見る」体験と切りはなせないものである。

じつは澁澤さんは、「知識」の人とみなされることのほうが多かった。博学の書斎派とか、ディレッタントとか呼ばれることもたびたびだった。たしかにそういう面があったし、自分でも以前はその面を強調していたものだけれど、もとはといえば、むしろ「眼識」の人だったのではないか、と私は考えている。

彼はたいていの場合、じっくり対象と向きあい、その本性をとらえることからはじめる。それからまた、じっくりと、読者のために解読の手ほどきをする。対象のイメージはすでに観念と合致しているので、その過程はどこまでも明快である。美術作品は澁澤さんにとって、そんな特有のエッセーの方法を駆使するのにふさわしい、とくに好みの対象であったのだろうと思う。

彼の美術エッセーの歴史は長い。すでに一九六〇年代の前半から、当時まだ知られることの少なかった特異な芸術家たち――いわゆる「異端」的な画家たちをとりあげはじめているし、『幻想の画廊から』(一九六七年)以後の多くの著書もある。それにしても、この『裸婦の中の裸婦』ほど自由で、軽くて、のんびり、ゆったりしていて、しかも「見る」過程を明らかに示しているエッセー群もめずらしいのではあるまいか、と私は感じていた。

そしていま読みなおしてみると、これまでの三十年間に澁澤龍彥の語りつづけてきたテーマやモティーフのいくつかが、自然に、しかも巧みに、ここに織りこまれているということに気づく。ときには難解でもあり、過激でもあった文明批評家としての先駆的な発言が、ここではごく身近な日常の感覚と結びついて、いかにもわかりやすく、軽みをまじえて語りなおされている。

そういう印象の出所は、ひとつには、独特の対話体をとっていることにあるだろう。澁澤龍彥はこれまでにもときどきこのスタイルを用いた。もともと「鏡」が大好きで、いつももうひとりの自分と対話していたような人であるから、この形式はお手のものだ。そしてその場合、話の主導権をにぎっているのはいつも彼自身、あるいは澁澤龍彥の「私」という主体だった。

ところがここではその相手が二人いて、ひと月おきにかわるがわる登場する。同世代らしい中年男と、だいぶ年下の「女の子」。前者はこれまでの対話体エッセーにもときおり顔を出していた身近な友人、あるいは分身めいたキャラクターなのだろうが、後者の「女の子」のほうはすこしちがう。彼を「先生」と呼び、お話を拝聴している女子大生、いや自称「スーパーインテリ」のこの女性は、たぶん初登場だ。彼女との対応ぶりが、私にはなかなか興味ぶかく思われた。

澁澤龍彥の小説の読者ならば、彼女がこれまで彼の描いていた若い女性像、たとえば「鳥と少女」(『唐草物語』)のセルヴァッジャや、『高丘親王航海記』のパタリヤ・パタタ姫などと、どこかでつながっていることに気づくかもしれない。澁澤龍彥は彼女に手をふれず、内面にも入らず、外から「見る」ことに終始している。いろんな角度から観察して、ときにはからかってみたりしながら、かわいがり、目で愛撫しているような感じがなくもない。

これは深読みのようでもあるが、主題がほかならぬ『裸婦の中の裸婦』である以上、なんとなく気になる点でもあった。絵のなかの裸婦にかぎらず、女性は澁澤龍彥にとって、もっぱら「見る」ための対象なのであるから。

だが、それはともかくとして。

この連載エッセーに見られる不思議な親密さとノンシャランスは、これまでの美術エッセーにもあまりなかったもののように思われた。ある意味では、澁澤龍彥という人格に読者をいっそう近づけてくれるような、入門書ふうのエッセー集として完成されることになるのではないか、と、はじめのころ、私は大いに期待していたものだった。

★

けれどもこの連載はおわらなかった。

一九八六年九月六日、澁澤さんは下咽頭癌の診断をうけて、慈恵医大病院に入院した。まず首に孔をあけられ、そこから外に出ている細いプラスティックの管によって呼吸するという身体になった。放射線治療もはじめられた。

とても連載をつづけられるような状態ではなかった。「文學界」誌の『高丘親王航海記』のような不定期連載とはちがって、『裸婦の中の裸婦』は毎月、規則的に原稿を入れてゆくべきものだ。あと三回分がのこっていた。作品図版もすでにとりよせられつつあった。

じつはこの連載のはじまる前から、澁澤さんは喉の異常を感じてはいたのだ。私はそのころ何度か彼と会う機会があった。いっしょに旅行もした。咽頭に何かできている、だが近くの病院の診断では癌ではない、薬で治るものらしい、と聞いていた。予感がなかったわけではないが、私は安心することのほうを選んでいた。

その後の病状の進行についてでは、発言するべきことはなにもない。ただ、そんな肉体の変調のさなかにあって、彼がこれほど自由で軽やかな『裸婦の中の裸婦』の対話を、毎月、楽しみながらくりひろげることができたという事実に、いまあらためて、感動をおぼえずにはいられないのである。『裸婦の中の裸婦』は、そんなわけで、澁澤龍彦の「晩年の仕事」そのものだった。そしてもちろん、あの『高丘親王航海記』と同様、彼自身の最後の力で完結されるべきものだった。いや、ほんとうにそうであってほしかったと、私はいまも思いつづけている。

★

一九八六年九月二十一日、私は病室の澁澤さんを見舞った。癌の診断をうけてからの彼と会うのはこれが二度目だった。

もともと私は彼にとって、十五歳ほど年下の一友人にすぎない。それでも二十五年間におよぶつきあいがあり、さまざまな思いが積みかさなっていたから、短い時間でも話がしたかった。しかし、彼はすでに声を失っていた。

彼は筆談で、私は大きな声で、とりとめもない会話がはじまる。とつぜん紙の上に、連載のあとを引きついでほしい、「ぜひ頼みます」と書かれた。私は驚き、それはまずいと答えた。病気休載ということにすればいいではないか。そもそもひとりの著者が好きな対象を選び、好きなことを書きつづけるために企画されたものを、別の著者が受けつぐなんて、おかしいではないか。

第一、そのリリーフ役がなぜ私でなければならないのか。

彼は、「君以外にいない」という。そんなこともないはずだと反駁したが、彼は声を失っているから、必要なことを鉛筆で書きしるすだけである。あと三回分やってくれれば連載はおわる。そうしたらまとめて本にしたい。一度くらい共著というのがあってもいいじゃないか、という。

私は断わることができなかった。どう考えてもむずかしい仕事だ。けれども本来の著者は、この連載が生きつづけて、そのまま一冊の書物になることを願っている。ただ問題は病後だろう。たとえ癌でも、予定されている摘出手術が成功して、彼がまた物を書くことができるようになれば、あと三回分を書きなおし、共著ではない彼ひとりの本に仕上げることも可能なはずだ。そう思いつつ、私は引きうけてしまった。

それにしても、準備もなにもないところで、何をどうすればよいのだろうか。ふつうのエッセーならまだしも、これはディアローグである。十回目からとつぜんふつうのモノローグに変ってしまったら、読者に違和感を与えるだろう。

そこで対話体を受けつぐことにした。その対話の相手も、いちおうおなじ二人の男女とする。二人がそのままのこって、主人公だけが交代したという体裁。しかもこの新しい登場人物は前の「先生」とさほどへだたりがなく、あまりちがうことや勝手なことをいわない。そのためにはそれぞれの美術作品からできるだけ逸脱しないようにしゃべる。ざっとそんな方針を立てて、架空の連続性を保つことにした。

あと三回の扱うべき裸婦像も、すでに澁澤さん自身が選んでいた。最終回だけ、クールベかアングルかで迷っていたらしいところを、アングルのほうにしてもらったのだと記憶する。やはり書きにくい。当然のことだ。どこか通じあうところがあったにしても、もともと好みも発想も文体も大ちがいなのだから。

だが書きにくさの因はそればかりではなかった。いま本人が病床にあり、命を限られつつあるというのに、あとを受けついで、のんびり、ゆったりと代役の演技をつづけるという立場は、やはりつらい。私の原稿にはもやもやしたものがのこった。

それでも、なんとかおわった。澁澤さんはとくに、「女の子も一段と魅力的になった」といって悦んでくれた。しかしそんなことはどうでもよかった。

★

一九八六年の十二月二十四日、最初の大手術をおえた澁澤さんは退院した。ずいぶん痩せほそってしまっていたけれど、顔色はすこしよくなったようにも見えた。四月二十日、『高丘親王航海記』は完成した。

五月二日には二度目の入院となり、私はそれからも幾度か見舞いに行った。そして六月の末にヨーロッパへ発つことになった。四か月後に帰ってきたときには、また澁澤さんと旨いものを食べ、旅行をして、などと話していた。少なくともあと一、二年は大丈夫、と思っていたのだ。『裸婦の中の裸婦』にしても、それから彼自身がゆっくり練りなおせばいいだろう、そんなふうに考えていた。

けれども、澁澤さんは、その年の八月五日に亡くなった。

私は遠い旅先にいた。訃報が遅れてとどいた。予定を早めて九月に帰ってきたとき、彼は黒い額のなかにしかいなかった。

『裸婦の中の裸婦』はそのままのこされた。病室で彼が紙の上に書き記したように、変則的な共著というかたちで、出版せざるをえなくなってしまった。

だが、もちろんこれは、澁澤龍彥の晩年の、円熟したエッセー集となるはずであったものの四分の三を、ひろく読者に供するための出版にほかならない。

そして後半の四分の一は、彼自身が対象とするべき美術作品を選んだうえで、代役として別の筆者を指名したという事実のみによって、この本に併録されているにすぎない。――少なくとも、私はそんなふうに思っている。

一九八九年九月五日

後記

『澁澤龍彥論コレクション』の第Ⅰ巻として、このような本をなんとか仕上げることができた。ほっと一息、というところかもしれない。

このコレクションの企画を、勉誠出版から持ちかけられたのは、三年ほど前のことだったと記憶する。未知の出版社だったが、若い編集者・大橋裕和氏の熱意にひかれ、構成をゆっくり考えてみることにした。

正確には、私のこれまでの著作をいくつかの系列にわけ、それぞれ代表的なものをまとめたいという話だったので、たとえばシュルレアリスム、文学、美術、映画、マンガ、メルヘンとファンタジー、旅、庭園と植物、などについてのエッセーの集成なら可能だろう、とまず答えていた。

ただそのなかでも、日本の文学を扱うものについては、瀧口修造論と澁澤龍彥論が中心を占めることになる。どちらも生前に深く交友し、仕事をともにしたこともある年長者だから当然のことだが、とくに澁澤龍彦をめぐるエッセーやトークは数が多い。没後に『澁澤龍彦全集』『澁澤龍彦翻訳全集』の編集や特集本・特集雑誌への協力、また展覧会の監修や図録の執筆、講演や対談などをくりかえしてきたためである。

その過程ですでに五冊以上の単行本が出ているうえに、未収録のエッセーとトークだけでもかなりの分量になることがわかった。

さらに、今年はちょうど澁澤龍彦の没後三十年にあたっていて、世田谷文学館の「澁澤龍彦　ドラコニアの地平」展の監修を依頼されてもいたので、なによりもまず、このコレクションだけでも実現させてみよう、ということになった。

はじめは大型本で全三巻くらいを考えていたのだが、とうてい収まりきれないことがわかり、最終的には全五巻になってしまった。なんだか大袈裟な感じだが、私の場合には「語る」ことも仕事の一領域なので、二冊の「トーク篇」をふくむ集成にせざるをえなかったわけである。

★

全体の構成と内容については、すぐあとのページに一種の凡例として、「『澁澤龍彦論コレクション』全五巻について」という文章をつけ加えてあるので、参照していただけたらと思う。ここでは、第I巻にあたる本書のことだけ、すこし述べておくことにしよう。

まず、大半を占めている『澁澤龍彦考』という書物は、単行本としてはもっとも古く、一九九〇年二月二十日に出版されたものである。

再録した「『澁澤龍彦考』あとがき」にあるとおり、澁澤龍彦が一九八七年八月五日に亡くなってから一年半ほどのあいだ、新聞や雑誌などの追悼特集があいついで組まれ、文庫本などの新刊・再刊もさかんになっていたのだが、私はそのうちの多くの企画について相談をうけ、エッセーや解説を書くこととなったために、結果として十本のエッセーが生まれた。全体でも計十七篇だから、半分以上はこの時期に書かれたということになる。

澁澤龍彦が亡くなったとき、遠い旅先のクロアチアにいた私は、葬儀にも出られず、追悼文を書く機会も逸していた。九月に帰国してからは、霊前での龍子夫人との約束もあって、澁澤龍彦についての仕事は、すべて引きうけるようにしていたのだった。

死の衝撃が多少とも尾を引いていたし、一方では『澁澤龍彦全集』がまだ出ていない段階だったため、私の論調は手探りの状態にあり、資料不足のところもあって、行きつもどりつしているようにも見える。だがそれも必然だろう。今回の再録を機に、大幅な修正を加えはしたけれども、そんな過渡的な、というか宙づりの感覚そのものについては、あえてのこすようにしてある。

その間、とくに追悼の意をこめて書いたものといえば、長めのエッセー「澁澤さん――回想記」だった。たまたま酒などのみながら、オートマティックに筆を走らせている特異なエッセーだが、これをあえて巻頭に収め、これだけで第I章にしてしまうという構成は、この本の出版を勧めてくれた敬愛する詩人、故・吉岡実氏のアイディアでもあった。

氏は装幀も担当してくださり、そのしばらくあとで亡くなったので、そのすばらしいシックなデザインもまた、私の貴重な思い出のひとつになっている。この点については、二五二ページに「追記」してある。

第Ⅱ章以下に収録したテクストには、一九七〇年代のものも四本あるけれども、他方、一九八六年末から八七年にかけてのものが三本ある。つまり、八六年九月に澁澤さんが慈恵会医大病院に入院して声帯を切除され、下咽頭癌の診断をうけ、年末の大手術のあとに退院してふたたび『高丘親王航海記』の執筆にかかり、五月に再入院、八月五日に亡くなるまでの時期である。その間、病床の澁澤さんに読まれることを予想しながら書いていたせいか、それらには特有の色あいが感じられる。

声を失ってしまった澁澤さんは、以来、ありあわせの紙に鉛筆を走らせる筆談によって会話をしていた。こちらが病室に入るとすぐ、私のエッセーについて感想を記してくれたものである。そんな筆談メモの一部が手もとに遺っているが、そのなかの一枚につぎのような言葉があり、いまもよく憶えている。

「もううんざり〔……〕自分ではいつも変ってるつもりなんだけどね」

これは私が澁澤龍彥を「変貌する作家」としてとらえたエッセーを読んで、喜んでくれたあとの走り書きである。当時の批評や紹介記事のほとんどが、あいもかわらず六〇年代の「あの澁澤龍彥」のイメージに引きずられ、変化のない作家のように理解していることに対して、「もううんざり」だといっているのである。

しかもおなじころに書かれた「サラマンドラのように」（『新編ビブリオテカ澁澤龍彥』の内容見本）のなかにも、こんなくだりがある。

「世間では私を変らない人間と見ているらしいが、じつは私はサラマンドラのようにたえず変っている人間なのである。」（『澁澤龍彥全集22』）

本書のなかで、この「変化」がモティーフのひとつになっているのは、もしかすると、当時のこうした対話や文章に促されてのことだったかもしれない。

ともあれ、いまこの本を読みなおしてみて、そんな晩年のつきあいがきっかけになっているかのような、いくぶんプライヴェートな部分のあることを感じる。タイトルに「考」という一字をつけたのも、そのためだったのだろう。『全集』にもとづいた作品についての「論」や「研究」ではなく、あえていえば作品と人物とを連続して考えたり感じたりしている書物なのだろう。

★

刊行後、「はじめて出た澁澤龍彥論」だったこともあるのか、新聞・雑誌などに多くの書評が出て、おおむね好評だったのはさいわいである。とくに本書の第一ページ目に登場している故・松山俊太郎氏が、人物論をふくめて評してくれていたのは嬉しかった。この『澁澤龍彥論コレクション』の内容見本パンフレットには、哀悼の意もこめて、その書評の一部を引用させていただいている。

さて、今回の『コレクション』では、各巻の後半または末尾に、すでに用意してあった新しい著書や、単行本未収録エッセーなどを増補することになった。第一巻の末尾に「略伝と回想」として収めたのは、つぎのようなものである。

「澁澤龍彦略伝」と題するエッセーは、二〇〇七年に仙台文学館でひらかれた「澁澤龍彦　幻想文学館」展の監修をした際に、図録の本文として書いた。もともと『澁澤龍彦考』には年譜にあたるものが必要だろうと考えていたのだが、といって『澁澤龍彦全集』別巻2に発表した三百枚近い「年譜」では分量が多すぎるし、河出書房新社で別の本にするプランもあるので、この「略伝」を入れることにした。

「折々のオマージュ」はいわば拾遺エッセー集で、いちばん古いものから最近のものまで入っている。「「ねじ式」の思い出」と「中井英夫さんの「薔薇の会」」の二篇は、たしか八七年末に追悼エッセーのつもりで書きはじめたものの、内容が軽すぎるので中断してしまった原稿がのこっていたので、今回あらためて書き足したものである。

最後の「『裸婦の中の裸婦』について」は、澁澤龍彦と私との変則的な「共著」になってしまった最後の美術書、『裸婦の中の裸婦』のあとがきにかえて書いたエッセーである。もともと当『コレクション』第Ⅱ巻所収の『澁澤龍彦の時空』（一九九八年）の原本に入っていたのだが、『澁澤龍彦考』の出る前に発表されていたもので、時期的にも内容的にもこちらに連続していることが明らかなため、第Ⅰ巻に移動することにした。

澁澤龍彦のようなかけがえのない著者が、入院のために『裸婦の中の裸婦』の連載を中断することを選ばず、十五歳年下の友人にあとを託したというのはどういうことか、よくわからないままに引きついでしまい、結局は唯一冊の「共著」として没後に出版せざるをえなくなったこの変則的な書物にも、このような『コレクション』の生まれてしまう遠因のひとつがあったのかもしれない、といまは感じている。

★

最後になったが、『コレクション』全巻の装幀を担当してくださった櫻井久氏に、厚く御礼を申しあげておきたい。かつて『封印された星　瀧口修造と日本のアーティストたち』（平凡社）にみごとな衣裳をまとわせてくださって以来、『澁澤龍彦　幻想美術館』（同）でも、『〈遊ぶ〉シュルレアリスム』（同）でも、出会うたびに見ちがえるような装幀を実現してこられた氏のことだから、どんなデザインになるのかと楽しみにしていたところ、今回もまたニュアンスのまったくちがうシックな装幀になった。故・澁澤龍彦の好みにも合うだろう。

カヴァー用の図版についてはいくつかの案を出しておいたのだが、氏は即座に、私の撮った写真を使うことに決めてしまったという。『澁澤龍彦考』や『澁澤龍彦の時空』の本文の扉に、私の写真が入っていることを配慮してくださったのかもしれない。その点でも、思い出の生まれそうな『コレクション』ではある。

すでに触れた勉誠出版の大橋裕和氏にも、あらためて御礼を申しあげたい。ひとりで五冊の本を担当するという力業、深く感謝いたします。

二〇一七年九月七日　巖谷國士

『澁澤龍彦論コレクション』全五巻について

1．『澁澤龍彦論コレクション』は、一九七〇年から二〇一七年までの四十八年間に、巖谷國士の書いてきた、また語ってきた澁澤龍彦論をほぼ網羅し、全五冊にまとめたコレクションである。

2．はじめの三巻（Ⅰ・Ⅱ・Ⅲ）は、澁澤龍彦をめぐるエッセー（一部に講演とインタヴューの記録をふくむ）の集成である。あとの二巻（Ⅳ・Ⅴ＝トーク篇1・2）は、澁澤龍彦をめぐる対談（一部に鼎談と座談会をふくむ）の集成である。

3．すでに単行本として出ている三著、『澁澤龍彦考』（一九九〇年、河出書房新社）『澁澤龍彦の時空』（一九九八年、同前）『澁澤龍彦　幻想美術館』（二〇〇七年、平凡社）については、構成と内容をそのまま保ちつつ、大幅な修正を加えた上で、それぞれⅠ・Ⅱ・Ⅲに再録する。

4．Ⅰ・Ⅱの後半部には、単行本未収録エッセー集を増補し、Ⅰでは「略伝と回想」、Ⅱでは「エロティシズムと旅」と題する。

5．Ⅲには、まず『澁澤龍彦　幻想美術館』の本文（名鑑などの資料部分を除く）をすべて再録し、そのあとに、新たに編集した大部の未刊行著書『澁澤龍彦と「旅」の仲間』を収める。

6．Ⅲのうち、『澁澤龍彦　幻想美術館』の原本にあった多数のカラー作品図版については、ここではすべて再録することをせず、できるだけ多くのものをモノクロ図版として掲載する。また澁澤龍彦家の書斎などの写真については、巖谷國士撮影のものを新たに掲載する。

7．以上Ⅰ・Ⅱ・Ⅲの巻末には、「澁澤龍彥著作索引」を設け、著作のそれぞれについて、言及のある本文ページを検索できるようにする。

8．Ⅳ（トーク篇1）には、既刊の単行本『澁澤龍彥を語る』（巖谷國士・種村季弘・出口裕弘・松山俊太郎著、一九九六年、河出書房新社）の全篇を、修正の上ですべて再録し、さらに「澁澤龍彥と書物の世界」と題して、同メンバーのうち二者・一者との未収録トーク二篇を増補する。

9．Ⅴ（トーク篇2）の前半には、既刊の単行本『回想の澁澤龍彥』（一九九六年、河出書房新社）に収められた対談シリーズのうち、巖谷國士の担当の回を修正の上ですべて再録し、後半には、それ以外の対談のすべてを新たに修正・編集した大部の未刊行トーク集『澁澤龍彥を読む』を収録する。

10．各巻のカヴァーと本文中の扉ページには、旅行写真家として巖谷國士自身の撮影した世界各地の写真を、類推的・象徴的なカットとして配置する。

11．本文中の仮名づかいなどの表記については、原則として巻ごとに統一をはかる。固有名詞のカタカナ表記については、原則として当該国の発音を重んじる。後者のうち、澁澤龍彥の表記と異なる場合には、初出時に「スワーンベリ（スワンベルク）」のように表記する。

12．単行本や映画・演劇作品のタイトルは『二重カギ』で、引用のほか単行本の章・節や雑誌、雑誌掲載テクスト、美術作品などのタイトルは「一重カギ」で示す。引用文の底本は『澁澤龍彥全集』『澁澤龍彥翻訳全集』とし、その巻数は、1・2……別巻1のように略記する。また生前の『澁澤龍彥集成』『ビブリオテカ澁澤龍彥』については、Ⅰ・Ⅱ……のように略記する。

初出一覧——いずれも本書収録にあたって大幅に加筆・修正した

Ⅰ

澁澤さん——回想記
「ユリイカ」臨時増刊号「総特集　澁澤龍彦」（一九八八年六月）に「澁澤さん」（未完）として発表。

Ⅱ

「旅」のはじまり
「海燕」一九八八年五月号に「澁澤龍彦の「出発」」として発表。のちに澁澤龍彦『エピクロスの肋骨』（福武書店、一九八八年五月）巻末にこの題名で再録。

『サド復活』のころ
澁澤龍彦『サド復活』（日本文芸社、一九八九年四月）巻末エッセー。

ある「偏愛的作家」について
澁澤龍彦『偏愛的作家論』（福武文庫、一九八六年十一月）巻末エッセー。

既知との遭遇——美術エッセー
澁澤龍彦『幻想の彼方へ』（河出文庫、一九八八年十月）巻末エッセー。

ユートピアの変貌
「みづゑ」特集号「追悼　澁澤龍彦」（一九八七年冬）。

Ⅲ

望遠鏡をもった作家——花田清輝と澁澤龍彦
「ちくま」（一九七八年七月号）。のちに巖谷國士『宇宙模型としての書物』（青土社、一九七九年二月）に収録。

『神聖受胎』再読
澁澤龍彦『神聖受胎』（河出文庫、一九八七年十一月）巻末の「解説」。

ノスタルジア——一九七〇年代

黄金時代
「日本読書新聞」（一九七一年九月六日号）。

幻をつむぐもの
「流動」（一九七三年七月号）。

遠近法について
「週刊読書人」（一九七八年九月四日号）。

いずれも、のちに巖谷國士『宇宙模型としての書物』（前出）に収録。

城と牢獄　『新編ビブリオテカ澁澤龍彦　城と牢獄』（白水社、一九八八年三月）巻末エッセー。

晩年の小説をめぐって

『うつろ舟』　「朝日新聞」（一九八六年八月十一日号）。

『高丘親王航海記』　「文學界」（一九八七年十二月号）。

「庭」から「旅」へ　「朝日新聞」（一九八七年十一月二日号）。

Ⅳ

澁澤龍彦と「反時代」　「國文學」特集号「澁澤龍彦　幻想のミソロジー」（一九八七年七月）。

澁澤龍彦とシュルレアリスム　「幻想文学」別冊「澁澤龍彦スペシャルⅡ」（一九八九年二月）。

略伝と回想　増補エッセー集

澁澤龍彦略伝――「幻想文学館」展のために　仙台文学館で開催された展覧会「澁澤龍彦　幻想文学館」（二〇〇七年九月十五日～十一月二十五日）の図録テクスト。

折々のオマージュ

澁澤龍彦氏のいる文学史　『澁澤龍彦集成Ⅵ』（桃源社、一九七〇年十月）月報。

「ねじ式」の思い出　未発表。

中井英夫さんの「薔薇の会」　未発表。

澁澤家の飾り棚　「産経新聞」（二〇〇五年六月十六日号）。

澁澤龍彦の三冊　『フローラ逍遙』『玩物草紙』『胡桃の中の世界』　「毎日新聞」（二〇〇九年八月九日号）。

アンスリウム　「PHPスペシャル」（二〇一一年十一月号）。のちに『幻想植物園 花と木の話』（PHP研究所、二〇一四年四月）に収録。

「澁澤さん」　神奈川近代文学館で開催された展覧会「生誕八〇年　澁澤龍彦回顧展　ここちよいサロン」（二〇〇八年四月二十六日～六月八日）の図録に寄稿。

『裸婦の中の裸婦』について　澁澤龍彦・巖谷國士『裸婦の中の裸婦』（文藝春秋社、一九九〇年）の「あとがき」。

『東西不思議物語』全集15
……245, 266

『毒薬の手帖』全集3 ……137, 212

『都心ノ病院ニテ幻覚ヲ見タルコト』全集22
……30

『ドラコニア綺譚集』全集19
……28, 163, 245

『人形愛序説』全集12 ……116, 163, 215

『ねむり姫』全集19
……45, 147, 191, 256, 269

『華やかな食物誌』全集20 ……243, 262

『悲惨物語』（サド）翻訳全集3
……76, 77

『秘密結社の手帖』全集6 ……137, 212

『フローラ逍遙』全集21
……37, 287, 288, 289

『偏愛的作家論』全集11
……69, 96, 99, 215, 218, 256, 266

「撲滅の賦」→『エピクロスの肋骨』全集1
51, 52, 53, 54, 56, 57, 58, 59, 61, 64, 225, 260

『ホモ・エロティクス』全集7
……69, 212

『魔法のランプ』全集18 ……243

『マルキ・ド・サド選集Ⅰ～Ⅲ』（彰考書院版）翻訳全集1～2
……13, 76, 185, 206, 260

『マルキ・ド・サド選集Ⅰ～Ⅴ、別巻』（桃源社版）……188

『マルジナリア』全集20 ……218

『三島由紀夫おぼえがき』全集19
……98, 109, 267

『夢の宇宙誌』全集4
……22, 40, 42, 88, 92, 123, 125, 126, 127, 128, 129, 130, 133, 136, 139, 141, 142, 144, 146, 159, 163, 180, 186, 197, 201, 212, 213, 214, 215, 234, 239, 256, 261, 262, 267

『妖人奇人館』全集10 ……38, 137, 245

『ヨーロッパの乳房』全集12
……163, 173, 256, 265

『裸婦の中の裸婦』全集22
……29, 37, 243, 256, 295, 296, 298, 299, 302

『私のプリニウス』全集21
……37, 163, 219, 245, 266

『幻想博物誌』全集16 …………28, 245, 266
『犬狼都市（キュノポリス）』全集3
………49, 51, 56, 57, 60, 61, 158, 196, 261, 269
『恋の駈引』（サド）翻訳全集1 ………76
『さかしま』（ユイスマンス）翻訳全集7
……………………………………………261, 290
『サド研究』全集8 …………………69, 188
『サド侯爵』（レリー）翻訳全集11
……………………………………………… 188
「サド侯爵の幻想」全集別1 …………260
『サド侯爵の生涯』全集5 ………………188
『サド侯爵の手紙』全集15 ……………188
『サド裁判　上・下』全集別2
……………………………………………75, 207
『サド復活』全集1
………………13, 18, 37, 51, 60, 63, 64, 65, 66, 67, 68, 69, 70, 72, 73, 74, 76, 77, 79, 81, 83, 84, 85, 136, 138, 140, 158, 164, 169, 172, 180, 186, 207, 208, 212, 224, 226, 229, 260, 273, 274, 275
「サラマンドラのように」全集22補遺
……………………………………………… 308
『思考の紋章学』全集14
……………………………………………28, 40, 41, 42, 43, 99, 123, 124, 128, 129, 146, 159, 160, 163, 176, 178, 179, 216, 238, 239, 256, 266, 288
『澁澤龍彥コレクション』1〜3
……………………………………………234, 268
「澁澤龍彥自作年譜」全集12 …………259
『澁澤龍彥集成』Ⅰ〜Ⅶ　全集9〜10
……………68, 69, 136, 139, 170, 227, 263, 264
『城』全集17 ……………………28, 163, 265
『城と牢獄』全集17
…………………………55, 182, 183, 188, 190
『神聖受胎』全集2
……………………………13, 63, 69, 72, 126, 138, 140, 142, 162, 163, 165, 168, 169, 180, 186, 187, 207, 208, 227, 229, 230, 234, 238, 256, 261
『新編ビブリオテカ澁澤龍彥』全10巻
……………………………………… 199, 308
『スクリーンの夢魔』全集15 …………180
『世界悪女物語』全集4 ……………212, 245
「世界文学集成」試案　全集別1 ………268
『滞欧日記』全集別1 ……………………264
『太陽王と月の王』全集17 ……………243
『大理石』（ピエール・ド・マンディアルグ）翻訳全集12……………………………171
『高丘親王航海記』全集22
……………………………………………… 25, 28, 37, 46, 48, 50, 57, 58, 62, 109, 111, 132, 135, 147, 168, 189, 193, 198, 199, 202, 211, 212, 218, 219, 240, 256, 270, 271, 293, 297, 298, 299, 302
『旅の仲間　澁澤龍彥・堀内誠一往復書簡集』……………………………………269
『旅のモザイク』全集14 …………25, 265
『洞窟の偶像』全集15 ………139, 180, 241

澁澤龍彥著作索引（五十音順）

本書で言及されている澁澤龍彥の著作のうち、単行本は『　』で、生前の単行本に入らなかったものは「　」で示し、
それぞれの著作の『澁澤龍彥全集』『澁澤龍彥翻訳全集』における収録の巻を記した。

『悪徳の栄え』正・続（サド）翻訳全集5 ……75, 77, 186, 207, 260

『悪魔のいる文学史』全集11 ……137, 215, 234, 256, 268, 275

『異端の肖像』全集7 ……137, 245

『うつろ舟』全集21 ……45, 46, 56, 99, 111, 147, 163, 191, 192, 219, 256, 269

『エピクロスの肋骨』全集1 ……27, 51, 57, 60, 61, 64, 240

『エロスの解剖』全集6 ……22, 212

『エロティシズム』全集3 ……212

『黄金時代』全集10 ……40, 143, 145, 163, 165, 169, 171, 172, 173, 214, 237

『大胯びらき』（コクトー）翻訳全集1 ……206, 260

『女のエピソード』全集11 ……212, 245

『貝殻と頭蓋骨』全集13 ……69, 215, 286

『怪奇小説傑作集4』翻訳全集11 ……61

『快楽主義の哲学』全集6 ……22, 213, 214, 263

『唐草物語』全集18 ……40, 41, 43, 45, 147, 191, 256, 269, 297

『玩物草紙』全集16 ……10, 28, 104, 163, 256, 266, 286, 287, 288

『記憶の遠近法』全集15 ……160, 176, 180, 265, 266, 286

『機械仕掛のエロス』 ……179, 180, 243

『狐のだんぶくろ』全集20 ……11, 28, 163, 256, 257, 266

『胡桃の中の世界』全集13 ……28, 39, 40, 41, 43, 123, 124, 128, 129, 145, 146, 159, 163, 197, 215, 238, 256, 266, 287, 288

『黒魔術の手帖』全集2 ……13, 38, 60, 137, 163, 164, 212, 256, 261

『幻想の彼方へ』全集14 ……101, 108, 111, 113, 114, 115, 116, 119, 120, 130, 139, 222, 234

『幻想の画廊から』全集8 ……112, 113, 114, 130, 163, 222, 256, 263, 296

『幻想の肖像』全集13 ……130, 234

装幀・本文レイアウト　櫻井久（櫻井事務所）

協力　澁澤龍子
河出書房新社
PHP研究所
神奈川近代文学館
仙台文学館

＊本書の引用文のなかには、今日の人権意識に照らして不当・不適切な語句や表現がある場合がございますが、作品の発表された時代的背景にかんがみ、そのままとしました。

巖谷國士（いわや・くにお）

一九四三年、東京に生まれる。東大文学部卒・同大学院修了。仏文学者・批評家・作家・旅行家・明治学院大学名誉教授。二十歳で瀧口修造と澁澤龍彦に出会い、以来シュルレアリスムの研究と実践をつづける。十五歳年上の澁澤龍彦とは親しく交友し、唯一人の「共著者」となる。澁澤龍彦の『全集』『翻訳全集』の編集や記念展をリードし、多くのエッセーやトークを捧げてきたが、本来の活動領域も広く、文学・美術・映画・漫画の批評から紀行・博物誌・庭園論・メルヘン創作、また展覧会監修・講演・写真個展などに及ぶ。主著に『シュルレアリスムとは何か』（ちくま学芸文庫）『〈遊ぶ〉シュルレアリスム』（平凡社）『封印された星　瀧口修造と日本のアーティストたち』（同）『森と芸術』（同）『旅と芸術　発見・驚異・夢想』（同）『幻想植物園』（ＰＨＰ研究所）ほか。ブルトン『シュルレアリスム宣言』『ナジャ』（岩波文庫）、エルンスト『百頭女』（河出文庫）、ドーマル『類推の山』（同）などの翻訳でも知られる。

澁澤龍彦論コレクションⅠ

澁澤《しぶさわ》龍彦《たつひこ》考《こう》／略伝《りゃくでん》と回想《かいそう》

二〇一七年十月六日　初版発行

二〇一八年一月二十五日　初版第二刷発行

著　者　巖谷國士

発行者　池嶋洋次

発行所　勉誠出版株式会社

〒101-0051　東京都千代田区神田神保町3-10-2

TEL：03-5215-9021（代）　FAX：03-5215-9025

〈出版詳細情報〉http://bensei.jp/

装　幀　櫻井久（櫻井事務所）

印刷・製本　中央精版印刷

ISBN978-4-585-29461-0　C0095

没後30年記念出版

澁澤龍彦論コレクション

全5巻

i……澁澤龍彦考／略伝と回想……◎本体三二〇〇円（＋税）

ii……澁澤龍彦の時空／エロティシズムと旅……◎本体三二〇〇円（＋税）

iii……澁澤龍彦　幻想美術館／澁澤龍彦と「旅」の仲間……◎本体三八〇〇円（＋税）

iv……澁澤龍彦を語る／澁澤龍彦と書物の世界［トーク篇Ⅰ］……◎本体三八〇〇円（＋税）

v……回想の澁澤龍彦（抄）／澁澤龍彦を読む［トーク篇Ⅱ］……◎本体三八〇〇円（＋税）

巖谷國士

Iwaya Kunio……［著］

澁澤龍彦という稀有の著述家・人物の全貌を、巖谷國士という稀有の著述家・人物が、長年の交友と解読を通して、ここに蘇らせる。